THOMAS CHATWIN

Mörder unbekannt verzogen

EIN CORNWALL-KRIMI

Rowohlt Polaris

Originalausgabe
Veröffentlicht im Rowohlt Taschenbuch Verlag, Hamburg, Juli 2019
Copyright © 2019 by Rowohlt Verlag GmbH, Hamburg
Redaktion Heike Brillmann-Ede
Umschlaggestaltung FAVORITBUERO, München
Umschlagabbildung Sebastian Wasek / LOOP IMAGES;
Rosmarie Wirz / Getty Images; dae sung Hwang / Shutterstock
Satz aus der Abril Text, InDesign
Gesamtherstellung CPI books GmbH, Leck, Germany
ISBN 978 3 499 27687 3

*Für meine Freundin Ros Pilcher, deren Lebensklugheit,
humorvolle Kraft und tiefe Liebe zu Cornwall für immer dort
sein werden, wo der Himmel die Klippen berührt.*

«Gehen wir doch los und finden es heraus.»

Rosamunde Pilcher, *Heimkehr*

Prolog

Man musste wie Daphne Penrose in Fowey geboren sein, um das Schaudern zu kennen, wenn der große Nebel kam. Während er wie eine riesige Woge vom Meer in die Bucht und über den *River Fowey* rollte und nur noch die Mastspitzen der Segelschiffe zu sehen waren, konnte man sich da draußen alles vorstellen. Als Kind hatte Daphne dabei am Fenster gestanden und die Gänsehaut gespürt, die einem das Rätselhafte verursachte.

Ganz Cornwall war voller Rätsel. Auf einer Küstenwanderung hatte ihr Mrs. du Maurier, ihre Namenspatin, von dem Jungen erzählt, der im Treibsand der Dünen versunken war und den man nie mehr wiederfand. Von da an hatte Daphne sich die Dünen als geheimnisvolle Lebewesen vorgestellt. Und da Mrs. du Maurier eine berühmte Schriftstellerin gewesen war, hatte sie die Geschichte natürlich ordentlich ausgeschmückt.

Auch über die Häuser am Fluss wusste Daphne alles. Der junge Peter Wolcot von Wolcot House war während eines Gewitters tot im Garten umgefallen, genau dort, wo seine Mutter einst von einem Baum erschlagen worden war. Und bei

Readymoney Cove, direkt an den Klippen, stand das weiße Herrenhaus der reichen Tyndales. Um dieses Haus machte der Nebel seit vielen Jahren einen nicht erklärbaren Bogen und ließ es in der Sonne leuchten, während man schon ein Stück daneben die Hand nicht mehr vor Augen sah.

Auch dass Seeleute aus Fowey vom Meer verschlungen wurden, gehörte zu Daphnes Kindheit. Sobald jemand aus Fowey starb, der nicht gerade ein naher Verwandter war, sagte ihre Mutter immer: «Wenn es in Fowey von allem so viel gäbe wie traurige Abschiede und fröhliche Anfänge, müsste keiner mehr Fische fangen.»

Da der Satz alles beinhaltete, was man in Cornwall zu den Überraschungen des Lebens wissen musste, hatte Daphne ihn auch als Erwachsene für lebenswahr gehalten. Hin und wieder zitierte sie ihn sogar selbst, natürlich nur, wenn er passte.

Zuletzt an jenem Sommertag, als sie die Lehrerin Florence Bligh getröstet hatte, deren Nachbarin verstorben war. Florence hatte mit Tränen in den Augen über diese alte Weisheit gelächelt und Daphne stumm in den Arm genommen.

Als zwei Wochen später die grausamen Morde geschahen, hätte Daphne sich am liebsten jede Silbe des Satzes in den Mund zurückgeschoben.

1

«Überall waren kleine Schiffe und Yachten vor Anker,
doch aufregender war ein großes Schiff,
das näher glitt, von zwei Schleppern gezogen.»

Daphne du Maurier, *Mein Cornwall*

Noch am Morgen hätte Daphne als ihre besten Eigenschaften genannt, dass sie hartnäckig wie eine ganze Möwenkolonie sein konnte, Francis immer treu gewesen war und sämtliche Telefonnummern ihrer Freundinnen auswendig kannte. Francis hätte vielleicht noch ergänzt, dass sie mehr über Fowey wusste als jeder andere und dass die Familie ihr gutes Gedächtnis manchmal als ziemlich lästig empfand.

Aber morgens hatte sie auch noch nicht gewusst, dass sich dieser Tag als Wolf im Schafspelz entpuppen würde.

Francis war schon früh zu einem Meeting im Hafenamt gefahren. Daphne mochte es nicht besonders, wenn sie allein frühstücken musste. Sie schlang ihre beiden Toastbrote und ihr Porridge hinunter, band sich vor dem Flurspiegel die braunen Haare zu einem Pferdeschwanz und zählte kurz ihre Falten. Es waren noch alle da. Sie waren erstaunlich treu, seit Daphne über fünfzig war. Dann streifte sie sich ihre orangefarbene Weste mit der Aufschrift *Royal Mail* über und holte ihr Fahrrad aus der Garage. Sie war die einzige Postbotin der Zentrale, die keinen der üblichen

Trolleys für die Briefe benutzte. Obwohl das Fahrradfahren in Foweys steilen Gassen nicht immer ein Vergnügen war, fühlte sie sich ohne Trolley gleich zehn Jahre jünger. Oder zumindest fünf.

Sie liebte den Wind in ihren Haaren, schon immer. Gutgelaunt radelte sie durch die schmale Lostwithiel Street zum Hafen hinunter. Vom Meer wehte eine frische, salzige Brise herein. Über dem Fluss kreisten Schwaden von Möwen, deren egoistisches Geschrei ohrenbetäubend war. Am hinteren Pier hatte ein havarierter Fischkutter festgemacht, das Deck voller Fangreste. Hinter ihm zogen weiße Segel vorbei. Es war Flut, die beste Zeit, das Revier des *River Fowey* zu verlassen.

Wie terrassiert zogen sich Foweys weiße Häuserreihen über den Hang, zu dessen Füßen die Hafenbucht, der kleine Platz am Quay und die Einkaufsgassen lagen. Daphne wusste, dass es nicht mehr lange dauern würde, bis die Touristen oben auf dem Parkplatz eintrafen und die gepflasterten Wege mit den steilen Treppen hinunterwanderten.

An der überfluteten Steintreppe am Quay werkelte David Goodall, hinter ihm schaukelte sein neues Taxiboot. Es war gelb, und noch glänzte es eindrucksvoll. Unter den seitlichen Fenstern stand in großer schwarzer Schrift: *Wassertaxi, Kontakt über Kanal 6.*

«Glückwunsch zum Boot!», rief Daphne. Früher hatte David Goodall Trawler kommandiert, seit er sechzig war, wollte er Fowey nicht mehr verlassen. «Und keine Möwen an Deck – wie machst du das?»

«Sie kennen mich!» David nahm einen Fender von der Treppe und warf ihn so geschickt, dass er genau auf dem Kajütendach landete. Er war niemand, der unnötig Worte machte. «Dein Mann macht heute eine Probefahrt. Falls du auch Lust hast ...?»

«Und wer trägt die Post aus?», fragte sie lachend.

Nachdem sie in der Lagerhalle der Royal Mail ihre Posttasche randvoll mit Briefen gefüllt hatte, begann sie ihre Tour. Jeder Eingang der Fischerkaten und viktorianischen Reihenhäuser erzählte eine andere Geschichte – bunte Kinderbilder, Stiefel und Angelzeug, durchgestrichene Namen an der Klingel. Sie begegnete den vertrauten Gesichtern der begeisterten Rosenzüchterinnen in ihren Gärten, den Pubwirten, den Ladenbesitzern in der Fore Street und den Bootsbauern in ihren Schuppen.

Die meisten Gesichter waren wettergegerbt – und ihre Besitzer so kornisch, dass sie die Engländer für Spaßvögel aus dem Norden hielten. Gab es genügend Wind, ging man auf dem River Fowey segeln. Wenn es regnete, war man auch zufrieden, blieb zu Hause und genoss den Spaß, mit dem *mizzle* ein paar Verrückten aus London den Urlaubstag verdorben zu haben.

Natürlich war es wie immer, wenn Daphne es eilig hatte. Gerade dann öffneten sich besonders viele Türen, sobald der Briefkasten klapperte. Roger Carlyon wollte seine Post nächste Woche unter der Regenrinne versteckt haben, Peter Ashley maulte über mangelnde Pünktlichkeit, und Mrs. Gallagher brauchte den dringenden Rat ihrer Briefträgerin wegen des Einbaus einer neuen Hüftprothese.

Trotzdem schaffte Daphne es, einen neuen Rekord aufzustellen. Schon um 10:30 Uhr strampelte sie auf die beiden Ferienhäuser am Station Wood zu. Dafür würde ihr die Royal Mail zwar keine Medaille verleihen, aber durch den Zeitgewinn konnte sie früher nach Hause fahren und sich umziehen. Für den Nachmittag hatte sie eine Einladung, wie sie nicht alle Tage kam. Um zwei Uhr sollte sie mit dem Glas in der Hand unter den Palmen im Park von Glendurgan Garden stehen, wo ihr Schulfreund Sir Trevor Tyndale seinen vornehmen Sommerempfang geben wollte. In seiner exzentrischen Art hatte er das Fest *Blüten und Bücher* genannt – mit Lesungen, weiß gedeckten Tischen und klugen Gästen.

Sie lehnte ihr Rad an eine Eiche und holte die Briefe aus der Tasche. Am Waldrand vor den beiden Ferienhäusern wuchsen die schlanken gefiederten Adlerfarne, als hätte sie jemand gedüngt. In Foweys satter Erde wären sogar Kokosnüsse angewachsen. Neben den Häusern führte ein Pfad in den Wald. Am anderen Ende, hinter den Bäumen, begannen schon die Uferwiesen des Flusses.

Daphne stieg die Stufen zu den hölzernen Cottages hinauf und warf zwei Gemeinde-Briefe ein. Ab August sollte hier wieder jemand wohnen.

Als sie zu ihrem Rad zurückkehrte, hörte sie einen Knall, dessen Echo sich im Wald brach. Sie hatte keinen Zweifel, dass das ein Schuss gewesen war. Er kam aus dem Wald hinter den Cottages. Jemand rief etwas, dann war Stille.

Daphnes erster Gedanke war, dass heute Jäger unterwegs waren, um die Kaninchenplage in den Griff zu bekommen. Doch ihr fiel ein, dass der Forstverband die Jagd ohne Absperrung der Wanderwege verboten hatte. Also sind es wieder heimliche Schießübungen, dachte sie. Erst letztes Jahr hatten zwei übermütige Schüler im Wald herumgeballert, bis einer von ihnen Schrotkugeln im Fuß hatte. Sie beschloss, ein kurzes Stück in den Wald zu gehen und nachzusehen. Notfalls würde sie Francis informieren, der ständig mit der Jagdbehörde in Kontakt stand.

Plötzlich hörte sie das Knirschen von Kies und das Schlingern eines Rades hinter sich. Sie trat zur Seite.

Ein dunkler Schatten raste auf sie zu. Es war jemand auf einem Mountainbike, in schwarzer Jacke und mit dunklem Helm, der tief über die Stirn gezogen war. Das Gesicht unter dem Helm war bis an die Augen mit einem grauen Schal verhüllt.

Im selben Moment erhielt sie einen Tritt gegen das linke Knie. Er war so fest und brutal, dass er sie von den Beinen riss. Wie ein gefällter Baum flog sie rückwärts in die Farne, die neben der großen Eiche wuchsen. Während die Person auf dem Rad weiterraste, spürte Daphne, wie ihr Hinterkopf hart auf der Erde aufschlug, wie kleine Dornen in Haar und Kopfhaut drangen, wie Blätter über ihr Gesicht kratzten.

Benommen blieb sie einen Augenblick liegen. Als sie endlich wieder die Kraft fand, sich aufzurappeln, stellte sie fest, dass zu ihren Füßen Münzen und anderer Kleinkram lagen – lauter Dinge, die ihr beim Sturz aus der Weste gerutscht sein mussten. Kniend sammelte sie alles ein. Dann stand sie vorsichtig auf und klopfte ihre Hose ab. Zum Glück entpuppte sich der hässliche schwarze Fleck am Knie nicht als Blut, es war nur feuchte Erde. Nachdem sie ruhig durchgeatmet und sich die restlichen Blätter aus dem Haar gezupft hatte, ging sie wieder zu ihrem Rad. Erleichtert stellte sie fest, dass es ihr keine Probleme bereitete, das Knie zu bewegen.

Sie wollte gerade auf ihr Rad steigen, als ihr Handy in der Posttasche klingelte. Der Anruf kam von Linda Ferguson.

«Ja, Linda?» Daphne spürte selbst, dass ihre Stimme noch etwas lahm klang.

«Ich wollte dir nur sagen, dass ich doch mit meinem eigenen Wagen zu Sir Trevors Sommerfest fahre. Du musst mich also nicht mitnehmen.» Linda war wie immer in Eile. Nachdem sie kürzlich ihr neues Bed-&-Breakfast-Cottage eröffnet hatte, plante sie alles eisern durch. Jede Minute.

«Okay», sagte Daphne müde. «Dann treffen wir uns also dort. Um zwei Uhr?»

«Ja.» Linda stutzte. «Ist was? Du klingst so komisch?»

«Wie denn?», fragte Daphne. Erschrocken fühlte sie mit der Zunge, ob sie vielleicht einen Schneidezahn verloren hatte. Zum Glück waren noch alle Zähne da.

«Ein bisschen lustlos», meinte Linda. «Muss ich mir Sorgen machen?»

Daphne beschloss, ihr die Wahrheit zu sagen. Als ehemalige Hoteliersfrau hatte Linda ohnehin ein untrügliches Gespür für die Stimmungsschwankungen anderer Leute.

«Mich hat gerade jemand ins Abseits befördert», gestand sie. «Du darfst es aber ja nicht Francis erzählen ...»

«Ins Abseits? Was heißt das denn?», fragte Linda erschrocken.

Daphne berichtete ihr von dem Angriff. Während sie das tat, stellte sie fest, dass sie sich zwar detailliert an den Fußtritt und an den Ablauf ihres Sturzes erinnern konnte, aber kaum an den Moment davor. Sie wusste zwar, dass sie vor der Attacke des Mountainbikers irgendetwas im Wald gehört hatte, doch es gelang ihr nicht, sich die ganze Situation ins Gedächtnis zu rufen.

«Was hast du denn gehört?», fragte Linda. «Ich meine, oben im Wald?»

Daphne dachte verzweifelt nach. Es wollte ihr nicht einfallen. Sie wusste nur noch, dass sie etwas Dringendes unternehmen wollte, nachdem sie das Geräusch gehört hatte.

Sie kapitulierte. «Es ist weg! Totalblockade! Oh Gott, Linda, ich weiß es nicht mehr!»

«Dann war's auch nicht so wichtig», meinte Linda entspannt. «Sei froh, dass du dir nichts gebrochen hast. Denk dran, laut Freud speichern wir nur das, was von Bedeutung ist.»

«Meinst du?»

«Aber ja. Ein paar Gläser Champagner auf Sir Trevors Fest, und du bist wieder wie neu! Also, bis später!»

Lindas Pragmatismus tat Daphne gut. Was war denn schon passiert? Sie war in ihrem Leben schon oft vom Rad gefallen. Was sie allerdings ärgerte, war die Tatsache, dass diesmal ein Lümmel daran schuld war, den sie nicht einmal zur Rechenschaft ziehen konnte.

Vorsichtig schwang sie sich auf den Sattel. Es klappte problemlos, ihr wurde auch nicht schwindelig.

Langsam ließ sie ihr Rad die Straße hinunterrollen. Als sie am Parkplatz *Caffa Mill* vorbeifuhr, begann sie schon wieder mutiger in die Pedale zu treten.

Na bitte, dachte sie erleichtert, geht doch.

2

«Ihr Lachen war hinreißend, ein unerhörtes Lachen,
fast wie das eines Kindes. Jauchzendes Lachen,
wenn etwas sie amüsierte.»

Virginia Woolf, *Zwischen den Akten*

In seinem engen Taucheranzug wirkte *Harbour Officer* Callum Stockwood wie eine pralle Wärmflasche. Schimpfend zog er vor dem Schwimmsteg die Taucherbrille ab und blies seine dicken Backen auf.

«Was für eine Zeitverschwendung! Wir könnten jetzt wunderbar am Quay sitzen und Shrimps essen!»

«Noch einen Versuch», rief Francis Penrose ihm zu. «Vielleicht mehr rechts.»

Callum tauchte erneut ab und hinterließ einen kräftigen Strudel. Obwohl er erst vierzig war, wurde nach den dicken Backen jetzt auch sein Rücken kräftiger. Jeder wusste, dass der Hobbykoch das Tauchen hasste, vermutlich schon deshalb, weil dort unten Tiere vor seiner Brille herumschwammen, die er viel lieber in der Pfanne sehen würde. Dennoch musste Francis als Flussmeister hin und wieder Tauchgänge anordnen. In diesem Fall hatten schwedische Segler einen verschlossenen Behälter mit Reinigungsmittel über Bord gehen lassen. Sein Inhalt konnte sich irgendwann im Wasser auflösen.

Callum erschien wieder an der Oberfläche. Prustend wie

ein nasser Otter, hievte er den weißen Kanister auf den Steg und ließ sich danach selbst von Francis aus dem Wasser ziehen. Erschöpft setzte er sich auf die Planken und sagte schnaufend: «Dieser Fluss ist ein Wunder. Es gibt Strömungen, die es gar nicht geben dürfte.»

«Gut gemacht», antwortete Francis.

Hinter ihm bremste dröhnend ein gelbes Boot am Steg. Es war das Wassertaxi von David Goodall. Francis blickte auf die Uhr. Seine Probefahrt mit David war erst für eine Stunde später ausgemacht.

Während der Motor der *Mary II* im Leerlauf weitertuckerte, kam der Captain nach Backbord an die Reling. Er wirkte ernst.

«Ich brauch dich jetzt schon», sagte er. «Florence Bligh hat mir was Seltsames auf die Mailbox gesprochen. Irgendwas von Blut.»

Francis wusste, dass David Goodall niemand war, der leere Sprüche machte. Als erfahrener Trawlerkapitän kannte er die Regel auf dem Wasser, dass man andere nie leichtfertig beunruhigte.

«Okay, ich komme», sagte Francis. Schnell besprach er mit Callum, was jetzt mit dem gefundenen Behälter geschehen sollte. Dann sprang er an Bord der *Mary II*.

David legte so rasant ab, dass Francis gerade noch Zeit blieb, sich auf die Bank vor dem Steuerstand fallen zu lassen. Dort saß er, bis das Boot die Pontons vor dem Hauptquay hinter sich gelassen hatte. Davids neues Schiff hatte drei Bankreihen und bequeme blaue Kissen für zwölf Personen. Damit war Platz genug, auch Fahrten für kleine Gruppen anzubieten. In seiner stoischen Art gehörte der Captain zwar nicht gerade zu den Entertainern unter den Bootsleuten, aber gerade deshalb fanden ihn die meisten in Fowey sympathisch. Zuverlässig, hager und sonnengebräunt wie immer stand er in seinem überdachten Steuerstand und hielt durch die Frontscheibe nach Hindernissen Ausschau.

Man mochte den River Fowey, oder man mochte ihn nicht. Niemand konnte ihn nur ein bisschen mögen, dafür war er zu wild. Dort, wo er im Bodmin Moor entsprang, hatte die Natur ihm die Willenskraft mitgegeben, es unter allen Umständen bis ins Meer zu schaffen.

David Goodall gehörte zu denen, die ihn sehr mochten, selbst wenn es stürmte. Vom Naturhafen Fowey aus, wo die Mündung des Flusses eine breite Bucht bildete, unternahm er Fahrten bis hinauf nach Lostwithiel.

Francis hielt es an Deck nicht mehr aus. Wohin fuhr der Captain? Er wusste, dass David Goodall auch öfter von der Lehrerin Florence Bligh gebucht wurde. Sogar Klassenausflüge hatte sie schon mit der alten *Mary I* unternommen. Warum tat David jetzt so geheimnisvoll?

Das Boot schwankte, am Heck dröhnte der Motor. Breitbeinig öffnete Francis die Tür zum Steuerstand, wo David hinter dem Funkgerät und dem Radar auf dem Kapitänsstuhl saß. Als Francis eintrat, blickte er kurz zur Seite und streckte die linke Hand aus.

«Gib mir mal mein Telefon. Es ist auf der Ablage.»

Auf dem weißen Brett unter dem Seitenfenster lagen ordentlich aufgereiht ein Fernglas, die Betriebsanleitung der Werft, eine Sandwichbox und ein Berg Schlüssel. Nachdem Francis das Handy unter der Betriebsanleitung gefunden hatte, reichte er es David, der während des Steuerns die Mailbox abspielte.

Francis erschrak, als er die Stimme von Florence Bligh

hörte. Obwohl die Lehrerin erst Ende vierzig war, klang sie plötzlich um Jahre älter. Die sonst so klare, ruhige Sprechweise hatte sich in ein atemloses, abgehacktes Flüstern verwandelt.

«… Mr. Goodall … früher kommen, jetzt gleich … da ist lauter Blut …» Sie holte Luft, ihr Atem schien zu rasseln. «… zu Purdys Steg … ich konnte doch nicht wissen … Und Finch sagen, er soll aufpassen … Bitte!»

Es klang flehentlich und gleichzeitig verwirrt. Mit heftigem Atmen endete der Anruf.

«Wann war das?», fragte Francis.

David Goodall legte das Handy aus der Hand. «Vor zwei Stunden, um zwanzig vor elf. Ich war die ganze Zeit in meiner Werkstatt und hab es leider erst jetzt abgehört.» Er schien über sich selbst verärgert zu sein. «Was sagst du dazu?»

«Klingt, als wenn sie verletzt ist.» Francis überlegte. «Hattest du vorher den Auftrag, sie irgendwoanders abzuholen?»

David nickte. «Ja. Sie wollte bis Golant wandern. Dort sollte ich um zwei am Quay sein.»

Golant war das Nachbardorf flussaufwärts. Francis hatte Florence Bligh schon oft an der Küste und auf den Uferwegen des River Fowey joggen oder wandern sehen. Sie wäre nicht die Erste, die auf den steinigen Pfaden ausgerutscht war. Was aber sollte die kryptische Bemerkung über Dr. Finch, den Hausarzt von Fowey?

Purdys Steg lag zweihundert Yards vor ihnen auf der linken Uferseite. Früher hatte er zu einem Sardinenlager gehört, jetzt nutzten ihn nur noch Angler. Die Wiese dahinter endete oben am Wald von Station Wood.

Während David auf das Ufer zuhielt, nahm Francis das Fernglas und suchte damit die Anlegestelle, die Wiese und die Klippen ab. Auf dem hinfälligen Steg aus morschen Pfosten und rissigen Brettern war niemand zu sehen. Auch die Wiese war menschenleer und diente gerade einer Schar Möwen als Futterplatz. An den zerklüfteten Klippen unterhalb der Wiese schwappte Seegras im Flusswasser.

Da erkannte Francis etwas Rotes zwischen den Felsen und stellte das Glas schärfer: Florence Bligh! Die Lehrerin saß mit dem Rücken an einen scharfkantigen Felsen gelehnt und bewegte sich nicht.

David folgte seinem besorgten Blick. «Ist sie das?», fragte er. Seine Stimme klang plötzlich heiser. Es schien ihm schwerzufallen, den Anblick der leblosen Florence Bligh zu ertragen.

«Ja.» Auch Francis war mehr als beunruhigt. Er gab Goodall das Fernglas zurück und klopfte ihm mitfühlend auf die Schulter. «Lass mich am Steg raus. Dann ruf im Krankenhaus an und hol den Notarzt im Hafen ab.»

Wegen der starken Strömung war es kein leichtes Manöver. Da der Steg jederzeit einstürzen konnte, wenn man gegen ihn krachte, stoppte David Goodall die *Mary II* ein Stück daneben, sodass Francis auf die Stegplanken springen musste.

Während das Taxiboot danach wieder wendete und dröhnend zum Hafen zurückfuhr, arbeitete Francis sich mit schnellen, aber vorsichtigen Schritten über die glitschigen Felsbrocken bis zu der Stelle vor, an der Florence saß. Ihre Augen waren weit geöffnet, das rote Polohemd hatte einen großen schwarzen Fleck. Als er vor ihr stand, blickte er in ein starres Gesicht und auf verkrampfte Hände. Florence Bligh war tot.

Geschockt wich Francis zurück, als sei er gegen eine

20

unsichtbare Mauer gestoßen. Sie musste große Schmerzen ausgehalten haben, ihr blasses, von Todesangst gezeichnetes Gesicht wirkte wie eine traurige Maske.

Das war nicht mehr die strahlende, warmherzige Florence, die durch ihre interessierte Art Sympathien geweckt hatte. Auch die Schüler und Eltern hatten immer gespürt, wie sehr Florence den einzelnen Menschen im Blick hatte. Obwohl sie selbst nicht verheiratet war und keine Kinder hatte, besaß sie ein sicheres Gefühl dafür, wie moderne Pädagogik aussehen konnte. Gerade hatte sie die Schulleitung in Fowey abgegeben, um noch einmal frisch durchzustarten. Als Francis sie das letzte Mal gesehen hatte, war sie freudestrahlend auf Daphne und ihn zugekommen und hatte erzählt, dass sie im Herbst einen neuen Job an der Universität Plymouth antreten würde.

Wie so oft, wenn sie in der Natur unterwegs war, hatte sie auch diesmal ihr dunkelblondes Haar mit einem weißen Stirnband zurückgebunden. Jetzt war es blutverschmiert, genau wie das Polohemd und die helle Wanderhose. Auch auf den Schnürsenkeln ihrer Wanderschuhe entdeckte er Blut. Das Schlimmste aber war das verkrustete tiefe Loch neben ihrer rechten Brust.

Plötzlich kam ihm der Verdacht, dass es eine Schusswunde sein könnte, vielleicht ein Durchschuss. Obwohl es ihm schwerfiel, trat er hinter Florence. Sie lehnte schräg am Felsen, er musste sie also nicht mal anfassen, um auch das zweite Loch zu sehen. Ein Anblick, der schwer zu ertragen war. Francis hatte Mühe, sich nicht zu übergeben. Um keine Zeit zu verlieren, kletterte er auf einen Felsen, rief im Hafenamt an und bat Sybil Cox, die Polizeistation in St. Austell zu informieren. Zwischen zwei Felsen entdeckte er ein silberfarbenes Handy im Sand, daneben lag ein kleines hellblaues Portemonnaie. Gehörte beides der Toten?

Er musste an die merkwürdigen Worte denken, die Florence auf Davids Mailbox hinterlassen hatte. *Und Finch sagen, er soll aufpassen ...*

Es hatte sich wie eine Warnung angehört. Warum hatte Florence überhaupt von Dr. Finch gesprochen? Er war einer der beiden Hausärzte in Fowey ...

Francis zog sein Smartphone aus der Tasche, suchte nach der Telefonnummer von Dr. Finchs Praxis und wählte. Schon nach kurzem Klingeln hörte er das Ansageband. Dr. Finch sei erst morgen wieder erreichbar.

Ihm kam eine andere Idee. Vielleicht war Finch wie Daphne auf das Sommerfest von Sir Trevor Tyndale eingeladen. Schnell drückte er Daphnes Nummer. Doch auch dort landete er nur auf der Mailbox. Er hinterließ ihr die Nachricht, dass Dr. Finch so schnell wie möglich bei ihm anrufen sollte.

Als er endlich das Schnellboot des Hafenamtes auf den Steg zurasen sah, hatte er das Gefühl, einen zentnerschweren Stein loslassen zu dürfen.

3

«Mr. Fox hat mehr als 300 exotische Pflanzen naturalisiert ...
Ganze Wälder von Rhododendren und Kamelien
wachsen in wilder Fülle.»

Alphonse Esquiros, *Cornwall and its Coast* (1865)

Als Daphne um zwei Uhr auf den Parkplatz von Glendurgan Garden fuhr, sah sie Linda Ferguson bereits am Picknickplatz vor dem Eingang sitzen. Während sie noch schnell im Rückspiegel ihre Lippen nachzog, kam Linda zum Auto, öffnete die Fahrertür und schaute ihr amüsiert dabei zu.

«Machst du dich für Sir Trevor fein?»

«Unsinn», sagte Daphne und ließ den Lippenstift wieder in ihrer Handtasche verschwinden. «Aber neben dir muss man sich ja anstrengen. Ich weiß nicht, wie du das machst – den ganzen Tag schick zu sein.» Sie zeigte auf den hellen Hosenanzug ihrer Freundin. Daphne selbst trug ein dunkelgrünes Sommerkleid.

Linda verzog den Mund. «Alte Angewohnheit. Eigentlich könnte ich mir jetzt erlauben, in alten Jeans rumzulaufen.»

Der Satz bezog sich auf ihre Trennung von Jake. Zusammen hatten die beiden das *Blue Sea Hotel* in Fowey zum Erfolg geführt. Erst vor ein paar Monaten hatte Jake ihr seine Geliebte vorgestellt. Es musste nicht wesentlich anders abgelaufen sein, als hätte er ihr einen schicken neuen Wagen präsentiert.

Linda sah in jeder Situation elegant aus. Selbst schlichte Pullover wirkten an ihr stylish, wobei ihr elegant hochgestecktes braunes Haar diesen Eindruck wirkungsvoll unterstrich.

Daphne stieg aus, verschloss ihr Auto und blickte sich auf dem vollen Parkplatz um. «Wir sind doch nicht etwa die Letzten?»

«Keine Ahnung. Ich weiß nur, dass man ab zwölf Uhr den Park besichtigen konnte. Die Vorträge beginnen erst um drei.»

Seit Sir Trevor Tyndale sein Sommerfest ins Leben gerufen hatte, waren sie beide immer dabei gewesen. Linda kannte Trevor aus dem Golfclub, Daphne wurde eingeladen, weil sie mit Trevor ein paar Jahre lang die Schulbank gedrückt hatte und sie sich beide sehr mochten. Sein Sommerempfang gehörte zu den ungewöhnlichsten Ereignissen in Cornwall. Die Veranstaltungsorte wechselten, jedes Mal ließ Trevor sich etwas Neues einfallen. Im vergangenen Jahr hatte er sie alle mit dem Boot auf eine winzige Felsinsel transportiert, wo ein Kammerorchester in einer Grotte mit Mozart aufgewartet hatte.

Man musste den hochintelligenten Sir Trevor schon besser kennen, um ihn zu durchschauen. Daphne wusste, dass er dies alles nicht aus Wichtigtuerei tat, sondern weil er aus tiefstem Herzen das Besondere liebte – und es mochte, die unterschiedlichsten Menschen zusammenzubringen. Er konnte es sich leisten, nicht eitel zu sein. Reich geboren, war Trevor schon als Kind ein Exzentriker gewesen. Mit sieben züchtete er rote Schmetterlinge, sammelte Zähne von Steinzeitmenschen und schrieb Gedichte über die lustigsten Tiere Englands. Vor allem aber liebte er Zelte. Im Garten des Tyndale-Familiensitzes hatten unter anderem ein Zeltpavillon und ein Schweizer Biwak für den kleinen Trevor gestanden. Mit Daphne hatte ihn etwas Unsichtbares verbunden, von dem sie beide wussten, dass es existierte, das aber nie ein Thema zwischen ihnen gewesen war.

Da Daphne bis zu ihrem elften Lebensjahr unter angeborener Schwerhörigkeit gelitten hatte, waren sie und der eigenwillige Trevor die beiden Sonderlinge in Foweys Grundschulklasse gewesen. Trevor hatte sie wie eine Schwester geliebt. Sie war die Einzige, die mit ihm in seinen Zelten liegen und lesen durfte.

Heute war Trevor ein erfolgreicher Kronanwalt. Obwohl seine Kanzlei ihren Sitz in Plymouth hatte und er oft in London sein musste, lebte er wie seine Vorfahren in Fowey. Alle mochten ihn, er war witzig und unterhielt glänzende Beziehungen zu Künstlern und Universitäten. Einen Wermutstropfen gab es allerdings: Die richtige Frau hatte er trotz vieler Affären immer noch nicht gefunden.

«Dein Ticket liegt noch an der Kasse», sagte Linda. «Ich hab meines gerade geholt.»

Daphne ging zum Eingangsbau und ließ sich von den drei Damen am Schalter ihre Freikarte geben. Sie sahen aus wie Drillinge, alle im gleichen Alter und gleich gekleidet. Als sie zurückkam, stand Linda schon auf dem Kiesweg zum Tor.

«Typisch Trevor», sagte sie, «dass er gleich den ganzen Park für seine Gäste gemietet hat.»

«So ist er eben – immer mit Stil.» Daphne schlug beim Gehen ihr Programmheft auf. «Wusstest du, dass Lewis Russell dabei ist?»

«Ja, er wohnt seit heute Morgen bei mir», sagte Linda. Sie meinte damit ihre Bed-&-Breakfast-Pension, die sie seit der Trennung von Jake betrieb. «Trevor bat mich, ihm das schönste Zimmer zu geben.»

«Und das erzählst du mir nicht?»

«Ich wusste nicht, dass du ihn kennst.»

«Er war letztes Jahr auf Trevors Geburtstagsfeier in Plymouth. Ein interessanter Mann.»

Linda hob fragend die Augenbrauen. «Was meinst du mit interessant? Interessant klug oder interessant attraktiv?»

«Geistreich eben», sagte Daphne ausweichend.

Sie wollte ungern zugeben, dass sie Lewis Russell anziehend gefunden hatte. Er war Literaturwissenschaftler und Dozent an der Universität Birmingham. Mit seiner brillanten Biographie über Virginia Woolf hatte er wochenlang die Bestsellerlisten angeführt. Heute wollte er sein neuestes Buch vorstellen, das sich mit dem Nobelpreisträger William Golding und seinem Longseller *Herr der Fliegen* befasste. Wie Virginia Woolf hatte auch Golding in Cornwall gelebt.

Erwartungsvoll gingen die beiden Frauen auf den Parkeingang zu. Seit ewigen Zeiten wurde er von zwei steinernen Füchsen bewacht, die rechts und links auf der Mauer standen. Sie sollten daran erinnern, dass die beiden dicht nebeneinanderliegenden Parks *Glendurgan Garden* und *Trebah Garden* im 19. Jahrhundert von den reichen Fox-Brüdern angelegt und mit tropischen Pflanzen bestückt worden waren. Daphne rechnete zurück, dass sie seit fast zehn Jahren nicht mehr hier gewesen war.

Während sie das Holztor aufstieß, fragte sie Linda: «Und du? Wann warst du zum letzten Mal hier?»

«Keine Ahnung», antwortete die Freundin und schlüpfte schnell an ihr vorbei.

Schon nach wenigen Metern schlug ihnen der Duft von Blüten entgegen. Je weiter sie auf dem Kiesweg in den Park vordrangen, desto intensiver wurde der Geruch. Hinter den Beeten mit üppigen Sommerblumen wie Bechermalven, Klatschmohn oder Bartnelken begann die Reihe hoher Büsche. Dort hatten die Gärtner viele Gehölze nach Themen gepflanzt, so wie es in Englands viktorianischen Gärten üblich war. Neben dem Kamelienweg gab es uralte Magnolienbäume, Oliven, Judasbäume und Zierkirschen. Aus den tieferen Lagen stieg der harzige Geruch von Zedern und Kiefern auf. Und zwischen den Pflanzungen erstreckten sich weite Rasenflächen, die das Parkartige des Gartens betonten.

Bewundernd blickte Daphne zu den Rhododendren auf, deren rote Blüten wie Gemälde in den Farben Tizians wirkten. Weil sie dicht aneinander gepflanzt waren, wirkten die fünf Meter hohen Gruppen wie weit ausladende Baumriesen. Weiter unten im Tal entdeckte sie auch den knorrigen Tulpenbaum wieder, dessen dickster Ast wie eine Brücke über den Weg wuchs, sodass man unter ihm hindurchgehen konnte.

Linda blieb abrupt stehen. «Hier geht's lang.»

Im Gras steckte ein weißes Schild, dessen roter Pfeil bergauf zeigte. Auf einer Wiese weiter oben rauchte ein riesiger Grill. Daneben waren zwei große elegante Pavillons zu sehen. Sie waren an den Seiten offen, sodass man erkennen konnte, dass im linken Zelt Stuhlreihen für die Vorträge aufgebaut waren, im rechten die Stehtische für Essen und Drinks standen. Noch unterhielten sich alle Gäste angeregt beim Essen.

«Sie mampfen noch», stellte Daphne fest. In ihrer lebendigen Phantasie malte sie sich aus, wie man dort über die Musikfestivals dieses Sommers oder das diesjährige Rennen von Ascot plauderte.

«Trotzdem sollten wir gleich hochgehen», drängte Linda. «Schau dir nur diese Zelte an!»

Daphne musste lachen. «Trevor und seine Zelte! Ich hätte wetten können, dass er sie wieder aufbauen lässt!»

«Du kennst mich ja auch lange genug», sagte eine tiefe, gutgelaunte Stimme hinter ihr.

Als Daphne sich umdrehte, sah sie, wie Sir Trevor und sein Ehrengast Lewis Russell wie zwei grinsende Schüler unter den Bäumen hervortraten. Russell trug einen Stapel Bücher unter dem Arm.

Trevor Tyndales Gestalt war unverwechselbar. Über dem zugeknöpften blauen Blazer, dem feinen weißen Hemd und der roten Seidenkrawatte lachte ein fröhliches gerötetes Bubengesicht. Jetzt, mit Ende vierzig, ließen ihn die Fältchen neben den Augen noch warmherziger erscheinen als früher. Die runde Brille mit dem dünnen Rand war schon in der Jugend sein Markenzeichen gewesen. Wenn er sie heute im Gerichtssaal abnahm und damit spielte, wusste man, dass er etwas Ungewöhnliches ausheckte. Es gab Stimmen, die behaupteten, die Queen habe ihn auch deshalb in den Ritterstand erhoben, weil er unter all ihren Kronanwälten der witzigste und geistreichste war.

Lewis Russell wirkte ähnlich vital, wenn auch bohemienhafter. Er war im gleichen Alter wie Trevor, und Daphne wusste, dass er aus Wales stammte. Bei ihrem ersten Zusammentreffen auf Trevors Geburtstag hatte er ihr von der Unverwüstlichkeit der Waliser und ihrem Sinn für Sprache vorgeschwärmt. Mit seinen graumelierten Locken und dem kurzen Vollbart sah er selbst unverwüstlich aus. Sein weißer Anzug bildete einen interessanten Kontrast.

Lächelnd breitete Sir Trevor die Arme aus. «Na endlich! Ihr habt den bretonischen Hummer verpasst.»

«Tut uns leid», sagte Daphne entschuldigend. «Es ging leider nicht früher. Zum Glück servierst du ja noch geistige Delikatessen.»

Er lachte herzlich und begrüßte sie in alter Gewohnheit mit einem Kuss auf die Wange. Linda gab er höflich die Hand. Dann zeigte er auf seinen Gast. «Ihr kennt euch ja.»

«Wie könnte ich Mrs. Penrose vergessen?», sagte Russell mit charmantem Lächeln.

Während Linda danebenstand und ungeduldig in ihrem Programmheft blätterte, reichten sie sich die Hände und wechselten ein paar Worte. Daphne zeigte auf die Bücher unter seinem Arm. «Ist das alles für die Lesung?»

Er lachte. «Keine Angst. Golding ist keine Virginia Woolf. Er ist zwar glänzend, aber auch kompakter.» Eines der Bücher drohte zu rutschen, er hielt es schnell fest. «Ich weiß von Trevor, wie gut Sie die Werke von Daphne du Maurier kennen.»

«Er übertreibt. Als Kind durfte ich Mrs. du Maurier hin und wieder besuchen. Mehr steckt nicht dahinter.»

«Ist das nicht genug?» Russell hob bewundernd die Augenbrauen. «Damit wissen Sie sicher mehr über die Lady als andere. Ich hoffe, wir können uns heute noch unterhalten. Ich brauche vielleicht Ihre Hilfe.»

«Das kann ich mir nicht vorstellen», sagte Daphne schnell. Im Hinblick auf Russells Professionalität war ihr sein Vorhaben unangenehm. Sie wandte sich erneut an Trevor.

«Haben wir noch Zeit, einen Rundgang durchs Tal zu

machen?» Sie bereute, nicht früher gekommen zu sein, um Glendurgans Blütenpracht zu genießen. «Gib uns eine Viertelstunde – und wir werden strahlen vor guter Laune!»

Trevor amüsierte sich über ihre Begeisterung für Glendurgan. Lachend hob er die Hände. «Bitte, von mir aus ... Ihr sollt ja Spaß haben!»

Nachdem die beiden Männer in angeregter Unterhaltung auf dem Kamelienweg verschwunden waren, steuerte Daphne auf das Tal zu. Nach ein paar Metern merkte sie, dass Linda zögernd stehen geblieben war.

«Ich weiß nicht, Daphne ... lass uns das doch später machen ...»

Was war denn mit Linda los? Normalerweise konnte man mit ihr Pferde stehlen gehen.

Entschlossen zog Daphne die Freundin mit sich. «Na los, komm! Mir tut es auch leid, dass wir so spät dran sind, aber den Garten lasse ich mir deswegen nicht entgehen.»

Sie erreichten die Talsohle. Hier unten befand sich der tropische Teil des Parks mit dem berühmten Irrgarten, einem romantischen Teich und dem abenteuerlichen Dschungel. Zu ihm gehörten Bambusdickichte, neuseeländische Farnbäume, Palmen, Bananenstauden und ein kleiner Bach. Über dem plätschernden Wasser lag eine Bambusbrücke, und ein kurzer Weg führte hinunter zum *Helford River*, dessen schmaler Kiesstrand bereits außerhalb des Parkgeländes lag, aber durch ein offenes Tor erreichbar war. Angesichts der knappen Zeit beschlossen sie, den Strand auszulassen und stattdessen in Ruhe die Schilder an den Bäumen zu studieren.

Der warme Golfstrom vor der Küste war ein Geschenk für Glendurgan Garden. In der feuchten Meeresluft gediehen die tropischen Pflanzen wie in einem Gewächshaus. Während Daphne bei den Farnbäumen und Palmen stehen blieb, machte Linda sich selbständig und ging zum Seerosenteich hinüber. An seinem Ufer wucherten riesenhafte Gunnera-Pflanzen, unter deren gewaltigen Rhabarberblättern man aufrecht stehen konnte. Sie wirkten wie grüne Schirme, sodass man sich wie ein Zwerg fühlte.

Obwohl Daphne sich lieber nur auf die Schilder konzentriert hätte, die zu den verschiedenen Palmenarten gehörten, ging ihr Lewis Russell nicht aus dem Kopf. Was hatte er wohl damit gemeint, als er sagte, dass er für ein neues Buch ihre Hilfe brauchte?

Sie klopfte mit dem Knöchel an einen dicken braunen Stamm und rief Linda zu: «Mexikanische Washingtonpalme. Wächst auch in St. Ives und Penzance.» Ihre Stimme machte eine kurze Pause. «Was hältst du eigentlich von Lewis Russell?»

Sie erhielt keine Antwort.

«Linda?»

Als sie sich umdrehte, sah sie, dass Linda bereits vor den Gunnera-Pflanzen stand. Reglos starrte sie auf etwas, das im Wald der dicken Stängel auf dem Boden lag.

«Linda? Was hast du denn?»

In diesem Moment begann die Freundin zu schreien. So grell, durchdringend und anhaltend, dass Daphne dachte, sie würde nie wieder aufhören.

Sie rannte los. Schon von weitem erkannte sie einen menschlichen Körper. Als sie endlich bei Linda war, drehte sie sie von den Gunneras weg und hielt sie mit beiden Armen fest. Bei einem Blick über Lindas Schulter erkannte sie, wer dort in einer Blutlache am Boden lag.

Dr. Alan Finch, der Hausarzt aus Fowey.

Er lag auf dem Bauch, wie umgemäht, die Arme weit von sich gestreckt. Seine Brille befand sich zerbrochen neben dem Kopf. Auf dem dunkelgrauen Anzug, der am Rücken blutgetränkt war, krabbelten Fliegen. Oberhalb des rot durchnässten Anzugkragens klaffte eine Wunde am Hals, so tief, dass Knochen zu sehen war. Die ungeheure Menge Blut konnte nur aus der verletzten Halsschlagader stammen.

Es war ein Anblick, den man nicht ertragen konnte. Daphne schob Linda auf den Kiesweg zurück, unter den Bäumen stand eine Parkbank.

«Ist er tot?», flüsterte Linda schluchzend.

«Ich glaube schon», sagte Daphne, obwohl sie es sicher wusste. Mit dieser grauenvollen Wunde konnte kein Mensch mehr am Leben sein. Sie musste so schnell wie möglich die Parkleitung und die Polizei informieren, denn es sah nicht danach aus, dass Dr. Finch einfach nur gestürzt war. Sie hatte schon einmal in ihrem Leben den Anblick zweier ermordeter Menschen ertragen müssen. Auch hier schien alles auf ein Gewaltverbrechen hinzudeuten.

Aber warum gerade Alan Finch? Jeder kannte ihn als liebenswürdigen Menschen und großartigen Arzt.

Im Wald krächzte ein Eichelhäher, in den Wipfeln flogen Tauben auf. Als hätten sie auch Linda wachgerüttelt, riss sie sich mit einem Ruck von Daphne los und lief wankend zum Hauptweg zurück.

«Ich will weg!», schrie sie. «Ich will weit weg!»

Daphne folgte ihr. Sekunden später erschien Sir Trevor auf dem Weg, ein paar Schritte hinter ihm Lewis Russell und drei andere Gäste. Sie hatten Lindas Schreie bis zu den Zelten gehört.

Erschrocken blieb Linda vor der Gruppe stehen und blickte sich hilfesuchend nach Daphne um. Mit beruhigenden Worten nahm Daphne sie an die Hand.

Als Linda stocksteif und mit verdrehten Augen ohnmächtig wurde, konnten Sir Trevor und Lewis Russell sie gerade noch rechtzeitig auffangen.

4

«Der Mensch ist ein Geschöpf, dem es bestimmt ist,
in Katastrophen zu leben.»

Graham Greene, *Vom Paradox des Christentums*

Es knackte im Gehölz, mit eingezogenen Köpfen kamen zwei Polizisten unter dem Magnolienbaum hervor. Einer trug einen Fotoapparat. In der vergangenen halben Stunde hatten sie erst das Gelände am Tatort nach Indizien abgesucht, danach die Wiese und den Wald rund um Trevors Zelte. Zwei andere Kollegen waren zusammen mit dem Polizeiarzt am Seerosenteich geblieben.

Sie bildeten nur die Vorhut, der Chief Inspector und die eigentliche Spurensicherung sollten jeden Moment eintreffen. Schon vor einer halben Stunde hatten die jungen Polizisten alle einundfünfzig Gäste in das Cateringzelt gebeten, wobei das Ganze eher einem Einsperren glich: Niemand durfte sich entfernen, bis der Chief Inspector seinen Auftritt gehabt hatte. Entsprechend groß war die Unruhe unter den Gästen. Inzwischen war jedem von ihnen klar, dass Dr. Finch nicht eines natürlichen Todes gestorben sein konnte.

Alle redeten durcheinander. An einigen der schicken Cocktailkleider und Anzüge waren bereits hässliche Schweißflecke zu sehen. Niemand konnte glauben, dass ausgerechnet dem netten Dr. Finch etwas zugestoßen war.

Während die arme Linda draußen auf einer Liege zu sich kommen durfte, musste Daphne die Fragen der anderen Gäste aushalten. Immer wieder wurde sie bedrängt, Details über ihren makabren Fund zu erzählen. Doch sie weigerte sich. Da sie schon einmal polizeiliche Ermittlungen miterlebt hatte, wusste sie, dass ihr Wissen auch Täterwissen war.

Soweit sie aus den Gesprächen heraushören konnte, war Finch mittags um 12:30 Uhr angekommen. Danach hatte er zusammen mit anderen Gästen einen kurzen Spaziergang durch den Park unternommen und sich dann in die Schlange am Buffet eingereiht. Um kurz nach eins hatte ihn jemand allein aus dem Zelt gehen sehen, es sah aus, als würde er die mobile Toilette ansteuern. Später war er niemandem mehr aufgefallen. Überhaupt schienen zu diesem Zeitpunkt bereits alle Gäste ihren Rundgang durch die Gartenanlage hinter sich gebracht zu haben.

Trevor Tyndale tat Daphne leid. Alle paar Minuten stellte er sich nervös neben sie und ließ sich von ihr beruhigen. So mitgenommen hatte sie ihn noch nie erlebt. Sein freundliches, kindliches Brillengesicht zeigte tiefe Sorgenfalten. Mit Dr. Finch war er vor allem durch das gemeinsame Interesse an Kultur und Wissenschaft verbunden gewesen, und auch die empathisch-menschliche Art des Arztes hatte ihm imponiert. Außerdem war er Realist genug zu sehen, dass mit diesem Verbrechen seine Idee von einem fröhlichen und dennoch anspruchsvollen Sommerfest Schaden genommen hatte. Ihm war klar, dass die polizeilichen Ermittlungen Wochen oder sogar Monate dauern konnten. Dazu kam, dass er morgen nach London aufbrechen musste, wo er am Krongericht *Old Bailey* einen wichtigen Prozess zu führen hatte.

Schließlich sah er sich veranlasst, vor das Buffet zu treten und eine kurze Rede zu halten. Als Jurist war er gewohnt, Zusammenhänge ohne Umschweife auf den Punkt zu bringen. Das tat er auch jetzt. Daphne zollte ihm Respekt dafür, mit welcher Haltung er das vorzeitige Ende seiner Veranstaltung verkündete. Ohne jede verbale Verrenkung zitierte er den Polizeiarzt, der bei Dr. Finch eine tödliche Schusswunde diagnostiziert hatte. Am Schluss bat er mit fester Stimme darum, gemeinsam für den Toten eine Minute zu schweigen. Alle blieben wie eingefroren stehen, blickten mit leeren Augen an die Zeltwand oder zerdrückten hilflos Brotkrümel auf den weißen Tischdecken.

Es war eine Gesellschaft feiner Namen. Der hagere Verleger Edward Sturgeon und seine Frau waren dabei, die reichen Philbys, die mit sehr großen Zähnen gesegnete Theaterregisseurin Megissa Trawn sowie jede Menge junger Anwältinnen und Anwälte, die Sir Trevor fördern wollte. Daphne, die auf einem Klappstuhl am Zelteingang saß, wurde plötzlich klar, dass die meisten Gäste wohl nun erst begriffen, was Sir Trevors Worte bedeuteten: Dass jeder von ihnen zu einem Mordverdächtigen geworden war.

Nach der Schweigeminute hatte sich Trevor in die hinterste Ecke des Zeltes zurückgezogen, wo auch Lewis Russell mit betroffenem Gesicht wartete. Daphne beobachtete, wie Russell traurig ein leeres Glas in der Hand drehte. Nach allem, was passiert war, konnte natürlich auch sein Vortrag nicht mehr stattfinden – er war vergeblich nach Fowey gekommen.

Daphne hatte inständig gehofft, dass das zuständige *Major Crime Investigation Team* in Bodmin diesmal einen anderen als Detective Chief Inspector James Vincent schicken würde. Es musste doch jede Menge begabten Nachwuchs bei der *Devon & Cornwall Police* geben.

Doch ihr Flehen war vergeblich.

Schon knapp zehn Minuten nach Sir Trevors Rede stapfte ein schlaksiger Mann in grünen Gummistiefeln über die Wiese auf das Zelt zu. In den Stiefeln steckte die feine Hose seines beigefarbenen Anzuges. Auf eine Krawatte hatte er heute verzichtet, stattdessen trug er ein dunkelgrünes Halstuch im Hemd. Offenbar fühlte er sich in den Stiefeln unwohl, denn zweimal blieb er stehen, bückte sich und fummelte mit mürrischem Gesicht am Innenfutter herum. Als er endlich das offene Zelt betrat, verstummten schlagartig alle Gespräche. Jeder starrte den Fremden an.

Sir Trevor kam eilig nach vorne, um den Inspector vorzustellen. Er kannte jeden in Cornwall, der ein Amt innehatte.

«Liebe Freunde», sagte er laut und vernehmlich. «Darf ich euch Detectice Chief Inspector James Vincent vorstellen? Ich bin sicher, er wird seine Untersuchung mit Weitblick und Taktgefühl in die Wege leiten. Im Wissen, dass jedem Einzelnen die Tragik dieser Stunde bewusst ist, möchte ich euch bitten, der Polizei uneingeschränkt für alle Fragen zur Verfügung zu stehen.»

DCI Vincent war währenddessen im Eingang stehen geblieben, eine Hand in der Hosentasche. Langsam ließ er seinen Blick über die Gäste schweifen. Sein längliches Gesicht mit den Wangenfalten und die nach hinten gekämmten, gegelten Haare ließen ihn dandyhaft erscheinen. Es dauerte nur Sekunden, bis er Daphne entdeckt hatte und ihr mit hochgezogenen Augenbrauen zunickte. Sie bemerkte, dass die grauen Strähnen, die er noch bei ihrem letzten Zusammentreffen in den ansonsten dunklen Haaren gehabt hatte, auf wundersame Weise verschwunden waren.

Er trat zwei Schritte vor und wandte sich mit strenger Stimme an die Anwesenden: «Vielen Dank. Da wir es hier mit einem Gewaltverbrechen zu tun haben, müssen wir leider Maßnahmen ergreifen, die Ihnen nicht gefallen werden. Unsere Constables werden von jedem die Personalien aufnehmen. Danach werden Sie einzeln zur Vernehmung in das Vortragszelt gerufen, wo ich Sie detailliert befragen werde. Ich erwarte im höchsten Maß Ihre Mitarbeit. Falls jemand einen Täterverdacht hat, sollte er ihn mir vertraulich mitteilen.» DCI Vincent zog eine Liste mit den Namen der Gäste aus der Tasche, schaute drauf und sagte dann: «Als Erstes möchte ich Mrs. Linda Ferguson und Mrs. Penrose zur Befragung nach drüben bitten.»

Die Gäste murrten, Regisseurin Megissa Trawn rief etwas von Freiheitsberaubung, doch James Vincent schien es nicht zu kümmern. Mit erhobenem Kopf verließ er das Zelt.

Bravo, dachte Daphne, wieder eine seiner psychologischen Meisterleistungen. Selbst in seiner Rolle als DCI war er nicht in der Lage, auf Menschen zuzugehen. Schon damals, als sie beide mit Anfang zwanzig ein kurzes Verhältnis gehabt hatten – «Nur sieben Tage, die dümmste Affäre meines Lebens!», wie sie später Francis schwor –, hatte sich James als eitel und unsensibel entpuppt. Eigentlich aus Oxford stammend, musste er zu dieser Zeit als Streifenpolizist in Fowey Dienst tun, obwohl er die Provinz aus ganzem Herzen hasste. Sein Vater war Diplomat, entsprechend kannte sich der Sohn in der alten *upper class* aus. Dennoch hatte Daphne den Eindruck, dass man ihn zwar bei den Entenjagden und auf den Landsitzen ein bisschen mitspielen ließ, ihn aber nicht wirklich akzeptierte.

Trotz seiner Borniertheit durfte man ihn nicht unterschätzen. Er hatte inzwischen dreißig Jahre Berufserfahrung und kannte eine Menge Tricks. Erst vor anderthalb Jahren war er von der Londoner Polizei nach Cornwall gewechselt, nachdem man ihm in Bodmin den Posten eines Detective Chief Inspector angeboten hatte. Aber noch immer zeigte er den Provinzlern gerne, was ihm wirklich wichtig war – das Jagen, Londons Herrenausstatter und der arrogante Oxford-Ton.

Daphne ging nach draußen zu Linda. Mit müdem Gesicht stand diese von ihrer Liege auf.

«Wie geht's dir?», fragte Daphne. «Wirst du das durchstehen?»

«Mir bleibt ja nichts anderes übrig», antwortete Linda. «Lass es mich versuchen.»

Sie war immer noch blass, wirkte aber nicht mehr so lethargisch wie vorher. Ihnen beiden war klar, dass die bevorstehende Vernehmung viel Kraft und Konzentration kosten würde, schließlich waren sie die wichtigsten Zeuginnen.

Als sie das Vortragszelt betraten, wartete James vor der ersten Stuhlreihe auf sie. Während er Daphne dort Platz nehmen ließ, schickte er Linda ans andere Ende des Zeltes, wo ein Polizist ihre Fingerabdrücke einscannen sollte. Dann nahm er sich einen Stuhl und setzte sich Daphne direkt gegenüber.

«Ich hätte mir eigentlich denken können, dass ich dich hier finde», sagte er mit ironischem Unterton. «Offenbar läuft in Foweys Gesellschaft nichts ohne dich.»

«Lass uns lieber gleich zum Punkt kommen», antwortete

Daphne, «bevor du noch mehr Fehleinschätzungen über mein Leben von dir gibst.»

Er verzog den Mund. «Also gut. Dann schildere bitte, wie ihr Dr. Finch gefunden habt.»

Daphne beschrieb ihm die Situation so nüchtern wie möglich, obwohl es ihr schwerfiel. James unterbrach sie immer wieder, um Fragen zu stellen. Er tat es kurz und mit unbeweglicher Miene, als ob er befürchtete, dass Daphne zu viel von seinem Gesicht ablesen konnte, falls er zu freundlich war. Sie hatte das Gefühl, dass er ihr auch heute noch – mehr als dreißig Jahre später – die Trennung verübelte. Dabei musste auch ihm klar sein, dass ihr *seven night stand* schon damals der Irrtum des Jahres gewesen war.

«Gib es jemanden außer Sir Trevor und Lewis Russell, den ihr im Park gesehen habt?», fragte er. «Einen Gärtner, einen anderen Gast oder jemanden, der vom Strand kam ...»

«Keinen Menschen», antwortete Daphne. «Alle waren längst oben im Zelt. Lewis Russell und ich haben uns kurz über Daphne du Maurier unterhalten, dann sind die beiden weitergegangen.»

«Ah ja, Mrs. du Maurier ...» Er tat, als würde er sich nur vage erinnern. «War deine Mutter nicht Putzfrau bei ihr?»

Er wusste genau, dass das falsch war, Daphne blieb dennoch sachlich. «Nein, sie hat dort in der Küche und im Garten geholfen.»

James fuhr mit seinen Fragen fort. Als sie erwähnte, dass sie sich nach dem Auffinden des Toten instinktiv danach umgesehen hatte, ob sich auch in der Nähe des Teiches niemand aufhielt, sagte er mit scharfer Stimme: «Ach ja? Woher wusstest du denn, dass Dr. Finch wirklich tot war?»

«Mit einer solchen Wunde kann niemand überleben»,

erwiderte Daphne trocken. «Stimmt es, dass er erschossen wurde?»

«Ja. Ein Schuss von hinten in den Hals. Vermutlich wollte der Schütze den Rücken treffen und hat danebengeschossen. Aber das ist nur Spekulation.»

«Habt ihr die Waffe gefunden?»

«Nein.» Er tippte etwas in sein Notebook, während er fragte: «Wie war denn dein Verhältnis zu Dr. Finch?»

«Gut. Francis und ich mochten ihn, wie die meisten Leute. Aber wir hatten keine privaten Verbindungen, wenn du das meinst.»

In seinem Sakko klingelte das Telefon. Es war der Klang von Jagdhörnern, die das Signal *Aufbruch zur Jagd* spielten. «Sekunde», murmelte er und nahm das Gespräch an. Offensichtlich ging es um eine Jagdreise, denn er antwortete: «Nein, nächste Woche ... Ich werde in Calgary abgeholt ... Vor allem Hirsche. Danny wird mich auf der Hütte erwarten ... Ja ... Und richte Peter aus, ich brauche einen erstklassigen Geländewagen ...»

Nachdem er fertig war, steckte er das Telefon wieder ein und wandte sich erneut an Daphne. «Wo waren wir stehen geblieben?»

«Bei deiner Jagdreise», sagte sie spitz. «Ich hoffe, du schießt nicht auch Böcke.»

«Ich wüsste keinen Grund, warum ich das mit dir diskutieren sollte», antwortete er, ohne ihre Ironie verstanden zu haben. «Kommen wir lieber auf deine Zeitangaben zurück.» Er lehnte sich genüsslich nach hinten und tippte dreimal auf sein Notebook. «Das Personal am Parkeingang hat uns die Uhrzeiten gegeben, an denen die einzelnen Tickets abgeholt wurden. Deines wurde um 14:05 Uhr ausgedruckt.»

«Genau wie ich sagte.»

«Das von Linda Ferguson dagegen bereits um 13:10 Uhr. Also eine Stunde früher.» Er schenkte Daphne einen kritischen Blick. «Sagtest du nicht, ihr seid zusammen in den Park gegangen?»

Daphne war irritiert. «Das sind wir auch ... Linda wollte nicht allein auf das Fest gehen ... Deshalb hat sie draußen auf mich gewartet ...»

«Eine geschlagene Stunde lang? Obwohl sie schon ihr Ticket hatte?» James schüttelte den Kopf. «Glaubst du alle Märchen, die man dir auftischt?»

Daphne konnte sich nicht vorstellen, dass Linda sie absichtlich angelogen hatte. Dennoch waren seine Fragen berechtigt. Linda hatte auf dem Parkplatz so getan, als wäre sie erst kurz vorher in Glendurgan angekommen. Warum?

«Lass Linda aus dem Spiel», sagte sie stattdessen, auch um sich vor ihren eigenen Gedanken zu schützen. «Sie ist durch ihre Scheidung angeschlagen. Da handelt man nicht immer logisch.»

«Wie kommt es nur, dass Frauen ihren besten Freundinnen immer mehr glauben als anderen?», fragte James sarkastisch. «Unser Mediziner schätzt, dass Dr. Finch zwischen 13:15 Uhr und 13:45 Uhr erschossen wurde. Damit ist Linda Ferguson eine Verdächtige – ob es dir passt oder nicht.»

«Wolltest du deswegen zuerst mit mir sprechen?»

«Auch das muss ich mit dir nicht diskutieren.»

Daphne hob beschwichtigend die Hände. «James, auf diesem Fest befinden sich einundfünfzig Gäste, die du alle noch nicht vernommen hast. Außerdem liegt der Seerosenteich nicht mal hundert Meter vom unteren Tor entfernt. Vom

Wasser her hätte jederzeit ein Fremder in den Park kommen können.»

«Danke, Constable Penrose, das war sehr hilfreich.»

Daphne unterdrückte eine Antwort, auch wenn es ihr schwerfiel. Selbst in seiner Ironie zeigte sich noch sein Weltbild. Eine Frau war bestenfalls ein einfacher Constable für ihn, keine Person auf Augenhöhe. Niemals.

Er wurde wieder ernst. «Wie war die Verbindung von Dr. Finch zu Florence Bligh?»

«Meinst du die Lehrerin aus Fowey?», fragte Daphne.

«Ja. Du weißt doch sicher, dass …»

«Was sollte Florence mit Finch zu tun haben?»

«Wir haben auf Miss Blighs Telefon mehrere Anrufe an Dr. Finch gefunden», sagte DCI Vincent. «Sie hat am Vormittag dreimal vergeblich versucht, ihn zu erreichen.»

Daphne verstand gar nichts mehr. Warum redete er plötzlich von Florence Bligh?

«Würdest du mir bitte erklären, warum ihr das Telefon von Florence Bligh kontrolliert?»

James sah sie so überrascht an, als hätte gerade jemand einen Elefanten vor seinen Augen vorbeilaufen lassen. Umständlich legte er sein Notebook auf den nächsten freien Stuhl. «Hat dein Mann dich denn nicht angerufen?»

«Nein. Mein Handy ist ausgestellt und liegt im Auto …» Plötzlich begriff sie, was James andeutete. Es musste etwas passiert sein. Sie sprang auf und stellte sich vor ihn. «Sag mir, was los ist. Warum hätte Francis mich anrufen sollen?»

James wurde überraschend sanft. Es fiel ihm sichtlich schwer, ihr dabei in die Augen schauen zu müssen. «Daphne – Florence Bligh ist tot. Erschossen wie Dr. Finch. Dein Mann hat sie vorhin auf den Klippen gefunden.»

«Nein!» Daphne schlug die Hände vor den Mund. «Nicht auch noch Florence Bligh!»

In knappen Worten erzählte er ihr, was passiert war.

Daphne konnte sich später nur noch erinnern, dass sie sich ihre Handtasche geschnappt und Linda etwas zugerufen hatte, bevor sie nach draußen gerannt war. Sie wollte nur noch zu Francis. Auch die entrüstete Stimme von James war ihr im Gedächtnis geblieben, der ihr nachgerufen hatte: «Aber wir brauchen doch deine Fingerabdrücke!»

Wie sie in ihrem Auto die engen, kurvigen Straßen bis Truro und von dort weiter nach Fowey überlebt hatte, wusste sie am nächsten Tag nicht mehr.

5

«Hinter der Maske ist immer ein lebendiges Gesicht.»

William Butler Yeats, *The Death of Synge*

Als sie in Fowey ankam und durch die Einfahrt des alten reetgedeckten Torhauses von *Embly Hall* fuhr, wo Francis und sie wohnten, fühlte sie sich wie von einem Blindflug erlöst.

Sie hatte ihren Wagen wie in Trance durch die Dörfer gesteuert. Über die Freisprechanlage hatte sie Francis endlich erreicht, der ihr mit vorsichtigen Worten beibrachte, wie er Florence Bligh gefunden hatte. Schockiert hatte sie zugehört.

Natürlich war Francis längst über den Mord in Glendurgan Garden informiert. So gut es ging, versuchte er, Daphne zu trösten, doch sie wussten beide, dass der Anblick eines toten Menschen nichts war, das durch tröstende Worte leichter wurde. Als er wissen wollte, seit wann sie heute ihr Handy nicht mehr benutzt hatte, gestand sie ihm schließlich ihre Kollision mit dem Mountainbiker. Inzwischen bereute sie heftig, dass sie das Telefon nicht mit in den Park genommen hatte.

Für den Rest der Fahrt waren ihre Gedanken vor allem um die Frage gekreist, was es bedeutete, dass Florence Bligh und Dr. Finch am selben Tag starben. So viel schien Daphne klar zu sein: Es musste eine Verbindung zwischen den beiden geben, ein Szenario, das jemand mit blutiger Hand geschrieben hatte.

Als sie ihre Haustür aufschloss, kam es ihr vor, als hätte sie endlich eine sichere Burg erreicht. Erschöpft zog sie sich bequemere Schuhe an und legte ihre Handtasche auf dem kleinen Bord an der Garderobe ab. Als sie dabei an ihre Royal-Mail-Weste stieß, die am obersten Haken hing, klimperten in der rechten Tasche Münzen. Es mussten die sein, die sie nach ihrem Sturz im Gras aufgesammelt hatte. Sie nahm die Weste, ging damit ins Wohnzimmer und kippte den Tascheninhalt auf den großen Esstisch. Zu ihrem Erstaunen kamen nicht nur Münzen zum Vorschein, sondern auch ein Ästchen und ein schmales schwarzes Stück Kunststoff. In ihrer Verwirrung hatte sie offensichtlich alles zusammengerafft, was zwischen den Münzen gelegen und sich fest angefühlt hatte. Der Kunststoff war geriffelt, an der Schmalseite stand ein silberner Firmenname: *XByrd*.

Plötzlich wusste sie wieder, woher sie den Namen kannte. Er gehörte zu einer teuren Mountainbike-Marke. Erst kürzlich hatte sie Kataloge von XByrd für die Post austragen müssen. Sie nahm das kleine Teil und ging damit zum Fenster. Es sah aus wie die abgebrochene Hälfte einer Fahrradpedale, möglicherweise hatte sie der Biker bei seiner Kollision verloren. Nachdenklich legte sie das Kunststoffteil auf eine freie Stelle im Bücherregal, um es später Francis zu zeigen.

Das Telefon klingelte. Erleichtert hörte sie noch einmal die Stimme von Francis, der nur sicher sein wollte, dass sie gut zu Hause angekommen war. Bei ihm im Hafenbüro saß Detective Sergeant Burns, der den Mordfall in Fowey übernommen hatte, während sein Chef noch in Glendurgan Garden ermittelte.

«Bist du wirklich okay?», fragte Francis besorgt.

«Ja ... es geht wieder.»

Zögernd sagte er: «Sergeant Burns möchte etwas von dir wissen ...» Seine Stimme wurde noch behutsamer. «Könnte das Geräusch von heute Vormittag auch ein Schuss gewesen sein?»

«Warum fragst du?»

«Der Steg, bei dem ich Florence Bligh gefunden habe, liegt nur fünfzig Meter unterhalb von Station Wood, wo das Mountainbike auf dich zukam.»

Sie schloss die Augen, als hätte seine Frage ein Gespenst geweckt. Verzweifelt versuchte sie, sich zu konzentrieren.

Sie sah sich wieder vom Wald zu ihrem Rad zurückgehen. Hinter ihr war Lärm, irgendetwas ging dort vor sich. Sie blieb stehen und blickte zurück zu den Bäumen ... Es knallte ... ein Mal. Der dumpfe Knall eines Schusses. Sein Widerhall peitschte kurz durch den Wald ...

Daphne öffnete wieder die Augen und drückte mit zitternder Hand den Hörer an ihr Ohr. «Francis? Ich denke, Sergeant Burns hat recht. Es könnte ein Schuss gewesen sein ...»

«Um wie viel Uhr war das?»

Sie überlegte. Es musste gegen 10:30 Uhr gewesen sein, sie hatte die Glocken von St. Fimbarrus gehört. Etwa ein, zwei Minuten später war der Schuss gefallen. Sie nannte Francis die Uhrzeit.

«Okay», sagte er. Er klang, als hätte man ihm gerade eine weitere schwere Last aufgebürdet. «Das entspricht dem Zeitpunkt, als sie erschossen wurde. Kannst du den Mountainbiker beschreiben?»

Daphne sagte ihm, dass sie nicht einmal wusste, ob es sich um einen Mann oder eine Frau gehandelt hatte. Sie konnte sich nur an drei Merkmale erinnern: die weite schwarze Jacke, den grauen Schal vor Mund und Nase und den dunklen Helm, der bis fast zu den Augen hinuntergezogen war, sodass im Grunde nur noch die Augen zu sehen waren.

«Ich gebe es weiter. Andere Leute waren nicht in der Nähe?»

«Nein, niemand. Du weißt ja selbst, wie selten dort jemand spazieren geht.»

«Jaja, natürlich.» Francis klang abgelenkt. «Sergeant Burns lässt dich grüßen. Er oder Chief Inspector Vincent brauchen morgen noch deine offizielle Aussage.»

Es raschelte, als wollte er sein Handy gleich einstecken, aber Daphne wollte noch einmal seine Stimme hören, bevor sie wieder allein war.

«Francis?»

«Ja?»

«Ich brauche dich jetzt.»

«Ich weiß. Ich müsste auch bald hier fertig sein ...»

«Gut.»

Sie legte den Hörer weg, ließ sich auf die kleine Bank im Flur fallen und lehnte den Kopf an die Wand.

Oh Gott, dachte sie, ich hätte Florence Bligh retten können, wenn ich nicht weggefahren wäre. Hätte mein Gedächtnis nicht versagt, läge Florence jetzt vielleicht nur im Krankenhaus, und ich könnte den Täter beschreiben, der auf sie geschossen hatte.

Einen Täter, der mit einem Mountainbike geflüchtet war.

In Daphnes Erinnerung schob sich wieder das Bild von Florence Bligh. Oft hatten sie beide im Vorgarten von Florence gestanden und über Bücher geplaudert. Sie waren keine wirklichen Freundinnen gewesen, dafür lebte die

Lehrerin zu zurückgezogen. Aber sie hatten eine gemeinsame Wellenlänge gefunden, die ihnen guttat. Daphne erfuhr von Florence eine Menge über Psychologie, die neben ihren Schulfächern Englisch und Französisch ihr Spezialgebiet war. Florence wiederum schätzte Daphnes fröhliche, zupackende Art und konnte gar nicht genug bekommen von ihren Geschichten über Fowey.

Daphne spürte, wie ihr Tränen über die Wange liefen und wie sich ihr Herz zusammenzog. Der Schmerz dieses ganzen schrecklichen Tages wollte sie überfluten.

Ich muss mich ablenken, dachte sie panisch, sonst drehe ich durch.

Sie rannte nach oben an ihren Schreibtisch und begann alte Akten auszusortieren. Doch die Hektik half ihr wenig. Immer wieder landeten ihre Gedanken bei Florence Bligh. Fast dankbar erinnerte sie sich daran, dass sie ja auch schon das Gästebett für Tante Judy beziehen könnte, die Ende nächster Woche für eine Nacht zu Besuch kommen wollte.

Entschlossen trat sie an den großen Flurschrank und zog einen Stapel frischer Wäsche aus dem unteren Fach. Sie nahm den Wäschestapel unter den Arm und öffnete die schwere Eichentür zum Seitenflügel von Embly Hall.

Das Torhaus, in dem Francis und Daphne wohnten, bildete nur die Einfahrt von Embly Hall. Sobald das grüne Portal an der rechten Gebäudeseite geöffnet war, konnte man den gepflasterten Innenhof von Embly Hall sehen, an dessen Ende das herrschaftliche Hauptgebäude stand. Rechts und links des quadratischen Hofes waren zwei Seitenflügel mit dem Torhaus verbunden, die *Laufgänge*, wie Daphne sie nannte. Vom Hof aus befand sich die vornehme, schwarz glänzende Eingangstür des Herrenhauses in der Mitte zwischen Fenstern und Erkern, direkt dahinter lag die Kaminhalle. Rechts und links vom Eingang standen Buchsbaumtöpfe, aus der Tür stachen schwere Messinggriffe hervor. Das Gebäude war vor zweihundert Jahren vom königlichen Schatzmeister Wemsley erbaut worden. Jetzt gehörte Embly Hall dem heutigen Lord Wemsley, einem Cousin von Francis. Der Bau aus Granit, unter einem verwitterten Schieferdach und bewachsen mit wildem Wein, atmete in jedem seiner Räume den Geist des 19. Jahrhunderts. Die schlanken, als Bogengruppe geformten Fenster, die zur weiten Bucht von Fowey ausgerichtet waren, sorgten für einen Stil eleganter Leichtigkeit.

Nachdem Cousin William den Besitz und den Lord-Titel geerbt hatte, war er mit einem interessanten Angebot auf Francis zugekommen. Falls die Penroses bereit waren, das Herrenhaus mitzuverwalten, konnten sie die Wohnung im Torhaus beziehen. Die Wemsleys besaßen ein Weingut in Südafrika und kamen nur selten nach Fowey.

Francis und Daphne hatten die sechs gemütlichen Räume des Torhauses nur zu gerne übernommen. Die jahrhundertealten Balken, die dicken Wände und der gewaltige Kamin waren zu verlockend gewesen. Dafür hatte Francis sich verpflichtet, Embly Hall mit allem Inventar und dem exotischen Garten in Schuss halten.

Wie immer, wenn sie länger als einen Tag nicht mehr drüben gewesen war, sorgte Daphne als Erstes für frische Luft. Vor allem im Salon, wo die lindgrüne Holzvertäfelung, die wuchtigen, bequemen Sessel, die Intarsienvitrine und die wertvollen orientalischen Teppiche den Geruch anderer Jahrhunderte ausstrahlten. Von der großen Halle führte eine breite, geschwungene Treppe mit Marmorbrüstung nach oben. Hier lagen sechs weitere Zimmer, darunter *The Master's Bedroom* und *The Lady's Bedroom*, wie die historischen Klingelschilder in der ehemaligen Butlerkammer verrieten. Tante Judy sollte das mauvefarbene Zimmer für die Dame bekommen, weil hier die Matratze am besten war.

Daphne kam gerade wieder in die Kaminhalle hinunter, als sie im Seitenflügel müde Schritte hörte. Sie wusste, dass es nur Francis sein konnte, auch wenn sein Gang anders klang als sonst. Als er in der Tür neben dem Kamin erschien, war sie erschrocken, wie mitgenommen er wirkte. Sein Gesicht war blass, die dunkelblonden Haare sahen struppig und feucht aus. Auch seine Hosenbeine hatten weiße Feuchtigkeitsränder. Er legte ein paar Arbeitsunterlagen auf den Kaminsims, kam zu ihr und gab ihr einen Kuss auf die Wange.

«Tut mir leid, dass ich nicht früher kommen konnte. Aber bei allem, was passiert ist …»

Sie nahmen sich in die Arme. Während sie sich sekundenlang aneinander festhielten, flüsterte Daphne: «Was für ein schrecklicher Tag.»

«Für ganz Fowey», sagte Francis leise. Mit einer sanften Bewegung ließ er sie wieder los. «Morgen früh wird es einen Schulgottesdienst für Florence geben. Von Dr. Finch wissen die meisten Leute ja noch nichts.»

Francis trank selten Whisky, heute war ihm danach. Er ging an den Barwagen im Salon, auf dem sein Cousin Lord Wemsley ein Dutzend alkoholische Getränke geparkt hatte. In der unteren Etage des Wagens standen die Gläser. Da Francis wusste, dass Daphne keine harten Getränke mochte, goss er nur für sich einen Malt-Whisky ein und kehrte mit dem Glas in der Hand zu ihr in die Halle zurück.

Daphne hatte sich auf einen der beiden Ledersessel vor den rauchgeschwärzten Kamin fallen lassen. Der ausgestopfte Eberkopf gegenüber grinste sie an, als würde er sich über die Probleme der Nichtausgestopften amüsieren. Obwohl das Feuer nicht brannte, hörte man den Luftzug im Inneren des Kamins. Francis setzte sich schweigend zu ihr und trank seinen Whisky. Daphne ließ ihn einen Moment in Ruhe, dann erst fragte sie, ob man im Fall Florence Bligh schon Spuren vom Täter gefunden hatte. Soweit Francis wusste, konnte die Spurensicherung bereits eingrenzen, wo Florence und ihr Mörder – oder ihre Mörderin – sich befunden hatten, als die Schüsse fielen. Offensichtlich hatte die Lehrerin zu diesem Zeitpunkt auf einer Bank am Waldrand gesessen, jedenfalls hatte man eine Blutlache gefunden, und das Projektil steckte noch im Holz. Florence schien noch eine Weile gelebt zu haben, nachdem der Mörder geflüchtet war. Blutend hatte sie sich zum Ufer geschleppt. Vielleicht dachte sie in ihrem Schock, die Verletzung sei gar nicht so schwer. Warum sonst sollte sie David Goodall angerufen haben, damit er mit dem Taxiboot kam?

«Haben sie an der Bank auch Radspuren entdeckt?», fragte Daphne. Sie wusste, dass dort weicher Boden war, das Profil eines Mountainbikes müsste also sofort auffallen.

«Ja.» Francis sah sie voller Gefühl an. «Ich bin mit Sergeant Burns die Strecke abgelaufen.»

Er beugte sich vor und legte liebevoll seine Hand auf ihre. «Quäl dich nicht. Es gibt noch genug Fragen zu Florence Bligh, die keiner von uns beantworten kann. Was wissen wir denn schon über sie?»

Daphne schaute ihren Mann irritiert an. «Was soll das heißen? Natürlich wissen wir nicht alles über sie, aber doch einiges nach so vielen Jahren. Und wir können mit Sicherheit sagen, dass sie ein wunderbar offener Mensch war.»

«Das war sie sicher, aber ...»

«Aber? Dann sag bitte, was du weißt. War sie vielleicht mit einem Mann verabredet? Was ja auch nicht weiter schlimm wäre.»

«Nein, offensichtlich war sie wirklich nur einfach im Wald spazieren gegangen. Allein.»

«Dann lass bitte nicht zu, dass die Polizei Florence in ein schlechtes Licht setzt, nur weil sie noch im Dunkeln tappt. Ich fand es im Übrigen unglaublich mutig, dass sie ihre Stelle an der Schule gekündigt hat, um an die Uni zurückzukehren. Aber das werden DCI Vincent und Sergeant Burns sicher nicht verstehen.»

Daphne hatte sich in Rage geredet. Sie wusste aus Erfahrung, wie voreilig Chief Inspector Vincent mit seinen Vermutungen sein konnte. Während sie Francis an die letzte Blamage von James Vincent erinnerte, umfasste er sein Glas und sagte vorsichtig: «Daphne, als ich Florence gefunden habe, lag in der Nähe ihr Portemonnaie. Wahrscheinlich ist es ihr aus der Tasche gefallen, als sie das Handy aus der Tasche zog. Neben Geld hat die Polizei darin einen blauen Ausweis mit ihrem Foto gefunden.»

«Und was war das für ein Ausweis?»

«Ein Dienstausweis der MPS.»

«MPS?»

«Des Metropolitan Police Service – besser bekannt als New Scotland Yard.»

Daphne sah ihn ungläubig an. «Soll das ein Witz sein? Florence war doch keine Polizistin. Und schon gar nicht in London.»

Es fiel Francis sichtlich schwer, ihr zu widersprechen. Er holte tief Luft. «Doch. Es war ihr großes Geheimnis, Sergeant Burns hat es herausgefunden. Sie hatte in der Schule gekündigt, um künftig für Scotland Yard zu arbeiten.»

«Aber ... Scotland Yard gibt es doch nur in London ...»

«Ihre neue Stelle in Plymouth war nur als Tarnung gedacht. Auch über ihre künftige Arbeit musste sie lügen. In Wirklichkeit gehörte sie seit Juni zur Scotland-Yard-Einheit *Kinderschutz und Jugendkriminalität*. Bis jetzt wurde sie nur in zehntägigen Kursen eingearbeitet, sie hatte aber schon ein Apartment in Hampstead gemietet.»

Daphne starrte ihn so fassungslos an, als hätte er ihr gerade erzählt, die Queen würde demnächst den Papst heiraten. Voller Mitgefühl griff Francis nach ihrer Hand. Keiner von ihnen hätte der schulbegeisterten Florence Bligh einen so radikalen Schritt zugetraut.

Mit einem Ruck riss Daphne ihrem Mann das Glas aus der Hand und spülte den bitteren Whisky selbst hinunter.

6

«Es ist einsam, so hier zu sitzen, Nacht für Nacht.»

Harold Pinter, *Tiefparterre*

Daphne saß im Bademantel an ihrem Schreibtisch, das Fenster stand weit offen. Unter der grünen Schreibtischlampe lag ihr dickes Tagebuch, von dem ihre Familie behauptete, es würde irgendwann vor lauter Geheimnissen platzen.

Durch das Fenster drangen die Geräusche der Bucht, die nachts über den Dächern lagen – das Tuckern von Bootsmotoren, der Wind vom Meer und das Klimpern an den Masten der Segelschiffe. Sie war damit aufgewachsen.

Während ihr Mann sein Arbeitszimmer unten eingerichtet hatte, reichte Daphne der Platz in der geräumigen Gaube. Bei der Renovierung des Torhauses hatte Francis seinen adeligen Cousin überreden können, den Dachstuhl auszubauen, sodass eine gemütliche Arbeitsecke entstanden war. Auf dem neuen Schreibtisch hatten sogar ihr Computer und ein Faxtelefon Platz gefunden. Vom Gaubenfenster aus blickte man in den historischen Innenhof von Embly Hall und auf die roten Spalieräpfel am Anbau. Das Knacken der zweihundert Jahre alten Balken über ihr fand Daphne beruhigend. Es war, als wollte das Torhaus damit an seine lange Vergangenheit erinnern.

Francis hatte sich früh ins Bett gelegt, erschöpft und noch immer tief getroffen von den Ereignissen. Daphne beneidete ihn. Er war ein Mann und konnte alles Unangenehme mit einer einzigen Nacht wegschlafen.

Ihr blieb nur das Tagebuch. In der Kindheit – nachdem sie von Mrs. du Maurier stets dazu ermuntert worden war – hatte sie die ersten Tagebuchseiten mit kindlichen, trotzigen Gedanken vollgekritzelt. Heute brauchte sie das Schreiben, um sich selbst zu verstehen und Dingen auf den Grund zu gehen. So wie ihr das Lesen eine wunderbare Klarheit über das Leben verschaffte, gab ihr das Formulieren von Gedanken die Sicherheit, an diesem Tag nicht zufällig ihre Pfade beschritten zu haben.

Ihr war völlig klar, warum sie diese Selbstvergewisserung brauchte. Geboren mit einem fehlentwickelten Gehör, hatte sie als Kleinkind ein Hörgerät erhalten. Es hatte sich als Qual für ihre kindliche Seele erwiesen. Obwohl sie sprechen und schreiben lernte, musste sie bis zu ihrem elften Lebensjahr von den Lippen ablesen, wenn sie andere verstehen wollte. Erst eine Operation – endlich mit modernster Technik – hatte sie von ihrem Handikap befreit.

Es war seltsam. Jetzt, nachdem Daphne wusste, dass Florence Bligh ein anderes Leben geführt hatte, als jeder gedacht hatte, veränderte sich auch das Bild von ihr. Natürlich blieb ihr Florence weiterhin sympathisch, aber die Gespräche, die sie geführt hatten, zeigten nachträglich geheimnisvolle Risse. So hatte Florence nie über ihr Privatleben gesprochen, nur darüber, was sie in ihrer Freizeit las oder über welche gesellschaftlichen Themen sie sich ereifern konnte. Auch Dr. Finchs Tod betrachtete Daphne plötzlich anders. Vielleicht war auch sein Leben eine Fassade gewesen. Wenn es stimmte, dass jeder Mensch wenigstens ein großes Geheimnis in seinem Herzen verbarg, war alles möglich ...

Mittwoch, 26. Juli

... andererseits quält mich der Gedanke, dass ich Florence unrecht tun könnte. Steht mir überhaupt ein Urteil zu? Ich mochte sie so, wie sie war – aufgeschlossen, auf eine ganz eigene Art fröhlich und klug.

Ich sehe vor mir, wie wir uns vor der Kirche von St. Fimbarrus über Lebenskrisen unterhalten. Ich erzähle, dass die Sandringhams (die vom Gemüseladen in Fowey) mit fünfzig Jahren noch mal alle Zelte abgebrochen haben und nach Neuseeland auswandern. «Bravo», sagt Florence bewundernd. «Man müsste viel öfter mutig sein.» Vielleicht bestand ihr größter Mut darin, sich bei Scotland Yard beworben zu haben.

War sie einsam? War Dr. Finch nach dem Tod seiner Frau einsam? Ich weiß jetzt schon, dass Detective Chief Inspector Vincent (Gott, was für eine Fehlbesetzung!!!) morgen behaupten wird, die beiden müssten ein Verhältnis gehabt haben. So hätte er es garantiert am liebsten. Da James Vincent aber von Beziehungen so viel versteht wie ich von Physik, wird er damit krachend scheitern. Wenn ich etwas als Briefträgerin gelernt habe, dann das: Traue nie dem schönen Klingelschild.

Francis kam auf die Idee, dass Florence vielleicht im Dienst ermordet worden sein könnte, bei einem Einsatz für New Scotland Yard. Erst vor drei Monaten hat man in Newquay fünf jugendliche Drogenhändler aus London festgenommen. Sah so ihr neues Leben aus? Musste sie auch *under cover* ermitteln? Was für

schreckliche Fragen – mit vielleicht noch schreckliche-
ren Antworten!

Spät am Abend bekam ich einen Anruf vom neuen
Vikar Pearce. Er will in der Messe an die beiden Toten
erinnern. Leider kannte er Florence nicht gut genug
(Dr. Finch dagegen schon) und sucht nun händeringend
nach einem Motto für ihr Leben.

Mir fällt eines ein, unsere kornischen Vorfahren
hatten es auf ihre Kampfschilder geschrieben: *Sei fest
wie das Land und überraschend wie das Meer.*

Pearce nahm es dankend an.

Florence liebte Cornwall, und auch jeden einzelnen
Roman darüber. Mit Wehmut denke ich an unseren
fröhlichen Büchertausch. Mal reichte ich ihr eine
Neuerscheinung über den Gartenzaun, mal tat sie
es. Die beiden Bücher, die sie mir vor drei Tagen mitgegeben hatte, waren eine kommentierte Neuausgabe
von Daphne du Mauriers *Meine Cousine Rachel* und
ein bebildertes Taschenbuch mit Virginia Woolfs *Zum
Leuchtturm.*

Beide Bücher liegen noch auf meinem Nachttisch.
Auch ein paar handschriftliche Notizen zum Inhalt stecken zwischen den Seiten ...

Daphne ließ ihren Stift sinken. Ihr fiel ein, dass sie die Bücher gestern beim Aufräumen in Jennas Zimmer getragen
hatte, weil sie dort manchmal las – und dabei ihre Tochter
spürte, die als Ärztin in London arbeitete.

Sie stand auf, holte den kleinen Stapel von nebenan und
kehrte mit ihm an den Schreibtisch zurück. Um die Bücher
war ein rotes Gummiband geschlungen. Daphne löste es.

Die Notizen, die Florence für sie beigelegt hatte, lagen in der Virginia-Woolf-Ausgabe. Es waren zwei gefaltete Seiten. Das erste Blatt war die Fotokopie eines Artikels aus der *London Times*. Darin wurde das Taschenbuch als interessanteste Neuerscheinung des Monats gepriesen. Unter den Artikel hatte Florence ganz lehrerinnenhaft mit rotem Stift geschrieben: «*Kann ich nur bestätigen! Selbst das Vorwort ist grandios!!*»

Auf dem zweiten Blatt hatte sie aus Sicht der Didaktin mehrere Punkte aufgelistet, die Virginia Woolfs Roman aus dem Jahr 1927 noch heute interessant machten. Es sah so aus, als hätte sie die Sätze in alter Gewohnheit auch für den Schulgebrauch formuliert. Es handelte sich um rot geschriebene Anmerkungen wie: «*Figur Ramsay ist die Inkarnation von Woolfs Vater*», «*Achtung – Reminiszenz an St. Ives*» oder «*Fahrt zum Leuchtturm als motivische Klammer*».

Offensichtlich war Florence in Eile gewesen. Jedenfalls hatte sie ein Blatt Papier zur Hand genommen, auf dessen Rückseite bereits etwas notiert war, vielleicht während eines Telefonats. Es war Bleistiftgekritzel und bei weitem nicht so ordentlich wie die Schrift auf der Vorderseite. Die geschriebenen Worte waren nachträglich durchgestrichen worden, ebenfalls mit Bleistift, aber immer noch lesbar. Daphne gelang es sogar, einen Namen zu entziffern. Einmal hieß es: «*Scott zurückrufen – erst abends.*» Darunter stand: «*Morgen Nachmittag Bootsschlüssel bei S. lassen/Bootsrenovierung.*» Daphne vermutete, dass mit S. erneut Scott gemeint war.

In Foweys Umgebung gab es nur einen Scott, der mit Booten zu tun hatte – der alte Scott Griddle. Bis in die neunziger Jahre war er Austernzüchter gewesen, jetzt verdiente er sein Geld mit Bootsarbeiten und mit der Verwaltung von Yachten.

Daphne spürte, wie ihr vor Müdigkeit die Augen zufielen. Sie klappte ihr Tagebuch zu, knipste die Leselampe aus und ging ins Bad.

Als sie sich eine Viertelstunde später neben dem schnarchenden Francis im Bett ausstreckte, war ihr letzter Gedanke, dass sie morgen unbedingt zu Scott Griddle nach Mevagissey fahren musste.

7

«Jetzt, im Licht der Tragödie dieses Morgens,
gewann alles eine noch bedeutendere Dimension.»

Rosamunde Pilcher, *September*

Der nächste Tag begann mit einer dringenden Mail von
James Vincent an Francis, verfasst um die sagenhafte
Zeit von 5:55 Uhr. Darin ordnete der Chief Inspector das
morgendliche Erscheinen des Ehepaares Penrose im provi-
sorischen Polizeibüro Fowey an. Es gäbe auch Neuigkeiten.

Francis entdeckte die Nachricht eher zufällig, weil er sein
Handy abends im Bad liegengelassen hatte. Er las sie Daphne
in der Küche vor. Obwohl er wenig von James Vincent hielt,
fand er es doch beachtlich, dass der DCI seine Ermittlungen
so schnell vorantrieb.

«Unsinn», sagte Daphne und drückte den Toasterhebel
nach unten. «Er hatte schon mit fünfundzwanzig Schlaf-
störungen. Deswegen geht er ja auch zur Jagd.» Sie goss sich
eine Tasse Tee ein, um ihrer Müdigkeit wenigstens etwas
entgegenzusetzen. «Hat er wieder ein Büro im Hafenamt?»

«Ja, wir haben ihm das Kartenzimmer überlassen. Er
kann ja schlecht für jede Vernehmung von Bodmin anreisen.» Francis schaute Daphne aufmunternd an. «Sei nicht so
hart mit ihm. Der Arme macht nur seinen Job.»

Daphne wusste, dass er recht hatte. Ihr Problem mit

James war weniger, dass sie ihn einmal besser gekannt hatte, als ihr heute lieb war, sondern seine Arroganz. Francis nannte ihr trotziges Verhalten gerne «stachelig». Und das war es wohl auch.

Auf der Fahrt zum Hafen erzählte sie Francis von den handschriftlichen Notizen, die sie in Florence Blighs Büchern entdeckt hatte. Auch er fand die Verbindung zu dem eigenwilligen Scott Griddle merkwürdig.

Sie parkten direkt am Albert Quay. Das zweistöckige weiße Gebäude, in dem die *Fowey Harbour Offices* untergebracht waren, wirkte so bescheiden wie alle anderen historischen Häuser in Foweys Gassen. Die Sprossenfenster und der Erker auf der Wasserseite verstärkten diesen Eindruck noch. Kein Tourist wäre auf den Gedanken gekommen, dass hier die zwanzigköpfige Mannschaft eines betriebsamen Hafens untergebracht war.

Als Francis und Daphne die enge Treppe nach oben stiegen, hörten sie schon im Flur die schneidende Stimme des Chief Inspector. Vor der Tür des Seekartenzimmers standen mehrere Kartons, ein noch verpacktes Faxgerät und zwei Metallkisten. Alle trugen Schilder der *Spurensicherung Bodmin*. Offensichtlich war die Ausrüstung erst nachts angeliefert worden.

Als sie eintraten, stand DCI Vincent am Fenster und telefonierte. Er tat es laut und in kurzen, militärischen Sätzen. Diesmal trug er ein Tweedsakko, darunter helle Chinos und teure braune Schuhe. Sie waren aus Pferdeleder, Daphne erkannte es sofort. Auch Francis' Cousin Lord Wemsley hatte in Embly Hall drei Paar gehortet. Daphne bedauerte, dass das Leder aus Protest gegen seine snobistische Verwendung nicht laut wiehern konnte.

Leise flüsterte sie Francis zu: «Aber wir sagen nichts von Scott Griddle!»

Francis nickte lächelnd. Nach so vielen Jahren Ehe wusste er, dass man eher ein Seepferd dressieren konnte, als Daphne davon abzuhalten, mit dem Kopf durch die Wand zu gehen. Auch ihre Tochter Jenna hatte diese Eigenschaft geerbt.

Als DCI Vincent sein Telefonat beendet hatte, ließ er Daphne und Francis nebeneinander auf der braunen Couch Platz nehmen, die neben dem Kartenschrank stand. Daphne kam sich vor wie auf einem Arme-Sünder-Bänklein. James selbst benutzte einen bequemen Drehstuhl. Der Raum war so beengt, dass der große Schreibtisch zwischen Fenster und Ecke gequetscht werden musste. Auf einem Beistelltisch lagen drei Zeitungen von heute, die alle die Morde auf ihren Titelseiten hatten.

James Vincent gab sich freundlich. Lächelnd sagte er: «Sorry für den frühen Termin. Aber ihr seid das ja gewöhnt ...»

«Natürlich», bestätigte Daphne süffisant, «wir in Fowey schlafen so gut wie nie.»

James verzog pikiert den Mund. «Wenn es dich beruhigt – ich bin über Nacht hiergeblieben. Auch mir machen die Fälle Sorgen.» Er schob ihr ein zweiseitiges Formular hin, das eng beschrieben war. «Wenn du bitte als Erstes deine Aussage von gestern unterschreiben würdest. Du hattest es ja sehr eilig.»

«Wundert dich das?», fragte Daphne. Sie nahm das Formular, überflog den Teil, der sie betraf, und unterschrieb. Dann reichte sie die Papiere an James zurück.

Er legte sie zur Seite und sagte: «Da du ja wundersamerweise auch eine Zeugin im Mordfall Florence Bligh bist, sollten wir zunächst darüber reden.»

Daphne schilderte, wie sie den Schuss gehört hatte und Minuten später umgefahren worden war. Seine Zwischenfragen waren präzise und überraschend höflich formuliert. Daphne hatte den Eindruck, dass es auch mit der Anwesenheit von Francis zu tun hatte, vor dem er sich nicht blamieren wollte. Als sie das abgebrochene Stück Pedale aus der Tasche zog und ihm gab, ließ er es sofort mit spitzen Fingern in eine Plastiktüte der Spurensicherung fallen.

«Das könnte uns helfen. Wir haben einen weiteren Zeugen, der um diese Zeit ein XByrd auf der Straße gesehen haben will. Deine Fingerabdrücke brauchen wir übrigens nicht.» Er musterte sie spöttisch. «Sie sind bei uns noch vom Mordfall McKallan gespeichert.»

«Das beruhigt mich», gab Daphne zurück, ohne auf seinen Unterton einzugehen. «Gestern hätte ich auch nicht mehr lange durchgehalten. Wie du dir denken kannst, war ich ziemlich fertig. Und dann noch die Nachricht, dass Florence Bligh für Scotland Yard gearbeitet hat.»

DCI Vincent hob beide Hände. «Bitte, Daphne, erwähne es nicht einmal! Es darf niemand wissen, schon gar nicht die Presse. Miss Bligh gehörte einem neuen Team an, das Scotland Yard in speziellen Fällen von Jugendkriminalität einsetzen will. Man hatte sie direkt von der Schule dafür abgeworben.»

«Also könnte sie auch bei einem Auftrag ermordet worden sein?»

«Scotland Yard weiß von keinem Auftrag. Sie war noch in der Ausbildung. Allerdings scheint sie in einer Sache auf eigene Faust ermittelt zu haben …» Der Chief Inspector machte eine kleine Pause. «Erst vor zwei Tagen hat sie Anzeige gegen einen Mann aus Polruan erstattet, der immer wieder seinen Sohn verprügelt haben soll. Das Gutachten dazu hat Dr. Finch geschrieben. Der Mann hätte also allen Grund gehabt, auf beide wütend zu sein.»

Daphne wurde hellhörig. Sie ahnte, über wen James sprach. Florence hatte ihn schon lange im Visier gehabt. Er war Koch, und gestern hatte dieser Mann sogar der Küchenbrigade in Glendurgan Garden angehört.

«Meinst du etwa Owen Reeves?», fragte sie.

James reagierte verschlossen. «Tut mir leid, dazu darf ich nichts sagen.»

«Mach dich nicht lächerlich! Du weißt, dass ich jeden hier in Fowey kenne.»

«Also gut.» DCI Vincent wirkte gequält. «Ja, ich meine Owen Reeves. Für den Mord an Florence Bligh hat ihm seine Frau zwar ein Alibi gegeben, aber auf dem Fest in Glendurgan Garden hätte er jederzeit für zehn Minuten verschwinden können.»

Daphne erinnerte sich, dass ihr Reeves gleich nach ihrer Ankunft im Ticketgebäude mit einem großen Küchenbehälter in der Hand entgegengekommen war. Wohin hatte er ihn gebracht? Darin hätte sich leicht eine Pistole befinden können. Sie machte James darauf aufmerksam.

«Danke», sagte er. «Wir werden dazu noch mal das Parkpersonal befragen. Das müssen wir sowieso. Auch wegen einer weiteren verdächtigen Person, die sich unter den Gästen befand.» Er hob die Augenbrauen. «Und bevor du fragst – diesen Namen werde ich dir nicht nennen!»

Jetzt mischte sich auch Francis ein. So machte er es immer. Während Daphne sofort ungeduldig losgaloppierte, sondierte er in Ruhe das Terrain, um irgendwann zum Wesentlichen vorzustoßen.

«Was sagen Ihre Spezialisten?», fragte er. «War es wirklich nur ein Täter?»

«Danke für das Stichwort.» James Vincent spürte wohl selbst, dass er wieder einmal Daphnes Entschlossenheit zum Opfer gefallen war und sich jetzt nicht mehr aus dem Konzept bringen lassen durfte. Er griff zu einem weiteren Blatt Papier und hielt es hoch. Es war eng bedruckt und schien eine Menge Informationen zu enthalten. Daphne konnte das Wort *Ballistik* entziffern. «Nach dieser Untersuchung können wir mit Sicherheit sagen, dass beide Morde mit ein und derselben Waffe begangen wurden.»

«Das heißt, Florence Blighs Mörder musste nach der Tat sofort nach Glendurgan Garden weitergefahren sein.» Francis zeigte auf die große Landkarte von Cornwall, die an der Wand hing. «Immerhin eine Stunde Weg, wenn man die Schnellstraße über Truro fährt.»

Der Chief Inspector nickte. «So war es wohl.»

«Hat man die Waffe inzwischen gefunden?»

«Nein. Aber wir kennen jetzt den Waffentyp. Neun Millimeter, Kurzversion, abgeschossen aus der neuesten Pistole, die es auf dem Markt gibt.» Er schaute bedeutungsvoll von Francis zu Daphne. «*Ideal Conceal*, zweiläufig und getarnt als klappbares Smartphone.»

Daphne starrte ihn ungläubig an. «Ein Handy, das schießen kann? Ich wusste bisher nur von vergifteten Regenschirmen aus Bulgarien.»

«Ja, die Welt ist böser, als du denkst», sagte James sarkastisch. «Sonst müsste es uns ja nicht geben.»

Daphne wollte ihm gerade antworten, als auf der Straße

ein Auto zweimal hupte. James sprang auf, trat ans Fenster und winkte kurz nach unten. Eilig griff er nach einem Umschlag, der auf dem Schreibtisch lag, stürmte aus dem Zimmer und rief Daphne und Francis dabei zu: «Entschuldigung, der Commissioner braucht dringend ein paar Unterlagen!» Kurz darauf hörten sie ihn die Treppe hinunterrennen.

Daphne spähte neugierig durch das Fenster, Francis stellte sich neben sie. Unten parkte eine schwarze Limousine mit dem Kennzeichen von Exeter. Während der Fahrer, ein Polizist in Uniform, hinter dem Lenkrad sitzen blieb, stieg der Commissioner aus und vertrat sich auf dem Straßenpflaster die Beine. Daphne hatte ihn schon einmal bei einer Charity-Veranstaltung gesehen. Er war nicht sehr groß, trug eine schwarze Lederjacke mit dem Abzeichen der *Devon & Cornwall Police* und hatte etwas von Napoleon. Während er hin und her ging, taxierte er mit skeptischem Blick das bescheidene Hafenamt, als hätte er Probleme damit, sich vorzustellen, dass man hier seinen Chief Inspector eingepfercht hatte. Auch James Vincent schien es unangenehm zu sein, hier erwischt zu werden. Während er aus dem Haus kam, machte er eine wegwerfende Geste Richtung Eingang und begrüßte den Commissioner in übertrieben strammer Haltung. Der Commissioner nahm ihm den Umschlag ab und schien noch ein paar gezielte Fragen zu stellen. Fasziniert sah Daphne von oben zu, wie untertänig DCI Vincent plötzlich wirkte. Der kurze Bericht, den er seinem Chef zu geben schien, bezog sich offensichtlich auf die Unterlagen, denn zweimal deutete er auf den hellbraunen Umschlag.

In ihrem Innersten kribbelte es. Sie wandte ihren Blick von der Straße ab und schaute unsicher zu Francis. «Soll ich?», fragte sie.

«Das musst du entscheiden», sagte er lächelnd. Er wusste, dass sie ihre Fähigkeit, Lippen zu lesen, nur selten und nur unter großer Anspannung einsetzte. Zu schmerzhaft war ihre Erinnerung an die Zeit, als die halbtaube Daphne im Kindergarten das Gespött der anderen gewesen war.

Sie beschloss, es zu tun. Für Florence Bligh! Da der Commissioner und James Vincent mit dem Gesicht zum Hafenamt standen, konnte sie ihre Lippen deutlich genug sehen. Sie begann sich zu konzentrieren.

Erstaunt stellte sie fest, wie leicht es ihr noch immer fiel. Mit knappen Worten beschrieb sie Francis, was auf der Straße gesprochen wurde. Es war wie die Übersetzung aus einer anderen Sprache.

Der Commissioner fragte nach Zeugen im Mordfall Bligh. Der Chief Inspector erklärte ihm, dass es neben einer gewissen Mrs. Penrose («Durchaus glaubwürdig, die Frau! Hatte das Pech, nachmittags auch noch Dr. Finch zu entdecken.») einen weiteren Zeugen gab, der den Mountainbiker in Fowey gesehen hatte. Es war ein achtjähriger Schuljunge, der allerdings mehr auf das tolle Rad als auf den Biker geachtet hatte. Nach seinem fachmännischen Urteil hatte es sich um ein schwarzes, klappbares Mountainbike der Marke XByrd gehandelt, welches man leicht im Kofferraum eines Autos verschwinden lassen konnte.

Die nächste Frage des Polizeichefs betraf die Alibiliste im Mordfall Dr. Finch. Welcher Gast hatte sich wann und wo im Park befunden? Der Commissioner bestand darauf, dass James ihm die Liste schnellstens zukommen ließ, schließlich waren die Namen prominenter Persönlichkeiten darunter. James versprach, die Namen sofort nach Exeter zu mailen, die Liste lag so gut wie fertig oben im Büro.

Mit einem Ruck trat Daphne vom Fenster zurück und schaute sich im Zimmer um.

Francis war irritiert. «Was ist? Warum machst du nicht weiter?»

Daphne war bereits an den Schreibtisch getreten. «Wo mag diese Liste wohl sein?» Sie schaute Francis bittend an. «Wenn du mal kurz am Fenster aufpassen würdest ...»

«Tu mir das nicht an – ich arbeite in diesem Haus!»

Sie lächelte ihn gefährlich nett an. «Bitte, Schatz!»

Mit genervtem Blick gab Francis auf. Zähneknirschend trat er ans Fenster, warf einen Blick auf die Straße und murmelte: «Sie verabschieden sich gerade.»

Daphne war klar, dass sie im Begriff war, es sich endgültig mit James zu verscherzen, wenn sie von ihm ertappt wurde. Andererseits hatte sie das sichere Gefühl, dass die Polizei ihr Wissen benötigte. Sie und Francis waren hier geboren und kannten die Zusammenhänge in Fowey besser als jeder Polizist.

Auf dem Schreibtisch lagen zwei Stapel. Eilig blätterte sie den linken durch, doch das Ergebnis war enttäuschend. Sie fand nur drei Jagdzeitschriften, Zeitungsartikel über kanadische Berghütten und eine zusammengebundene Akte mit offensichtlich alten Kriminalfällen.

Francis stand immer noch am Fenster. «Der Fahrer hat den Motor gestartet und die Beifahrertür geöffnet», sagte er ungeduldig. «Beeil dich, wenn du es schon unbedingt tun musst!»

Daphne legte einen Zahn zu. Der rechte Schreibtischstapel war zwar höher, aber er war schneller durchzublättern. Unter den Autopsieberichten fand sie schließlich, wonach sie suchte:

Die Liste mit den Alibis aller Glendurgan-Gäste bestand aus fünf Seiten. Auf der letzten Seite waren auch drei Tatortfotos abgedruckt – eines von Dr. Finchs Leiche, eines vom Park mit den Zelten und eines vom leeren Durgan-Strand unterhalb des Parks. Sie spürte, wie sich vor Aufregung ihr Magen verkrampfte. Wie sollte sie das alles so schnell durchlesen?

Plötzlich entdeckte sie hinter der Tür ein Kopiergerät. Sie schnappte sich die Liste, lief zum Kopierer und rief Francis zu: «Ist James immer noch unten?»

«Gerade hilft er dem Commissioner aus der Jacke ... Jetzt steigt der Commissioner ein.»

Daphne begann zu schwitzen. Die fünf Seiten waren mit einer Büroklammer zusammengeheftet, die erst gelöst werden musste. Aber darauf kam es jetzt auch nicht mehr an. Sie schob die erste Seite in den Schlitz und drückte den Knopf. Draußen startete ein Auto und fuhr davon. Daphne ahnte, was das bedeutete. Dennoch blieb sie hartnäckig am Kopierer stehen und legte sofort die zweite Seite ein, als die erste wieder zum Vorschein kam.

Francis trat vom Fenster zurück und schüttelte fassungslos den Kopf. Seine Geduld war am Ende. «Bitte, Daphne, lass es gut sein! James muss jeden Moment kommen!»

«Fang ihn unten im Flur ab!»

Francis schaute sie zornig an, was nicht oft in ihrer Ehe vorkam. Dann ging er stumm zur Tür und verschwand nach draußen.

Nachdem Daphne auch die restlichen Kopien in den Händen hatte, klammerte sie das Original wieder ordentlich zusammen und legte es in den Schreibtischstapel zurück.

Während sie lauschte, ob im Flur auch wirklich keine

Stimmen zu hören waren, überflog sie die Liste. Hinter jedem der einundfünfzig Gästenamen war vermerkt, wo sich der Einzelne zur Tatzeit aufgehalten hatte. Dr. Finchs Tod war von der Gerichtsmedizin auf die Zeit zwischen 13:15 Uhr und 13:45 Uhr datiert worden. Finch hatte sich um kurz nach eins aus einem Gespräch mit einem anderen Gast verabschiedet, um einen Parkspaziergang zu machen. Soweit Daphne auf die Schnelle sah, konnten sich nahezu alle Gäste gegenseitig Alibis geben, auch wenn bei ihren Zeitangaben immer nur «ca.» stand. Im Prinzip hätte jeder ein paar unbeaufsichtigte Minuten finden können, um den Mord zu begehen. Die Einzigen, die ein wirklich lückenloses Alibi besaßen, waren Sir Trevor Tyndale und Lewis Russell, da beide ununterbrochen in Gesprächen mit den Musikern, dem Catering, der Parkleitung oder anderen Gästen gewesen waren.

Auf der vorletzten Seite gab es ein fettgedrucktes Fazit von Chief Inspector Vincent, in dem er drei mögliche Mordszenarien hervorhob. Daphne hätte laut jubeln können. Überschaubarer konnte ein Ermittlungsergebnis nicht dargestellt sein.

Hauptverdächtiger der Polizei war tatsächlich der Koch Owen Reeves, auch wenn es noch keine handfesten Beweise gegen ihn gab. Nach Florence Blighs Anzeige hätte er aber allen Grund gehabt, sich an der Lehrerin und an Dr. Finch zu rächen. Bereits viermal war er wegen Randalierens und durch Schlägereien in Fowey und Penzance aufgefallen.

Zweite Tatversion: der Angriff eines unbekannten Dritten, der Glendurgan Garden von der Wasserseite her betreten hatte. Nach dieser Hypothese waren Florence Bligh und Dr. Finch doch ein heimliches Paar und wurden aus Eifersucht erschossen.

Als Daphne zum letzten Absatz des Fazits kam, fühlte sie das Blut aus ihrem Gesicht weichen. Dort war eine Verdächtige aufgeführt, die sich bereits seit 13:10 Uhr im Park aufgehalten, sich aber der Festgesellschaft nicht gezeigt hatte, so als wollte sie nicht zu früh entdeckt werden. Auffälligerweise war sie es auch, die später ihre Begleiterin Mrs. Penrose zu Dr. Finchs Leiche geführt hatte.

Der Name der Verdächtigen war Linda Ferguson.

Mit zitternden Händen las Daphne weiter. Erst vor einer Woche hatte Linda mit Dr. Finch einen lautstarken Streit in dessen Praxis gehabt. Als Eigentümerin des Gebäudes, in dem sich die Arztpraxis befand, wollte sie Dr. Finch aus privaten Gründen kündigen. Finch hatte sich geweigert, die Kündigung anzunehmen, und stattdessen mit einem unerfreulichen Prozess gedroht. Lindas Verhältnis zu Florence Bligh sah die Polizei als noch ungeklärt an.

Erschüttert starrte Daphne auf die Formulierung *Anhaltend hoher Tatverdacht*. Warum hatte Linda ihr das alles nie erzählt?

Sie lauschte. Im Flur näherten sich laute Stimmen.

Hastig faltete sie die Blätter zusammen und ließ sie in ihrer Handtasche verschwinden. Als die Bürotür aufging, erschien als Erster James, mit nassgespritztem Tweedsakko. Offensichtlich kam er gerade aus den Toilettenräumen. Missmutig hielt er seine tropfenden Hände von sich. Pikiert drehte er sich zu Francis um, der ihm ins Zimmer folgte.

«Wenigstens der Wasserhahn sollte doch in einem Hafenamt funktionieren!»

Francis zwinkerte Daphne hinter dem Rücken des Chief Inspector zu und sagte ganz ernst: «Absolut. Wir werden uns darum kümmern.»

In diesem Moment entdeckte James, dass auch seine teuren Pferdelederschuhe nass geworden waren. Größer hätte die Katastrophe nicht sein können. Er zog ein grünes Taschentuch aus der Jacke, ging mit verärgertem Schnaufen in die Knie und rieb vorsichtig über die feuchten Stellen. Dabei sah er Daphne von unten an. «Worüber hatten wir zuletzt gesprochen?»

«Über ein Handy, das schießen kann», antwortete sie.

Aber ihre Gedanken waren längst wieder bei Linda Ferguson.

8

«Wissen heißt wissen, dass wir nicht wissen können.»

Ralph Waldo Emerson, *Montaigne oder der Skeptiker*

An diesem Vormittag bedauerte es Daphne zum ersten Mal, dass Foweys Gassen so eng und steil waren. Wie immer, wenn etwas Aufregendes passiert war, rasten die schlechten Nachrichten mit Schallgeschwindigkeit vor ihr her. Jeder klappernde Briefkasten wurde zur Falle, an jeder Straßenecke musste sie Auskunft geben. Besonders mit der armen Florence Bligh hatte man Mitleid. Jeder erinnerte sich auf seine Weise an sie. Im Buchladen liebte man ihre Neugier, Mr. Goodfellow von den Vogelkundlern hatte sie als Mitglied gewinnen dürfen, und die Gallaghers hatten Französisch bei ihr gelernt. Nur für die stets aufgeregte Harriet Tamblyn waren die Morde ein weiterer Beweis für Englands Niedergang. Mit ihr musste man allerdings Nachsicht üben. Vor fünf Jahren war ihr Cousin Edward in einen Fall von Kannibalismus verwickelt gewesen. Wie sich herausstellte, hatte Harriet ihm erst kurz zuvor ein hübsches Tranchierbesteck geschenkt.

Während Daphne ihre Post einwarf, waren ihre Gedanken unaufhörlich bei Linda. Warum hatte ihre Freundin behauptet, sie sei gerade erst in Glendurgan Garden angekommen, wenn sie bereits seit einer Stunde dort herumgelaufen war?

Eine harmlose Flunkerei konnte es kaum gewesen sein, denn sonst hätte Linda doch während des Rundgangs nicht so auffällig für die Pflanzen des Parks geschwärmt. Daphne *sollte* denken, dass Linda seit vielen Jahren nicht mehr hier gewesen war.

Auch eine andere Sache war merkwürdig. Linda und sie erzählten sich fast alles. Warum hatte sie den hässlichen Streit mit Dr. Finch nie erwähnt?

Strampelnd und schwitzend erreichte Daphne die Rawlings Lane, in der sie heute die wenigste Post auszutragen hatte. Sie stieg vom Rad ab. Neben ihr auf dem Hügel bewegten sich die hohen pazifischen Monterey-Kiefern im Wind, die schon aus der Ferne zu Foweys Bild gehörten. Als Kind war sie oft über die Stufen nach hier oben gerannt, um die gewaltigen Kiefern aus der Nähe zu betrachten.

Unterhalb der Straße lag das B&B-Cottage von Linda. Einem spontanen Impuls folgend, stieg Daphne wieder aufs Rad und rollte dann auf die Einfahrt zu. Sollte Linda die vielen Fragen doch selbst beantworten.

Der abschüssige Weg war von Stechginster gesäumt, die gelben Farbtupfer erstreckten sich bis zum gekiesten Platz vor dem Haus. Das graue Granitgebäude mit den blauen Sprossenfenstern und den vielen kleinen Schornsteinrohren gehörte zu den ältesten Cottages in Fowey. Mit geschickter Hand hatte Linda große Steintöpfe vor der Hauswand arrangiert und sie mit blauen Hortensien bepflanzt. An der Hausecke lehnten zwei Kanus, die den Gästen zur Verfügung gestellt wurden. Der enge Parkplatz war von einer Wildrosenhecke umgeben, sodass er nicht weiter auffiel. Nur ein Auto stand darauf, ein großer grauer Vauxhall, der vermutlich ihrem Gast Lewis Russell gehörte.

Daphne stellte ihr Rad neben der Hecke ab und ging quer über den Rasen auf das Haus zu. Über dem Eingang pendelte ein breites Stück Treibholz, auf den der Name der Pension gemalt war: *Pengelly Cottage*.

Sie öffnete die Haustür. Schon beim Eintreten war die einzigartige Atmosphäre der Pension zu spüren. Am anderen Ende des Flures konnte man durch ein rundes Fenster den Fluss sehen, unter dem Fenster standen zwei Ohrensessel. Auf der rechten Seite lag der Aufenthaltsraum für die Gäste, mit einem langen Refektoriumstisch, Armchairs und moderner Kunst an den Wänden. Auf der anderen Seite, neben der Küche, führte die Treppe nach oben in den ersten Stock, wo sich die fünf Doppelzimmer der Pension befanden. Lindas eigene Räume versteckten sich im abgeschlossenen Bereich hinter der Treppe.

Daphne klopfte mit den Fingern an die Schiffsglocke im Flur. Ihr schöner Klang vibrierte durch die Räume.

«Jemand zu Hause?»

«Ich komme!» Die Küchentür flog auf, und Linda erschien. Über ihrer weißen Hose trug sie ein weißes Shirt und einen blauen Blazer. Ihr Gesicht wirkte unsäglich blass, in der Hand hielt sie ein Glas Orangensaft. Als sie Daphne sah, blieb sie überrascht stehen und schaute auf die Wanduhr neben der Küchentür. «Hallo! Du bist früh dran heute.»

«Ja.» Daphne hielt ihr die vier Briefe hin, die sie mitgebracht hatte. «Alles ein bisschen anders als sonst ...»

Linda verzog den Mund und nahm die Post entgegen. «Was glaubst du, wie es mir geht? Ohne Schlaftablette hätte ich kein Auge zugekriegt.» Sie umarmte Daphne. «Komm rein. Ich muss allerdings gleich weg, mein Anwalt holt mich ab.»

Während Daphne ihre Royal-Mail-Weste auszog und an

die Garderobe hängte, legte Linda die Post auf die blaue Truhe neben der Treppe, steckte kurz den Kopf in die Küche und sagte etwas. Dann ging sie in den Aufenthaltsraum und nahm am Refektoriumstisch Platz. Daphne tat es ihr gleich. Linda wirkte nervös, obwohl sie sonst stets diejenige war, die bei allem die Ruhe bewahrte. War Daphne in einem unpassenden Augenblick erschienen, oder ahnte die Freundin, dass unangenehme Fragen auf sie zukamen?

Obwohl Linda sich Mühe gab, entspannt zu wirken, gelang es ihr nicht wirklich. «Meg bringt dir einen Kaffee. Ich hab heute schon eine ganze Kanne getrunken.»

«Wer ist Meg?», fragte Daphne. Diesen Namen hatte sie hier noch nie gehört.

«Meine neue Haushaltshilfe. Sie hat vorher im Zimmerservice des Hotels gearbeitet, aber ich konnte sie von Jake abwerben.»

Aus der Küche erschien eine junge, schmale Frau mit weißer Bluse und einem kurzen schwarzen Rock. Sie war vielleicht Anfang zwanzig und hatte kurzgeschnittenes Haar, wobei der Pony ein wenig unentschieden wirkte. Während sie einen Becher mit Kaffee sowie Sahne und Zucker von ihrem weißen Tablett nahm und vor Daphne hinstellte, lächelte sie scheu.

«Meg, darf ich Ihnen meine Freundin Mrs. Penrose vorstellen?»

«Guten Tag, Mrs. Penrose», sagte Meg. «Ich hab Sie schon ein paarmal im Hotel gesehen. Sie bringen immer die Post, nicht?»

«Ja.» An der Stimme konnte Daphne erkennen, wie schüchtern Meg war.

«Sind Sie aus Fowey?»

Meg stand etwas steif da. «Nein, Ma'm, ich komme aus London. Ich hatte mich vor zwei Monaten im Hotel auf eine Annonce beworben.»

«Und wohnen Sie jetzt hier im Haus?»

«Nein, ich habe ein kleines Zimmer gegenüber der St. Fimbarrus Church.»

«Na, dann könnt ihr ja als Team loslegen», sagte Daphne herzlich. «Ich wünsche euch viel Erfolg.»

«Danke, es macht Spaß, mit Mrs. Ferguson so ein schönes Haus einzurichten.» Meg schien aufrichtig stolz zu sein auf ihre neue Tätigkeit. «Wenn Sie mich jetzt bitte entschuldigen, Ma'm? Ich muss noch ein Zimmer fertig machen.»

Sie huschte nach draußen, das weiße Tablett ließ sie da. Daphne hörte, wie Meg die knarrende Holztreppe nach oben ging. Sie trank einen Schluck Kaffee und sagte: «Glückwunsch! Ein nettes Mädchen.»

«Ja, ich mag ihre stille Art. Sie ist ein echter Gewinn.»

«Wie sind deine Buchungen? Bist du zufrieden?»

«Oh ja!» Linda versuchte zu klingen, als könnte es nicht besser sein. «Morgen habe ich noch zwei Anreisen, dann sind wir bis September ausgebucht. Sieht so aus, als wäre meine Kampagne im Internet erfolgreich gewesen.»

«Das freut mich.» Daphne schob ihren Becher zur Seite, griff quer über den Tisch und nahm Lindas kalte Hand. «So, und jetzt will ich wissen, wie es dir wirklich geht.»

Linda schwieg einen Moment, dann verzog sie den Mund. «Was soll ich sagen? Du hast es ja längst gemerkt ...»

«Ist es so schlimm?»

Linda nickte stumm.

«Streitest du immer noch mit Jake?»

«Streit?» Linda lachte bitter. «Es ist offener Krieg! Alles, was man nie haben wollte. Jake hat einen Anwalt in London, der will meine Ansprüche ins Lächerliche runterdrücken.»

«Wie furchtbar! Aber du bist ja eine Kämpferin!»

Linda tupfte mit der Serviette unter ihre Augen. «Darum geht es nicht. Es geht um Vertrauen, das mit Füßen getreten wird. Und um meine Würde ...» Sie brach ab. «Aber was hilft das Jammern?»

«Wie hast du früher immer gesagt? ‹Gäste wollen fröhliche Gesichter.›»

«Gott ja, was man eben so sagt, wenn man keine anderen Sorgen hat.»

Es klang deprimiert, aber Daphne spürte, dass Linda insgeheim froh war, mit jemandem über ihre Probleme sprechen zu können. Wobei sie auch jetzt nicht ihre Haltung verlor.

«Könnte Jake denn auch auf dieses Cottage Anspruch erheben?», fragte Daphne.

«Nein.» Linda schüttelte energisch den Kopf. «Das hier und ein Mietshaus in Fowey habe ich aus dem Erbe meines Vaters gekauft. Aber Jake könnte mich für Kredite haftbar machen, die wir zum Umbau des Hotels aufgenommen hatten.»

«Du hast hoffentlich auch einen guten Anwalt.»

«Ich glaube schon», sagte sie. «Einen aus Plymouth. Sir Trevor hat ihn mir empfohlen.»

Es war ein Ehedrama, wie Daphne und Francis es oft genug in ihrem Freundeskreis erlebt hatten. Sie waren beide dankbar, dass ihnen ein solches Zerwürfnis bisher erspart geblieben war. Daphne beschloss, aus der Deckung zu gehen. Sie konnte es nicht ertragen, noch länger um den heißen Brei herumzuschleichen.

«Darf ich dich etwas fragen?», begann sie. «Ist es wahr, dass du mit Dr. Finch wegen seiner Praxis Streit hattest?»

Linda stellte ihr Glas ab. Saft schwappte heraus. «Woher weißt du das?»

«Du kennst doch Fowey – über alles wird geredet …»

Mit ausweichendem Blick starrte Linda sekundenlang an die Decke, bevor sie Daphne wieder ansah. In ihren Augen standen Tränen. «Ja, es stimmt, wir hatten Streit. Aber das lag an ihm. Ich hatte ihm sogar angeboten, ihm beim Preis entgegenzukommen, wenn er das Haus kaufen würde. Aber er wollte sofort vor Gericht ziehen. Daphne, ich schwöre dir, dieser Mann war nicht so harmlos und nett, wie er getan hat. Er hat mich bei diesem Streit zwanzig Minuten lang angeschrien.»

«Dr. Finch?» Daphne schüttelte ungläubig den Kopf. «Es gab doch niemanden, der ausgeglichener und höflicher war als er …»

«Aber nicht, wenn es um Geld ging. Um jeden Penny hat er gefeilscht. Als Jakes Nichte einmal die Arztrechnung zu spät bezahlt hat, hat er gedroht, sie nicht mehr zu behandeln.»

«Das wusste ich nicht.»

Linda wischte sich mit dem Handrücken die Tränen aus dem Gesicht. «Danach hat mein Anwalt die Sache übernommen. Ich wollte nur noch, dass er das Mietshaus für mich verkauft und irgendeine blöde Regelung mit Finch findet.»

«Das tut mir leid …»

Linda lachte wieder bitter. «Und ausgerechnet ich entdecke seine Leiche …»

In ihrer Blazertasche klingelte das Handy. Sie zog es hervor, drückte auf die Sprechtaste und sagte: «Frank? … Ja, ich komme raus. Muss ich Akten mitnehmen? … Gut … Bis gleich.» Sie beendete das Telefonat und stand auf. «Entschuldigung, mein Anwalt wartet draußen. Wir müssen nach Truro, zum Gericht.»

«Und ich hab noch fünf Straßen vor mir», sagte Daphne gespielt fröhlich, während sie ebenfalls aufstand.

Linda legte kurz ihr Handy auf den Tisch, stellte das Geschirr auf das Tablett zurück und schob die Stühle unter den Tisch.

Daphne beäugte das glänzende schwarze Smartphone neben dem Tablett. Sie hätte schwören können, dass Linda letzte Woche noch ein pinkfarbenes Handy gehabt hatte, alt und zerkratzt. Dieses hier war nagelneu. Unauffällig beugte sie sich zum Handy hin über den Tisch, als wollte sie das Tablett zu sich ziehen. Im selben Augenblick schnappte Linda sich das Telefon und steckte es ein.

Plötzlich schämte Daphne sich. Ich bin ja verrückt, dachte sie, ich bin doch ihre Freundin.

«Lass doch das Tablett stehen, Meg holt es gleich», bat Linda. «Und sei mir nicht böse, dass ich jetzt wegmuss.»

Daphne folgte ihr in den Flur, wo sie sich kurz in die Arme nahmen. Dann huschte Linda nach draußen. Die Haustür blieb weit offen. Neben der Ginsterhecke in der Einfahrt wartete mit laufendem Motor ein blauer Jaguar. Daphne sah, dass hinter dem Steuer ein gutaussehender Mann mit roter Krawatte saß. Linda stieg lächelnd ein, als würde sie sich freuen, ihren Anwalt zu sehen.

Daphne nahm ihre orangefarbene Weste vom Haken und zog sie an, um sich wieder in eine Postbotin zu verwandeln. Von Meg war im Flur nichts zu sehen, als ob das Haus plötzlich verwaist wäre.

Als sie nach draußen kam, hörte sie auf der anderen Seite des Hauses jemanden husten. Sie ging bis zur Hausecke durch den Garten.

An einem runden Tisch, mitten auf der blühenden Wiese, saß Lewis Russell. Vor ihm lag ein hoher Stapel Bücher. Er selbst hatte sich so platziert, dass er bei der Arbeit den Schiffen auf dem River Fowey zusehen konnte. Während er sich auf einem Schreibblock Notizen machte, lagen die Beine lässig ausgestreckt auf einem zweiten Stuhl. Sein grau durchzogener Vollbart wirkte heute weniger zauselig als gestern.

Daphne ging über die Wiese zu ihm, um hallo zu sagen.

Überrascht blickte er auf, nahm schnell die Füße vom Stuhl und erhob sich strahlend. «Was für eine Überraschung!»

Sein blaues Leinenhemd stand an der Brust offen. Es schien ihm unangenehm zu sein, er knöpfte es schnell zu. «Wollen Sie sich nicht setzen?»

«Danke, ich bin noch im Dienst. Und Sie müssen auch arbeiten …»

Doch Russell hatte ihr bereits den Gartenstuhl hingestellt. «Nur fünf Minuten. Ich wollte Sie ohnehin was fragen.» Seine Stimme war angenehm und ruhig. Daphne mochte Leute, die nicht pausenlos aufgeregt plapperten. Während sie Platz nahm, schob er seine Bücher und den vollgekritzelten Schreibblock zur Seite. «Wie geht es Ihnen? Haben Sie den Schock einigermaßen überwunden?»

«Das wird nicht so leicht werden», sagte sie. «Nicht, wenn es um jemanden geht, den man kannte. Und nicht, wenn es gleich zwei Menschen getroffen hat.»

Russell blickte sie voller Anteilnahme an. «Das kann ich verstehen. Als wir gestern im Zelt von der erschossenen

Lehrerin hörten, gab es viele, die weinten. Sie war wohl sehr beliebt.»

«Ja, das war sie.»

Sie unterhielten sich eine Weile über den Schmerz, den ein solcher Verlust auslöste, selbst wenn es sich bei dem Toten nicht um den eigenen Angehörigen handelte. Russell nannte ein paar Beispiele großer Trauer aus der Literatur. «Und in all diesen Schicksalen ist der größte Schmerz das Unumkehrbare», sagte er einfühlsam. «Das ist der Stachel in allem.»

Daphne hatte das Gefühl, das Thema schnell wieder verlassen zu müssen. «Tut mir leid, dass Ihr Vortrag so schrecklich geplatzt ist», sagte sie bedauernd.

Russell schien es klaglos hinzunehmen. «Trevor hat mir einen neuen Termin angeboten. Will ich das? Ich weiß es noch nicht.» Er nahm ein Buch vom Tisch. Es war *Rebecca* von Daphne du Maurier. «Es käme sowieso nicht in Frage, bevor ich nicht meine große Du-Maurier-Edition beendet habe.»

«Wissen Sie, ob Trevor noch hier ist? Es hieß, er muss zu einem wichtigen Prozess nach London.»

«Ja, Trevor ist heute Morgen gefahren. Die Prozesse eines Kronanwalts kann man nicht so einfach vertagen. Der Chief Inspector hat uns deshalb beide zusammen befragt – bis nachts um eins. Zum Glück gehören wir zu denen, die pausenlos mit anderen Leuten zusammen waren.» Er stöhnte. «So hatte ich mir den Tag nicht vorgestellt.»

«Wir waren eben alle verdächtig.»

«Ich mache der Polizei auch keinen Vorwurf. Sie hat sich korrekt verhalten. Chief Inspector Vincent wirkt zwar ein bisschen ...» Seine Stimme wechselte zu feiner Ironie. «Auf ihn passt der Satz: ‹Manche Hähne glauben, dass die Sonne ihretwegen aufgeht.›»

Daphne musste lachen. «Besser kann man ihn nicht beschreiben.»

«Aber alles in allem ... Trevor und ich hatten den Eindruck, es wurde umfassend und sorgfältig ermittelt.»

«Woher kennen Sie Trevor eigentlich so gut?»

Lewis Russell lächelte spitzbübisch. Die Brise vom Fluss bewegte seine grauen Locken. Neben den Augenwinkeln hatte er kleine Lachfältchen. «Von einem Wettstreit in unserem Londoner Club. Ich war neu dort und sollte die selbstgeschriebenen Gedichte der Mitglieder beurteilen. Reine Unsinnspoesie, jeder musste sich was einfallen lassen. Trevor hatte ein Steinzeitgedicht verfasst – und gewann zwei Kisten Champagner.»

Daphne musste lachen. «Trevor ist ein großes Kind. Die Steinzeit hatte es ihm schon in der Schule angetan. Gibt es das Gedicht noch?»

Lewis Russell erhob sich, breitete die Arme aus und begann zu rezitieren. Mit seinem Bart und dem wehenden Leinenhemd sah er aus wie ein Barde. Mit dramatischer Stimme rief er:

«Die Tundra schläft, ein jeder ist zu Hause,
selbst Höhlenbären kommen nicht hervor.
Bis morgens macht die Wildnis Pause,
die Steinzeit legt sich kurz aufs Ohr.
Nachts wollen selbst die Wollnashörner nicht
und auch das Mammut träumt im Schlummer.
Nur beim Neandertaler brennt noch Licht.
Ihm macht – die Zukunft etwas Kummer.»

Daphne applaudierte. Das war ein typischer Trevor Tyndale – etwas verrückt und trotzdem hintersinnig. Manchmal kritzelte er solche Verse spontan auf die Rückseite einer Gerichtsakte.

Russell setzte sich lachend. «Seitdem veranstalten wir jedes Jahr zu Ostern einen Steinzeitabend. Die Verse werden demnächst als Buch erscheinen.»

«Ich hoffe, ich bekomme ein Exemplar», sagte Daphne und schaute dabei auf die Uhr. «Oh, ich muss weiter. Die Royal Mail wirft mich sonst in den Tower.»

«Warten Sie.» Russells blaue Augen hatten ein Strahlen, das sie nicht oft an einem Mann gesehen hatte. Seine kräftige walisische Statur wirkte stark und zuverlässig. «Eigentlich wollte ich das gestern schon mit Ihnen besprechen ... Es geht um meine Neuausgabe der Du-Maurier-Romane. Am Anfang steht *Die Bucht des Franzosen*. Trevor sagte, dass Sie eine Menge über die Entstehung dieses Buches wissen.»

«Mrs. du Maurier hat oft darüber gesprochen. Auch mit meiner Mutter, die den Helford River sehr geliebt hat.»

Russell strich sich über den Bart. «Haben Sie jemals aufgeschrieben, was Sie mit Lady du Maurier erlebt haben?»

«Nein. Warum auch? Ich war noch ein Kind, als meine Mutter bei ihr arbeitete.»

«Hätten Sie nicht Lust, mich bei meinem Buch zu beraten? Es wäre mir auch ganz persönlich eine Freude.»

Er stellte die Frage so selbstverständlich, dass Daphne darüber erschrak. Schon als sie früher in einer Buchhandlung gearbeitet hatte, bevor Jenna auf die Welt gekommen war, hatte sie die akademische Welt als etwas sehr Fernes gesehen. In diesem Fall irritierte sie vielleicht auch, dass ausgerechnet Lewis Russell sie um Hilfe bat.

Ihr Handy piepte. «Entschuldigung.» Sie zog es aus der Tasche und sah, dass die Nachricht von Francis stammte. Er bat sie, heute Abend pünktlich zu Hause zu sein, weil er für sie kochen wollte. Das Ende der Kurznachricht waren zwei rote Herzchen. Plötzlich hatte sie das Gefühl, soeben von ihrem Mann bei einem viel zu persönlichen Gespräch ertappt worden zu sein. Sie steckte das Handy wieder ein und stand verwirrt auf.

«Ich ... Wenn ich noch mal darüber nachdenken dürfte? ... Ich muss jetzt wirklich los. Fowey ohne Post wäre wie ein Buch ohne Buchstaben.»

«Nur wenn ich Sie dafür zu einem Drink am Hafen einladen darf», bat Dr. Russell lächelnd.

«Ich werde mich melden», sagte sie freundlich, aber etwas steif.

Als sie wieder zu ihrem Fahrrad mit der Posttasche ging, fegte ein kräftiger Windstoß über *Pengelly Cottage*. Aus Lindas Wildrosenhecke wehten dunkelrote Blütenblätter in Richtung Fowey.

9

«Aber was ist der Ehrgeiz des *River Fowey*?
Von Anfang an ist es sein Ziel, mit den Gezeiten eins
zu werden und das Meer zu begrüßen.»

John Neale, *Exploring the River Fowey*

Im Hafenamt gab es viele Scherze über die tägliche Routine. Jeder hatte dabei seinen eigenen schwarzen Humor.

Als Ramsey Taylor vor ein paar Wochen vom Schlepper gefallen und mit dem Fuß in die Schraube geraten war, hieß es: «Der arme Ramsey hat drei Zehen verloren.»

«Alles Routine», hatte jemand gerufen.

An diesem Morgen kam der Scherz von Sybil Cox, die Callum Stockwood beim Verdrücken zweier Sandwiches zugeschaut hatte. Spöttisch sagte sie: «Er isst zu viel. Irgendwann geht er uns noch unter.»

«Alles Routine», riefen Amanda Kingsley und die anderen Damen im Chor.

«Schämt euch», sagte Francis amüsiert und ging wieder in sein eigenes Büro zurück.

Ausgerechnet seine eigene tägliche Routine sollte ihn zehn Minuten später nachdenklich machen.

Wie jeden Morgen studierte er neben den Informationen vom Hafenkapitän auch die Lotsenberichte und die Tagesprotokolle der Offiziere. An diesem Vormittag gab es allerdings drei Einträge, die ihn stutzig machten.

Gestern hatte einer der Lotsen zwischen 19:00 und 20:00 Uhr einen Gegenstand im Wasser treiben sehen, der in einer Mooringleine verfangen war. Es sah nach einem schwarzen Fahrrad aus. Als der Lotse näher heranfuhr, war das Rad verschwunden.

Eine zweite Sichtung wurde eine Stunde später gemeldet. Zwei Fischer hatten an der Fähre von Bodinnick ein Vorderrad mit dicken Reifen entdeckt. Es ragte mit drehenden Speichen aus dem Wasser, tauchte aber kurz darauf wieder unter.

An derselben Stelle stieß ein zurückkehrender Schlepper an das Fahrrad. Es versank und tauchte danach nicht mehr auf.

Francis verließ den Schreibtisch, trat ans Fenster und schaute nach unten zu den Pontons, um nachzudenken. Callum Stockwood war gerade dabei, ein Patrouillenboot für die Uferinspektion vorzubereiten. Mit seinem starken Außenborder und dem abgeflachten Rumpf konnte das Boot jede Stelle des Flusses erreichen.

Francis versuchte, sich vorzustellen, wohin das Fahrrad getrieben sein könnte. Selbst wenn es nicht das Mountainbike des Mörders von Florence Bligh gewesen sein sollte, musste der gefährliche Haufen Metall schnellstens aus dem Wasser gefischt werden. Es konnte viel damit passieren – Schiffsschrauben blieben darin hängen, Netze wurden beschädigt, und die Umwelt nahm Schaden. Da man das Rad erst im Hafen und dann bei Flut an der Fähre gesehen hatte, musste es also mit der Hauptströmung flussaufwärts getrieben sein. Vor Mixtow gab es einen tiefen Flussabschnitt, der selbst bei Ebbe mit Wasser gefüllt blieb. Hier war schon manches Bootszubehör verschwunden.

Yeate Pool.

Francis blickte auf die Uhr. Vor zwei Stunden hatte die Ebbe eingesetzt, der ideale Zeitpunkt, das Wasserloch nach dem Rad abzusuchen. Wenn er und Callum sich beeilten, konnten sie Yeate Pool noch mit dem Boot erreichen, bevor sie später auf dem Trockenen saßen.

Er packte eilig seine Arbeitssachen zusammen und rannte die Treppe hinunter. Im Erdgeschoss war es laut, wie immer, wenn lärmende Skipper das Empfangsbüro füllten. Auf dem Vorplatz standen aufgeregte Touristen mit Ferngläsern um den Hals. Jemand hatte behauptet, einen Seehund im Hafen gesehen zu haben.

Als Francis den Schwimmsteg betrat, kam ihm Callum mit zwei Fendern in der einen und einem Schokoriegel in der anderen Hand entgegen. Er kaute noch, die rot-schwarz karierte Kanadajacke spannte am Bauch.

«Programmänderung!», erklärte ihm Francis. «Ich brauche dich als Taucher.»

«Oh nein!», stöhnte Callum. «Nicht schon wieder!»

Francis erklärte ihm, worum es ging. Missmutig blies Callum seine dicken Backen auf, stampfte dann zu den Materialboxen am Steg und zerrte seinen Neoprenanzug hervor. Er wusste genau, dass ihm nichts anderes übrigblieb. Dummerweise hatte er sich den Tauchschein zu seinem vierzigsten Geburtstag von der Hafenbehörde schenken lassen. Spätestens als seine johlenden Kollegen nach bestandener Tauchprüfung *For he's a jolly good fellow* für ihn gesungen hatten und er für sie eine Hantel aus dem Hafenbecken holen musste, war ihm sein Fehler klargeworden. Von da an war er für die Hafenmannschaft der Taucher vom Dienst. Natürlich gab es in Fowey auch Berufstaucher, aber die kosteten zusätzliches Geld.

Francis machte das Boot fertig. Nachdem auch Callum Stockwood an Bord geklettert war, legten sie ab. Während Callum die Fahrzeit nutzte, um fluchend in seinen Taucheranzug zu steigen, stand Francis am Steuer. In einem Slalom fuhren sie um ankernde Yachten und Schlepper herum an den Kaolin-Docks vorbei. Die weiße Porzellanerde wurde in den Gruben bei St. Austell geschürft und in Fowey verladen. Erst hinter den Docks begann der ruhige Teil des River Fowey.

Francis ließ das Boot an die Uferfelsen treiben und band es an einem Baum fest. Jetzt mussten sie geduldig warten, bis das ablaufende Wasser Yeate Pool sichtbar machte. Während Francis schweigend Bootsleinen aufrollte und Callum liebevoll seine verbliebenen Schokoriegel sortierte, wurde es langsam still.

Fasziniert lauschten sie dem Schmatzen des Flussbettes, so wie sie schon als Kinder dem Fluss zugehört hatten. Das Abfließen des Wassers wurde zur Ebbe der Geräusche. Als würde der Schlamm jeden Lärm aufsaugen, blieb das Tuckern der Motorboote von nun an für viele Stunden in der Ferne. Nach und nach verwandelte sich der Fluss in ein Delta flacher Siele. Gravitätisch erhoben sich zwei Reiher von der Uferböschung. Verärgert irrten Krabben durch die Pfützen, um sich neue Verstecke zu suchen. Im Wald neben ihnen summte und schwirrte es.

Dann endlich wurde Yeate Pool sichtbar. Wie ein Graben lag das tiefe Wasserloch vor ihnen. In einem meereswissenschaftlichen Aufsatz hatte Francis den Pool als *Teich im Fluss* bezeichnet. Auch wenn bei Ebbe ringsum alles trockenfiel und zwanzig Meter weiter die Boote im Flussschlamm auf der Seite lagen, sank das Wasser an dieser Stelle nie tiefer als vier Meter. Das Ufer daneben war felsig und sorgte für gefährliche Strömungen. Erst im Juni hatten zwei Skipper an dieser Stelle ihren festsitzenden Anker kappen müssen, weil sie den Sog des Flusses unterschätzt hatten.

Callum kontrollierte das Tauchgerät und ließ sich von einem angeschwemmten Baumstamm rückwärts ins Wasser fallen. Langsam versank er in der Tiefe. Francis blieb nichts anderes übrig, als zu warten. Nur anhand der Blubbs, die von unten kamen, konnte er seinen jungen Kollegen orten.

Schon nach fünf Minuten erschien Callums Kopf mit der Taucherbrille wieder an der Wasseroberfläche. Prustend nahm er das Mundstück aus den Zähnen und hielt sich an dem angeschwemmten Baumstamm fest.

«Himmel, dieses verdammte Teufelsloch!»

«So schlimm?»

«Noch schlimmer. Die Ufersohle löst sich auf. Wenn wir die Stelle nicht befestigen, wird das Ufer demnächst abrutschen.»

Francis hatte es geahnt. Bei Flut musste die Strömung dort unten gewaltig sein. Auch deshalb hatte er Callum nicht bei hohem Wasserstand in den Yeate Pool schicken wollen.

«Was hast du entdeckt?»

«Einen Saustall», schimpfte Callum. Er brachte die Dinge gerne auf den Punkt, so sensibel er sonst auch war. «Da unten liegt alles, was man in Fowey nicht mehr braucht. Gib mir mal den Haken.»

Francis holte eine Leine mit angebundenem Eisenhaken aus dem Boot. Das breite gebogene Eisenstück hatte die Größe einer Hand. Vorsichtig reichte er sie Callum ins Wasser. Es war ein bewährtes Handwerkszeug der Flussmeister. Damit konnten selbst sperrige Gegenstände aus dem Wasser geangelt werden.

Callum tauchte erneut ab. Als er das erste Mal wieder hochkam, hatte er eine abgebrochene Schiffsschraube am Haken. Francis nahm sie ihm ab.

Als Callum zum zweiten Mal auftauchte, stemmte er grinsend das Fahrrad ans Ufer. Francis hob es hoch und stellte es an den Baum. Es war schwarz und klappbar, genau wie es Chief Inspector Vincents achtjähriger Zeuge beschrieben hatte. Aus den Rohren des Rahmens und vom Lenker tropften Schlammreste, in den Speichen hatten sich Algen und eine Plastiktüte verfangen. Zwei Speichen waren verbogen, vermutlich durch die Kollision mit dem Schlepper. Als Francis mit dem Bootslappen über den oberen Teil des Rahmens rieb, kam der silberne Schriftzug XByrd zum Vorschein.

Sie hatten es.

Er bückte sich, um die Pedalen in Augenschein zu nehmen. Während die linke intakt war, fehlte an der rechten die vordere Hälfte. Das fehlende Stück schien die gleiche Größe zu haben wie jenes, das Daphne am Waldrand aufgehoben hatte. Erleichtert richtete Francis sich auf. Einen besseren Beweis dafür, dass dies das Rad des Täters war, konnte es nicht geben.

Callum beugte sich neugierig über den Lenker und fuhr mit dem Finger über eine Kunststoffschiene, die dort angebracht war. «Upps!», sagte er.

«Was ist das?», fragte Francis.

«Sieht aus wie die Halterung für einen Fahrradcomputer. Altes Modell. Die neuen Tracker sind kleiner und funktionieren mit dem Smartphone. »

«Kennst du dich damit aus?»

«Ein bisschen. Mein Bruder besitzt doch den Fahrradladen in St. Austell.»

Francis betrachtete die Schiene näher. Callum konnte recht haben. Die vorige Generation der Radcomputer bestand aus einem unhandlichen Gerät und einem Sender in der Radgabel. Aber auch damit konnte man die gefahrene Strecke zurückverfolgen. Kein Wunder, dass der Besitzer des Rades genau das vermeiden wollte. Er hatte den Computer sorgfältig entfernt, bevor er das Mountainbike entsorgt hatte.

«Was machen wir jetzt?» Kritisch betrachtete Callum den Schlammboden des Flusses.

«Wir ziehen das Boot bis zur Fähre.» Der Anleger von Bodinnick war nicht weit entfernt, ab dort hatten sie wieder tiefes Fahrwasser. Da es im Flussbett immer wieder längere Siele gab, in denen das Wasser kniehoch stand, war das Ziehen gar nicht so schwer.

«Das hatte ich befürchtet», stöhnte Callum. «Kann es denn mit dir nie entspannt sein?»

Er wusste so gut wie Francis, dass es keinen Sinn machte hierzubleiben, bis die Flut wiederkam. Das Mountainbike war ein wichtiger Beweis im Mordfall Florence Bligh. Je eher es die Spurensicherung untersuchen konnte, desto besser.

«Na, dann in die Riemen», sagte Francis.

Nachdem Callum sich wieder umgezogen hatten, verstauten sie alles im Boot und griffen nach der Bugleine. Da der Außenborder hochgeklappt war, begann das flache Kunststoffboot wie auf Kufen durch den Matsch zu rutschen. Schon nach wenigen Metern hatten sie den ersten Siel erreicht. Von da an ging es leichter. Nachdem sie den Motor an der Fähre wieder ins Wasser geklappt hatten, rief Francis bei Detective Sergeant Burns an, um ihn vorzuwarnen.

Als sie wenig später im Hafen ankamen, erwartete Sergeant Burns sie bereits am Steg. Sie trugen das Rad auf den Parkplatz vor dem Hafenamt, wo es gleich in den Transporter der Spurensicherung verladen werden sollte. In diesem Moment fuhr David Goodall in seinem verbeulten Ford-Transporter um die Ecke. Er bremste, hielt am Straßenrand und ließ bei laufendem Motor die Seitenscheibe herunter. Mit grimmigem Gesicht zeigte er auf das tropfende Mountainbike.

«Habt ihr das Schwein endlich?», fragte er. Wie jeder in Fowey hatte er in der Zeitung von dem Rad gelesen.

«Bitte keine Missverständnisse», sagte Sergeant Burns freundlich. «Und es wäre nett, wenn Sie weiterfahren würden.»

Es war besonders höflich gemeint. Da Höflichkeit in Fowey aber ihre eigenen Spielregeln hatte und gerne benutzt wurde, um Wahrheiten zu verbrämen, glaubte Goodall erst recht, alles begriffen zu haben. Grinsend zeigte er mit dem Daumen nach oben und gab wieder Gas. Knatternd tauchte sein alter Wagen im Menschengewühl der engen Gasse unter. Francis wusste, wohin Goodall wollte. In einer halben Stunde begann seine Stammtischrunde im Pub.

Während Sergeant Burns das Rad vorsichtig in den Transporter legte und mit einer Plane umwickelte, dachte Francis darüber nach, ob es nicht klüger gewesen wäre, David Goodall in den Fund einzuweihen und ihm dafür ein Schweigegelübde abzunehmen.

10

«Alles, was wir zu entscheiden haben, ist,
was wir mit der Zeit anfangen, die uns gegeben ist.»

J. R. R. Tolkien, *Der Herr der Ringe*

Wenn Daphne als Briefträgerin etwas erkannt hatte, dann die Tatsache, dass Zuhören wichtiger war als Mitteilen. In ihrer Zeit als Buchhändlerin bei *Foweys Best Books* hatte sie noch das Gegenteil geglaubt. Heute war ihr klar, dass kornische Sturköpfe immer ein paar offene Ohren in ihrer Nähe brauchten, um zufrieden zu sein.

Sie wollte endlich wissen, in welcher Verbindung Scott Griddle und Florence Bligh gestanden hatten. Griddle war ein eigenwilliger alter Kauz. Er wusste mehr über das Leben, als gut war, und er hasste intellektuelle Gespräche. Dass ausgerechnet er mit Florence in Kontakt gestanden haben sollte, war merkwürdig.

Als Sohn eines armen, oft betrunkenen Zinnarbeiters hatte er nach dem Krieg Cornwalls finstere Seiten kennengelernt. Sein Vater war in der Zinnmine *South Crofty* bei Redruth eingefahren, der letzten ihrer Art. Seit 1998 war auch sie geschlossen. Bis heute konnte man in den öden Landstrichen bei Land's End noch die zerfallenen Türme ihrer Vorgänger sehen, zernagt von Missachtung, Nebel und Wind. Wenn man Griddle auf dem richtigen Fuß erwischte, sang er einem fast spöttisch die traurigen Lieder der *tin miners* vor.

Daphne hatte beschlossen, mit dem Schiff zum Küstenort Mevagissey zu fahren, Griddle einen Besuch abzustatten und ihm ein bisschen zuzuhören. Er musste jetzt fast achtzig sein. Sie kannten sich gut, er und ihre verstorbene Mutter waren Nachbarskinder gewesen.

Die kleine Fähre von Fowey nach Mevagissey, auf der sie noch einen Sitzplatz ergattert hatte, war nicht viel größer als ein Ausflugsboot. Zügig pflügte sie durch die Wellen der *St. Austell Bay*. Daphne saß in der ersten Reihe, genoss den Fahrtwind und studierte ihre Mitreisenden. Neben ihr standen zwei aufgeregte Mädchen an der Reling und hielten nach Delfinen Ausschau. Über dem Dach kreischten Möwen, als hätte jeder der zwölf Passagiere ganz zufällig einen Hering in der Tasche. Hin und wieder prallten Wogen an den schaukelnden Bug, deren dicke Spritzer triefende Seehunde aus den Reisenden machten.

Lächelnd musste Daphne daran denken, wie oft sie früher mit Jenna diese Strecke gefahren war. Jennas Klavierlehrer war irgendwann nach Mevagissey gezogen. Einen Sommer lang, jeden Dienstag, hatte sie ihre zwölfjährige Tochter etwas umständlich mit der Fähre dorthin transportiert, bis Jenna die grandiose Erkenntnis hatte, dass ihr das Klavierspielen doch nicht lag. Zwingen wollte Daphne sie nicht, obwohl sie inzwischen der Meinung war, sie hätte damals konsequenter sein müssen. Da ihre Tochter sich aber auch ohne Klavieretüden gut entwickelt hatte, stellte sich diese Frage nicht mehr.

Neben der Reling platschte es, die kleinen Mädchen jubelten. Alle sprangen auf und versammelten sich an der Steuerbordseite, auch Daphne. Fasziniert schauten sie zu, wie drei ausgewachsene Delfine aus dem Wasser sprangen und in den Wellen neben der Fähre mitsurften. Erst kurz vor Mevagissey verabschiedeten sie sich.

Am Ende hatte die Fahrt nicht mehr als eine gute halbe Stunde gedauert. Geduldig blieb Daphne sitzen, bis die Touristen an Land gegangen waren, sie hatten es am eiligsten. Wer in Cornwall geboren war, ließ sich Zeit.

Die bunten Gassen in Mevagissey waren noch enger und verwinkelter als die in Fowey, jedenfalls kam es Daphne jedes Mal so vor. In den meisten der schmalen Häuser befanden sich kleine Lokale oder Ladengeschäfte, in denen es Backwaren, Souvenirs oder Tee gab. Mit viel Phantasie konnte man sich die Karren voller Sardinen vorstellen, die hier vor langer Zeit vom Hafen zu den Häusern geschoben wurden, um die Fische in Fässern einzusalzen. Irgendwann waren die Sardinenschwärme ausgeblieben. Wenn der heilige St. Piran nicht gnädig gewesen wäre und dafür die Touristenschwärme geschickt hätte, hätten viele Familien auswandern müssen.

Als Daphne die *Wharf* erreichte, wo das große Geviert der historischen Hafenmauer die Flotte der sechzig Fischer vom offenen Meer abschirmte, spürte sie ihn wieder, den trotzigen Geist, der in den kornischen Küstenorten zu Hause war. Auch an der Wharf ging es lebendig zu. Hier gab es Teestuben, zwei Restaurants, Schiffs-Charterer und eine Pension. Mit lauter Stimme pries ein Fischer seine Hochseetouren an.

Daphne blieb auf der linken Seite des Hafens. Dort begann der Küstenpfad, der zu Scott Griddles Haus führte.

Der alte Querkopf hatte sich oberhalb des Strandes eingenistet. Daphne brauchte nur ein paar Minuten, bis sie den alten Zollturm erreicht hatte, dessen Ruine Griddle vom ersten Gewinn seiner Austernzucht erworben hatte.

Was er daraus gemacht hatte, war ein rundes hölzernes Strandhaus mit einem eckigen Turm in der Mitte. Obwohl das Gebäude nie einen Architekten gesehen hatte, war es Scott gelungen, das blau gestrichene Holzhaus perfekt mit dem Gemäuer des Turms zu verbinden. Auf der Eingangsseite war das Haus fensterlos, zum Meer hin aber großzügig verglast. Griddle wollte nur den Strand und das Meer sehen, sonst nichts und niemanden. Im Turm, zweistöckig und mit mehreren großen Luken versehen, befand sich sein Schlafzimmer.

Als Daphne auf dem Sandweg näher kam, hörte sie das Meer rauschen. Der Eingang des Hauses war überdacht, an der blauen Hauswand wuchsen Malven. Wie jedes Cottage in Cornwall trug auch dieses einen hübschen Namen. Er stand in weißer geschwungener Schrift neben der Tür: *Cormoran Cottage*.

Sie blickte zu Griddles verrücktem Windmesser, der auf der Düne stand, und erschrak. Normalerweise hingen an dem Pfosten drei schmale blaue Fahnen. Die unterste war aus leichter Seide und trug die Aufschrift *Fünf Knoten*. Darüber war ein Stück Leinen befestigt, das sich erst bei einer Windgeschwindigkeit von fünfzehn Knoten hob. Ganz oben baumelte ein schweres Stück Teppich, Indiz für fünfundzwanzig Knoten und mehr.

Heute waren die Fahnen mit einer Schnur an den Stock gebunden. Stattdessen wehte schwarze Trauerseide im Wind.

Beklommen klopfte sie an die Haustür. Griddle musste zu Hause sein, auf dem Fußabstreifer standen seine grünen

Stiefel, die er zum Suchen von Muscheln anzog. Es rumpelte im Flur, dann wurde unwillig die Tür aufgerissen.

«Ja?»

«Hallo, Scott.»

Er stand mitten im Gang, fast achtzig und doch noch stark wie ein Baum. Die rosige Gesichtsfarbe, die er vom ständigen Aufenthalt in der frischen Luft hatte, ließ ihn jünger erscheinen. Da er nicht mit Besuch gerechnet hatte, war er noch dabei, sich einen blauweißen Ringelpulli in die schwarze Cargohose zu stopfen. Durch seinen Stiernacken, den kurzen weißen Haarkranz und die großen, durchdringenden Augen erinnerte er Daphne an den alten Picasso. Als Scott sie erkannte, breitete er lachend die Arme aus.

«Komm her, Daphne Penrose!»

Es waren die Arme eines Fischers. Seine Stimme war tief und väterlich warm. Daphne drückte ihn fest und fand, dass er nicht nach altem Mann, sondern nach dem Seetang roch, den er gelegentlich sammelte und zum Trocknen aufhing, um Salat daraus zu machen. Als sie über seine Schulter blickte, sah sie auf dem Tisch einen Berg Seetang liegen.

«Ich brauche deinen Rat», sagte sie. «Es geht um Florence Bligh.»

Er reagierte überrascht. «Florence? Woher weißt du, dass ich sie kenne?»

«Hast du einen Moment Zeit?»

Sein Gesicht wurde ernst. «Komm auf die Terrasse.»

Sie gingen ins Wohnzimmer. Eigentlich war das ganze Haus ein einziges rundes Wohnzimmer. Entlang der vier Granitmauern des Turms in der Mitte waren die wichtigsten Möbel platziert – der polierte Tisch mit den weißen Stühlen, ein breiter Pinienschrank, ein karierter Ohrensessel und ein mit Papieren überladener Schreibtisch. Nur die Couch und zwei einzelne Sessel standen an der Fensterseite. Überall hatte Griddle außergewöhnliche Muscheln gehortet, sie lagen auf dem Schreibtisch, auf einem Bord darüber und auf dem Holzboden vor den Fenstern.

Zur Toilette ging es in den Keller. Die Küche war eine offene Theke aus alten Schiffsplanken und Granit, in die ein abgenutzter Herd, ein uralter Kühlschrank und drei Schränke eingebaut waren. Den Rest seiner Sachen hatte Griddle auf den beiden Stockwerken des Turms untergebracht. Nach der Trennung von seiner Frau hatte sein erklärtes Motto *simplify your life* geheißen, allerdings nahm er es mit der Ordnung nicht ganz genau. Auf der plüschigen Couch, die vor der Fensterfront zur Seeseite hin stand, erkannte Daphne Kleidungsstücke, zusammengerollte Bootsleinen – und ein nicht mehr ganz so appetitliches Tablett mit Käse.

Griddle öffnete die Terrassentür und ließ Daphne ins Freie treten. Frischer, salziger Wind blies ihr entgegen. Vor der Terrasse wuchsen Dünenhafer und Silbergras im Sand, das Meer war nur fünfzig Meter entfernt. Gleichmäßig rollten die Wellen auf den Strand. Hier oben war das Rauschen kaum leiser als weiter unten, und doch hörte es sich angenehm an. Offensichtlich wurde es durch die Fensterfront und durch den Terrassenboden reflektiert. Der Boden bestand aus grauen Planken, die auf dem Sand der Düne verlegt waren.

Daphne ging nach vorne bis zur Strandtreppe. «Was für ein Platz!»

«Schau mal nach rechts», sagte Griddle, während er möglichst leise die Deckchairs verschob. Daphne drehte den Kopf Richtung Mole, die von den Klippen bis ins Meer verlief.

Dort lag eine Robbe, an ihrem Bauch ein Junges. Es passierte nicht oft, dass die Tiere sich aus dem Wasser wagten, wenn Häuser in der Nähe lagen. Vorsichtig stupste das Weibchen ihr Kleines an, dessen Fell voller Sand war. Wohlig drehte es sich auf den Rücken und wedelte mit den Flossen in der Luft. Es sah aus, als würde es strampeln.

Gerührt schaute Daphne zu Scott. «Sind die Robben zum ersten Mal hier?»

«Ja. Soll ja Glück bringen, wenn man Robbenbabys sieht.»

Er sagte es beiläufig, als wollte er verhindern, dass es emotional wirkte. Daphne wusste aber, wie sehr sein Herz für Seetiere schlug. Seit Jahren finanzierte er eine Auffangstation. Da er seine Austernfarm gut verkauft hatte, konnte er sich das leisten.

Daphne zeigte nach oben zur Düne, wo die schwarze Seidenfahne wehte.

«Ist das wegen Florence?»

«Ja. War mir ein Bedürfnis.» Er machte eine betretene Pause. «Woher weißt du, dass sie öfter herkam?»

«Ich habe noch Bücher von ihr. Mit Notizen, in denen dein Name vorkommt. Auch ein Boot ist erwähnt.»

Griddle stöhnte auf und blickte in den Himmel. «Oje.» Seine dunkle Stimme klang plötzlich sorgenvoll. «Vielleicht solltest du dich erst mal setzen.»

Sie nahmen auf den Deckchairs Platz. Unten am Wassersaum trippelten Strandläufer hin und her und pickten mit ihren langen Schnäbeln nach Sandwürmern. Daphne tat so, als würde sie sich auf die Vögel konzentrieren, damit Scott zu erzählen begann. Es war wie bei Pferden – solange man ihnen in die Augen schaute, bewegten sie sich ungern vorwärts.

Wie sie vermutet hatte, fiel es ihm schwer, über Florence zu sprechen. Aber er versuchte es. Seine Stimme klang rau.

«Wie du weißt, kümmere ich mich immer noch um ein paar Schiffe, die ich in Schuss halte. Meistens gehören sie Leuten, die nur im Sommer herkommen. Mein Favorit ist eine Kutter-Ketch, Baujahr 1923, im Hafen von Charlestown.» Er zeigte zur linken Küstenseite, Richtung St. Austell. «Die Eignerin ist eine Mrs. Keast, Olivia Keast. Sie hat das Schiff geerbt, lebt aber in Edinburgh.»

«Ich kenne den Namen. Ihre Eltern hatten eine Apotheke in Truro.»

«Dein Gedächtnis ist gut. Mrs. Keast ist Krankenschwester und arbeitet für ein Hilfswerk – frag mich nicht, für welches. Sie ist ständig in der Welt unterwegs. Und sie ist eine Freundin von Miss Bligh.» Er schluckte schwer. «Ich meine, sie waren Freundinnen ...»

Daphne schob ihre Hand zu seinem Deckchair hinüber und legte sie auf sein Knie. «Scott, jeder, der sie kannte, ist geschockt. Es war Francis, der sie gefunden hat. Auch Dr. Finch kannten wir. Deshalb haben wir beschlossen, uns auch selber in Fowey umzuhören, um den Chief Inspector zu unterstützen.»

«Das ist gut. Das würde deiner rebellischen Mutter gefallen.» Er blickte aufs Meer. «Wer tut so was? Wer bringt zwei Menschen um?»

Vorsichtig deutete Daphne an, dass die Polizei jemanden in Verdacht hatte, der sich aus privaten Gründen an Florence und Dr. Finch rächen wollte. Scott schüttelte angewidert den Kopf.

«Wann hast du Florence kennengelernt?», fragte Daphne, um nicht weiter auf die Täterfrage eingehen zu müssen.

«Lass mich mal überlegen», murmelte Griddle. «Ich denke, es war im März ... Ja, an einem Montag Ende März.»

Einen Tag zuvor hatte ihn Olivia Keast aus Edinburgh angerufen. Sie war kurz vor dem Abflug nach Myanmar, dem ehemaligen Birma, wo sie für ihr Hilfswerk einen *flying doctor service* aufbauen sollte. Da der Einsatz mehrere Monate dauern sollte, wollte sie ihr Schiff für diese Zeit Florence überlassen.

Daphne unterbrach ihn. «Aber warum gerade Florence? Sie war doch gar keine Seglerin.»

«Ich hab's am Anfang auch nicht begriffen», gestand Griddle. «Aber dann hat sie es mir erklärt.»

Das Schiff sollte ihr Rückzugsort sein. Florence hatte bereits ihren Job an der Schule gekündigt und wusste, dass sie im Sommer mehr Zeit haben würde. Der kleine Hafen von Charlestown, wo der Kutter lag, war perfekt für ihren Plan – weit genug von Fowey entfernt, wo jeder sie kannte, aber nahe genug, um in ihrer Freizeit für ein paar Stunden an Bord gehen zu können. Niemand sollte wissen, dass sie sich in der Kajüte eingenistet hatte.

«Von diesem Tag an war sie oft auf der *Lady Aubyn*», fuhr Scott Griddle fort. «Sie liebte die Takelage und das schöne Holz.» Er musste lächeln. «Manchmal hat sie sogar auf dem Schiff übernachtet. Jetzt war meine alte *Lady* zwar nur noch ein Hausboot, aber ich gönnte es Florence. Sie sehnte sich nach Ruhe.»

«Woher kannten sich denn Florence und Olivia Keast? Florence ist ja erst vor zwölf Jahren nach Fowey gezogen.»

Griddle hob die Hände. «Ich hab sie nie gefragt.»

«Besaß Florence einen Schlüssel für die Kajüte?»

«Nein, das war nicht nötig. Der Schlüssel ist immer an

Bord, gut versteckt. Manchmal musste ich ja auch kommen, um den Motor und die Pumpe eine Stunde laufen zu lassen.»

Er erzählte, dass Florence gelegentlich bei ihm klingelte, um ein kleines Ersatzteil abzuholen oder sich die Bootstechnik erklären zu lassen. Das meiste davon hätte sie auch per Telefon erledigen können, doch offensichtlich fühlte sie sich bei ihm im Strandhaus wohl. Scott war es so vorgekommen, als wenn sie manchmal einsam gewesen war.

Daphne überlegte. «Hast du die Sache der Polizei gemeldet?»

«Nein, ich bin erst gestern von den *Scillies* zurückgekehrt.» Er seufzte. «Aber morgen muss ich es wohl tun.»

«Wann morgen?»

Griddle sah ihren hartnäckigen Blick. Er kannte sie und musste lächeln.

«Morgen Mittag vielleicht.»

Daphne grinste. «Am Nachmittag?»

«Gut.» Scott stemmte sich aus dem Deckchair. «Und jetzt hole ich uns ein Glas Cider. Bleib sitzen, bin gleich zurück.»

Er war immer noch sportlich genug, um über zwei zusammengelegte Klappstühle zu steigen, die am Boden lagen. Daphne wollte ihm in die Küche folgen, aber er ließ nicht mit sich reden.

Während sie erneut den beiden Seehunden zuschaute, hörte sie ihn in der Küche herumwerkeln. Als er zurückkam, trug er zwei Gläser in der Hand. Er drückte ihr eins in die Hand. «Wir sollten noch einmal an sie denken.» Es war eine alte Tradition der Fischer. Feierlich hob er das Glas mit dem honigfarbenen Cider zum Himmel und rief mit fester Stimme: «*Meur ras*, Florence Bligh! Danke! *Dha weles!*»

«*Dha weles!* Bis bald!», wiederholte Daphne. Es war Kornisch, die keltische Sprache ihrer Vorfahren, die kein Engländer verstand.

Seufzend stellte Griddle sein Glas ab. «Mögen Florence und Dr. Finch ihren gemeinsamen Gedenktag jetzt im weiten All feiern.»

Daphne glaubte, nicht richtig gehört zu haben. Hatte Griddle das jetzt wirklich gesagt?

Sie sah ihn mit großen Augen an. «Florence und Dr. Finch? Waren die beiden denn ein Paar?»

Griddle winkte ab. «Ach was! Aber sie kannten sich schon ewig. Wusstest du das nicht?»

«Ich ... Nein ...», stotterte sie irritiert.

Er lächelte. «Jedes Jahr am 7. Juni feierten sie gemeinsam einen Gedenktag. Ich war zufällig bei Florence an Bord, als Dr. Finch mit einer Flasche Champagner vorbeischaute. Er war der Einzige, dem sie von der *Lady Aubyn* erzählt hatte.»

«Aber ... was denn für ein Gedenktag?», fragte Daphne. Sie hatte das Gefühl, jetzt auch noch den letzten roten Faden zu verlieren, den sie bisher in der Hand gehalten hatte. Die Selbstverständlichkeit, mit der Griddle die Geschichte erzählte, brachte sie völlig durcheinander. «Vielleicht haben sie dir nur Märchen aufgetischt ...»

Er schüttelte den Kopf. «Nein, sie siezten sich. Ich habe selten zwei Menschen gesehen, die so respektvoll miteinander umgegangen sind.»

Lächelnd beschrieb er, wie Dr. Finch im kleinen Hafen von Charlestown vorgefahren war und Florence an der Reling mit einer Verbeugung die Champagnerflasche überreicht hatte. Sie hatte sich sehr darüber gefreut und Finch an Bord gebeten. Griddle erfuhr, dass die beiden sonst an diesem Tag nur miteinander telefonierten. Jedes Jahr. Nur eines hatte

Florence über den 7. Juni verraten – dass Dr. Finch ihr einmal das Leben gerettet hatte und dass das schon sehr lange her war.

Griddle griff wieder zu seinem Glas Cider und erhob es ein weiteres Mal. «Cheers! Ich finde, das macht Hoffnung. Solange so was passiert, wird die Welt nicht untergehen. Was meinst du?»

«Sie hätten trotzdem ein Paar sein können», behauptete Daphne trotzig.

Der alte Mann schaute sie an, als wäre sie immer noch das schwerhörige kleine Mädchen, das damals bei ihm auf dem Schoß gesessen hatte.

Plötzlich schämte sie sich, dass sie noch nicht so weise war wie er.

11

«Angst ist unvollständiges Wissen.»

Agatha Christie, *Rächende Geister*

Daphne war mit dem Bus nach Fowey zurückgekehrt, da sie die letzte Fähre verpasst hatte. Als sie zu Fuß auf das Torhaus zusteuerte und Francis stocksteif und mit unglücklichem Gesicht im Eingang stehen sah, erkannte sie schon von weitem, dass er dringend Hilfe brauchte.

An seinen Beinen schnüffelte ein bissiger Spaniel, vor ihm hatte sich Mrs. Boscawen aufgebaut und redete ununterbrochen auf ihn ein. Sie war eine kräftige, hochgewachsene Frau, deren breiter Rücken auch durch ein unschuldiges weißes Hängekleid nicht zarter wirkte. Ihre stämmigen Beine steckten in roten Crocs, was sie zweifellos für modisch hielt.

Daphne konnte geradezu hören, wie Francis ein Mühlstein vom Herzen fiel, als er sie kommen sah. Erleichtert winkte er ihr zu, seine Stimme klang gespielt munter.

«Wie schön, Darling, du bist zurück!», rief er. «Mrs. Boscawen möchte uns gerade für eine neue Idee der *Moorfreunde Foweys* gewinnen.»

Daphne schwante etwas. Der Verein brauchte dringend Geld, weil die Mitglieder regelmäßig fröhliche Busreisen zu Mooren in ganz England unternahmen. Heather Boscawen als Vorsitzende war berühmt für ihre jährlichen Wettkampfideen, mit denen man Gäste auf die Vereinswiese lockte. Was hatte sie wohl im Sinn?

Daphne reichte ihr die Hand. «Hallo, Mrs. Boscawen! Feiern Sie dieses Jahr nicht Jubiläum?»

«Oh ja! Fünfundzwanzig Jahre Moorfreunde!», flötete sie. Der Hund knurrte eifersüchtig, aber sie fand sein Zähnefletschen normal. «Deshalb gilt es zu feiern! Ich dachte, wenn uns jemand dabei helfen kann, dann sicher die Penroses.»

Daphne war alarmiert. Francis gab ihr hinter Mrs. Boscawens Rücken ein Zeichen, eisern zu bleiben. Er kannte die neue Idee also bereits.

«Sie planen sicher wieder einen Wettkampf.»

«Und was für einen!», schwärmte Heather Boscawen. «Diesmal wird es ein Schafsrennen. Anders als beim *Sheep Grand National* werden wir aber nur schwarze Schafe laufen lassen.»

«Das wird sicher eine Sensation», sagte Daphne. «In Fowey gibt es ja genug schwarze Schafe.»

Mrs. Boscawen schien den kleinen Scherz nicht zu verstehen. «Das denke ich auch. Wir haben bereits erste Anmeldungen. Die Ball-Farm wird mit *Jolly Jumper* dabei sein, aus Devon reist *Little Black Pullover* an, ein zweifacher Champion. Das Rennen wird über 250 Yards gehen, zehn Schafe, sieben kleine Hindernisse.»

Daphne versuchte, die Sache abzukürzen. Es war spät, und sie wollte endlich mit Francis allein sein. «Wenn wir uns mit fünfzig Pfund an den Vorbereitungen beteiligen dürften», schlug sie vor. «Was meinst du, Francis?»

Francis setzte ein übertriebenes Strahlen auf. Als Flussmeister von Fowey wollte er sowieso niemanden vor den Kopf stoßen. «Was für eine wunderbare Idee, Darling!»

Mrs. Boscawen schien sich aufrichtig zu freuen. «Das würden Sie tun? Dann werden Sie uns sicher auch den zweiten Wunsch erfüllen.» Sie wendete sich erneut an Francis. «Mr. Penrose, hiermit möchte ich Sie in die Jury des Rennens aufnehmen!»

Francis fing vor Schreck an zu stottern. «Ich ... Ich weiß das sehr zu schätzen, Mrs. Boscawen ... Aber ... Wann sagten Sie, ist das Rennen?»

«Am 5. September.»

«Ich hab's befürchtet – Regattazeit! Vierzig Schiffe und ein voller Hafen!»

Heather Boscawen blieb hartnäckig. «Bitte versuchen Sie's, Mr. Penrose! Die schwarzen Schafe würden es Ihnen danken! Es reicht, wenn Sie mir nächste Woche Bescheid geben.» Sie blickte zu Daphne und wurde plötzlich ernst. «Wir sehen uns sicher auf Alan Finchs Beerdigung.»

«Bestimmt», sagte Daphne. «Nach all den furchtbaren Geschehnissen.»

Mrs. Boscawen wischte sich ein Tränchen aus dem Auge. «Noch weiß man nicht, wann seine Leiche freigegeben wird, aber man wird es uns sicher in den nächsten Tagen mitteilen. Ist das nicht schrecklich? Selbst der Tod fordert einem noch Organisation ab.»

Verwundert darüber, dass die Vorsitzende des Moorfreunde-Vereins sich sogar für Beerdigungen zuständig fühlte, blieb Daphne nur ein Nicken. Sie war froh, als Mrs. Boscawen sich endlich verabschiedete. Francis versprach ihr, den ehrenvollen Vorschlag noch einmal zu überdenken.

Als der Spaniel, sein Frauchen und die roten Crocs bergab verschwunden waren, schlüpften Daphne und Francis erleichtert ins Haus. Endlich konnte der Abend beginnen.

109

Während Daphne im Flur ihre Schuhe von den müden Füßen streifte, ging Francis in die Küche und holte eine Tüte aus dem Kühlschrank. Hafenkollegen hatten ein Kilo frische Muscheln aus Porthilly für ihn besorgt. Voller Vorfreude stellte er eine große Pfanne auf den Herd und begann mit den Vorbereitungen.

Als Daphne die Muscheln entdeckte, gab sie ihm begeistert einen Kuss. Amüsiert sah sie, dass er sich seine pompöse Schürze mit der Aufschrift *best chef* umgebunden hatte. Gemeinsam schnippelten sie das Gemüse – Fenchel, Schalotten, Sellerie und Karotten –, dazu kamen noch eine Knoblauchzehe, Koriander und Vanille. Es war ein Rezept, das sie vom Koch des Hafenrestaurants bekommen hatten: gedämpfte Muscheln in *St. Austell Clouded Yellow Ale*, einem Hefeweizenbier.

Wie immer, wenn sie gemeinsam am Herd standen, unterhielten sie sich angeregt. Francis erzählte vom Mountainbikefund, Daphne schilderte ihren Besuch bei Linda, ihr Gartengespräch mit Lewis Russell und ihre Erlebnisse mit Scott Griddle. Irgendwie schien es Francis zu stören, dass sie Russell dabei *geistreich* genannt hatte. Vielleicht hatte sie sich seinen Anflug von Eifersucht auch nur eingebildet ...

Schnell kam sie wieder auf die *Lady Aubyn* zurück. Die Tatsache, dass Florence Bligh heimlich auf dem Boot gewohnt hatte, warf neue Fragen auf. Hatte sie etwa ein Doppelleben geführt? Und wenn ja, warum? Und welche geheimnisvolle Rolle hatte Dr. Finch in ihrer Vergangenheit gespielt? Daphne spürte, dass sie gerade dabei waren, eine neue Tür aufzustoßen.

Es war dunkel geworden. Drüben in Polruan blinkten die Lichter der Häuser über die Bucht. Sie beschlossen, ihre Muscheln auf der Terrasse zu essen und die chinesische Laterne anzünden. Das Meer schickte angenehme Windstöße durch den Garten und ließ die Blätter der Palmen auf dem Rasen rascheln. Trotz ihrer vielen Gedanken fühlte Daphne sich in diesem Moment völlig geborgen und sicher neben Francis.

Die Muscheln waren ein Traum. Francis lobte sie so begeistert, als hätte er selbst nach ihnen getaucht. Amüsiert musste Daphne daran denken, was ihre spitzzüngige Freundin Betty Aston über kochende Männer gesagt hatte: «Man weiß nie, wer beim Kochen mehr Dampf verbreitet – der Topf oder der Mann.»

Sie kam noch einmal auf die *Lady Aubyn* zurück. Nachdem Scott Griddle ihr verraten hatte, wo er den Schlüssel zur Kajüte versteckt hatte, war sie wild entschlossen, sich morgen das Schiff in Charlestown anzusehen, bevor die Polizei dort eintraf. Francis zögerte noch, sie zu begleiten. Chief Inspector Vincent hatte ihm nachmittags im Flur des Hafenamtes erzählt, dass sich sein Verdacht gegen den Catering-Koch Owen Reeves weiter erhärtet hatte. Offenbar hatte Florence Bligh für die Polizei ein ganzes Dossier über den aggressiven Reeves angefertigt. Morgen sollte in dieser Sache irgendetwas passieren. Was, hatte Vincent nicht verraten wollen.

«Außerdem bist du morgen Mittag beim Hafenschwimmen», ergänzte Francis. «Ganz Fowey fiebert schon.»

Daphne verzog das Gesicht, als hätte sie in eine Zitrone gebissen. «Danke, dass du mich daran erinnerst.» Sie hatte sich dazu überreden lassen, als Schwimmpatin für das Hafenschwimmen der Schulkinder von Polruan zu fungieren. Seit Generationen war es üblich, dass die Kinder an ihrem letzten Schultag quer durch die Bucht schwammen. Es war jedes Jahr ein großes Ereignis für die Gemeinden Polruan und Fowey.

Plötzlich klirrte es in Embly Hall. Sie hörten es durch den Garten.

Daphne sprang auf. «Ich hab das Salonfenster nicht zugemacht.»

«Bitte nicht schon wieder!», stöhnte Francis. Er erinnerte sie an die offene Dachluke, die vor zwei Wochen bei einem Sturm zerbrochen war. «Überlass das Lüften doch einfach Mrs. O'Reilly, wenn sie drüben putzt.» Zwar hatte er von Lord Wemsley die Vollmacht, das Herrenhaus nach eigenem Gutdünken in Schuss zu halten, trotzdem war es ihm unangenehm, Schäden nach Südafrika melden zu müssen.

«Ich geh schnell rüber.»

Daphne holte Handfeger und Schaufel und verschwand nach nebenan. Im Gang zur Kaminhalle von Embly Hall war es seltsam zugig. Vielleicht hatte sie aus Versehen auch noch das Küchenfenster beim Lüften aufgelassen. Als sie das Licht einschaltete und die Kaminhalle betrat, hörte sie ein Geräusch aus dem Salon. Im ersten Moment glaubte sie, das Schlagen von Vogelflügeln an der langen Fensterfront zu hören, aber dann entdeckte sie, dass es ein geöffnetes Lederband des roten Brokatvorhangs war, das im Durchzug an die Wand klatschte.

Der Wind wehte aus dem Garten, weil die Hälfte der Schiebetür aufgezogen war.

Daphne bekam eine Gänsehaut. Sie konnte sich nicht erinnern, die Terrassentür heute auch nur angefasst zu haben. Am offenen Fenster links daneben war die Glasscheibe zersplittert. Es war das Fenster, das sie aus Versehen offen gelassen hatte.

Dann entdeckte sie, dass etwas auf dem hellen Perserteppich lag. Es war eingewickelt in braunes Packpapier, daneben waren Glassplitter und Reste von schwarzem Kunststoff erkennbar.

Entsetzt wich sie in die Kaminhalle zurück, ohne den Gegenstand berührt zu haben. Jemand musste durch das Fenster eingestiegen und dann durch die Terrassentür wieder verschwunden sein. Vielleicht war dieser Jemand sogar noch hier.

Sie riss die Tür zum Verbindungsgang auf und rannte laut rufend zurück ins Torhaus. Schon vor der letzten Wandleuchte kam ihr Francis entgegen, in der Hand das tragbare Telefon. Nachdem sie ihm aufgeregt die Situation geschildert hatte, wählte er die Nummer von Sergeant Burns und informierte ihn.

Es widerstrebte Francis, jetzt einfach nur auf die Polizei zu warten. Er bestand darauf, dass Daphne sich oben einschloss, doch sie wollte ihn nicht allein lassen. Im Übrigen war sie inzwischen davon überzeugt, dass der Einbrecher längst das Weite gesucht hatte. Warum sonst hätte er die Terrassentür von innen öffnen sollen?

Nachdem sie überall die Lichter eingeschaltet hatten, suchten sie das gesamte Haus und den Garten ab. Es war niemand mehr da. Vermutlich war der Eindringling über das unbebaute Grundstück hinter ihnen entkommen.

Francis holte den Schürhaken vom Kamin, ging damit zu dem Gegenstand auf dem Teppich und hob vorsichtig das Packpapier an. Zum Vorschein kamen Scherben, winzige Bauteile und ein schwarzer Kunststoffrahmen. Als er auch den Rest des Papiers zur Seite drückte, konnten sie sehen, worum es sich handelte.

Es waren die Reste eines altmodischen Fahrradcomputers der Marke XByrd. Sein Gehäuse und das Display waren mit gezielten Schlägen unbrauchbar gemacht worden. Die Botschaft war deutlich – der Täter war in die Offensive gegangen. Mit diesem Gerät konnte er nicht mehr entlarvt werden.

Daphne starrte die zerbrochenen Teile an. «Was soll das?», fragte sie erschrocken. «Warum macht sich jemand diese Mühe?»

«Es ist eine Warnung», sagte Francis tonlos. «Von jemandem, der uns gut kennt.»

Vor ihnen lag der einzige Beweis, mit dem man die gefahrene Strecke des Mörders hätte rekonstruieren können, wenn er bei einer Hausdurchsuchung gefunden worden wäre.

Es schien, als würde der kleine Schrotthaufen sie höhnisch auslachen.

12

«Unsere Toten sind nicht tot, bis wir sie vergessen.»

George Eliot, *Adam Bede*

Die leisen Stimmen im Erdgeschoss wirkten beruhigend auf Daphne. Während Francis noch mit Detective Sergeant Burns im Wohnzimmer saß, war sie bereits nach oben ins Schlafzimmer gegangen. Soweit sie verstanden hatte, war die Spurensuche durch das Polizeiteam ergebnislos verlaufen. Fingerabdrücke oder Fußspuren im Garten gab es nicht, nur ein paar Fussel waren an dem Paket entdeckt worden. Zum Glück hatte Burns sich ganz in der Nähe aufgehalten – im Pub, wo er mit Lewis Russell ein letztes Mal dessen Aussageprotokoll durchgegangen war. Sicher war der Literaturdozent froh, das verrückte Fowey bald wieder verlassen zu können.

Sergeant Burns' ruhige, freundliche Art war ein Labsal gewesen. Chief Inspector Vincent befand sich noch auf einem Jagdfest bei den Fitzarthurs, Burns hatte sich verplappert. Vielleicht war es auch eine gezielte Indiskretion. Daphne wusste, dass James intern nicht gerade beliebt war. Die Constables und Sergeants in Bodmin stöhnten heftig über seine Eskapaden.

Plötzlich hatte sie Sehnsucht, die Stimme ihrer Tochter zu hören. Sie blickte auf die Uhr. Es war kurz nach elf, Jenna war mit Sicherheit noch wach. Daphne bewunderte die Energie, mit der ihr kleines Mädchen das Medizinstudium hinter sich gebracht hatte. Erst vor wenigen Wochen hatte sie ihr erstes Jahr an der Klinik begonnen. Da ihr Liebesleben nach der abrupten Trennung von Tom ziemlich flau zu sein schien, gönnte sie sich seit neuestem nächtliches *binge watching,* das stundenlange Anschauen gestreamter Serien. Daphne hoffte inständig, dass bald wieder ein weißer Ritter vor Jenna aufgaloppieren würde. Sie war intelligent, sah entzückend aus und hatte die Durchsetzungsfähigkeit der Penroses geerbt.

Verblüffend schnell war Jenna am Telefon. Soweit Daphne sich erinnerte, besagte die Hauptregel für unfreiwillige Singles, dass man den Hörer immer greifbar neben sich haben musste.

«Hi, Ma.» Jenna schien noch zu kauen. «Sorry, bin gerade erst gekommen und hab mir *baked beans* gemacht.»

«Hattest du Spätdienst?»

«Ja, ich durfte mit in den OP.» Ein Teller klapperte. «Ich hoffe, ihr habt euch wieder gefangen.»

«Einigermaßen. Aber die Sache scheint weiterzugehen ...»

Jenna seufzte. «Ach nein!» Eine Gabel oder ein Löffel wurde auf den Tisch geworfen. «Was ist diesmal passiert?»

Um Jenna nicht zu sehr zu erschrecken, berichtete Daphne nur das Wichtigste über den Einbruch. Ihre wirkliche Sorge, dass sie und Francis noch mehr in den Fokus des Mörders geraten könnten, ließ sie weg. Doch es half nichts.

«Ich verstehe es nicht, Ma – warum kannst du nicht wie eine normale Briefträgerin deinen Job machen und abends mit Dad vor dem Fernseher sitzen?»

«Ich hasse *binge watching*», sagte Daphne trocken.

«Vielen Dank auch! Dir erzähle ich gar nichts mehr.»

Sie waren sich einig, dass Embly Hall doch besser eine Alarmanlage erhalten sollte. Obwohl Daphne sie beruhigte, spürte Jenna, dass im Torhaus die erste Stufe der Angst Einzug gehalten hatte. Natürlich wusste sie, dass ihre Mutter eine beherzte Kämpferin war und dass ihr Dad nur selten die Ruhe verlor – aber einem Mörder in die Quere zu kommen, war mehr, als nur Recherchen anzustellen. Das konnte nicht gesund sein.

Als Daphne beschrieb, dass Linda Ferguson sich so seltsam über Dr. Finch geäußert hatte, unterbrach Jenna sie.

«Natürlich war Dr. Finch geizig. Als ich damals das Praktikum bei ihm gemacht habe, mussten wir gefährlich oft Verbandszeug waschen, damit er es mehrmals verwenden konnte. Auch mit seinen Mahnungen war er verdammt schnell ...»

«Schickt nicht jeder Arzt irgendwann Mahnungen?»

«Es ging nicht nur um wohlhabende Patienten. Einmal ließ er den Gerichtsvollzieher bei einer armen Fischerfamilie aufkreuzen. So nett Dr. Finch war, wenn's um Geld ging, verstand er keinen Spaß.»

Daphne hatte das Gefühl, ihre strenge Tochter wieder aufheitern zu müssen. «Apropos schwarze Schafe – heute war Mrs. Boscawen von den *Moorfreunden* bei uns.»

Amüsiert ließ Jenna sich die schrägen Pläne beschreiben. Sie kannte Heather Boscawen aus eigener Erfahrung. Mit fünfzehn hatten sie an einem ekligen *Black-pudding*-Werfen des Vereins teilnehmen müssen. Pikiert ergänzte Daphne, dass Heather Boscawen offensichtlich auch die Beerdigung von Dr. Finch für sich vereinnahmen wollte.

Doch für Jenna war das nicht erstaunlich. «Das weißt du

gar nicht?», fragte sie. «Mrs. Boscawen ist Dr. Finchs ungeliebte Cousine. Die beiden hatten dauernd Streit.»

«Sieh mal einer an!» Daphne war echt überrascht. «Und ich dachte, ich wüsste das meiste über die Leute hier …»

«Nicht mal du weißt alles», meinte Jenna trocken. «Und jetzt sei eine gute Ma, leg dich endlich ins Bett und überlasse den Rest der Polizei. Es ist spät.»

Nachdem sie aufgelegt hatte, verließ Daphne das Schlafzimmer und trat ans Treppengeländer, um nach unten zu lauschen. Sergeant Burns war immer noch da. Sie hörte, wie Francis ihn fragte, ob er nach dem Schreck auch ein Glas Ale trinken wollte. Burns bejahte. Kurz darauf war in der Küche das Plopp der Bierflaschen zu hören. Daphne musste an die Worte ihres Großvaters Colonel Waring denken, der behauptet hatte, britische Männer kämen bereits als Kumpels auf die Welt. Außerdem waren sie pragmatisch und furchtlos, was dem Aufstieg des Empires nicht unbedingt geschadet hatte.

Sie musste gähnen. Jenna hatte recht, sie gehörte längst ins Bett.

Doch dann sah sie ihren Schreibtisch und dachte an ihr Tagebuch, das sie gerade heute reichlich füttern konnte …

Donnerstag, 27. Juli

Meine Nerven liegen blank wie lange nicht mehr. Der Gedanke an den Mörder in unserem Haus ist erschreckend. Seine Botschaft ist klar: Ich kenne jeden eurer Schritte.

Aber woher?

Eigentlich kann es nur eine undichte Stelle im Hafen gewesen sein. Selbst wenn Callum Stockwood und

David Goodall wirklich ihre Schnäbel gehalten hatten
(Sergeant Burns hat beide vorhin angerufen), konnten
auch Segler und andere Wassersportler gesehen haben,
wie Francis das triefende Mountainbike über den Steg
trug. Auch die Frau des Kochs Owen Reeves, den der
Chief Inspector für den Hauptverdächtigen hält, treibt
sich fast täglich im Hafen rum. Mehrmals wöchentlich
reinigt sie die Schiffe von Urlaubern, die für einen Tag
in Fowey angelegt haben.

Ich spüre, wie es mich wütend macht, dass der
Mörder (oder die Mörderin) mich aufhalten will. Jenna
nennt es spöttisch den Royal-Mail-Effekt – je enger der
Briefkastenschlitz, desto mehr Post kommt an.

Auf Francis ist sowieso Verlass. Mit seiner göttlichen
Eigenschaft, in jeder Situation Ruhe zu bewahren, kann
man nie untergehen. Im Gegensatz zu mir besitzt er im
Krisenfall die Fähigkeit, kluge Strategien zu entwickeln.
Wenn ich es heute richtig in seinen Augen gelesen habe,
ist dieser Zeitpunkt wieder gekommen.

Natürlich werde ich mir morgen in Charlestown
die *Lady Aubyn* ansehen. In Mrs. du Mauriers Roman
Rebecca gibt es eine Stelle, in der es heißt: *Der Moment
der Krise war gekommen und ich musste ihr ins Auge
sehen.* Einmal, als Mrs. du Maurier schon sehr betagt
und müde auf ihrer Bank in Kilmarth saß, haben wir
über Rebeccas Mut gesprochen. Sie sah mich lächelnd
an und meinte, dass Mut doch das Mindeste sein sollte,
das eine Frau durchs Leben trägt. Heute weiß ich, wie
recht sie hatte.

Wenn ich ehrlich bin, hat auch Lewis Russell etwas
in mir berührt, als er von dem Unumkehrbaren sprach.

Ich musste sofort eine Stelle im Roman *Meine Cousine Rachel* denken, die den Kern aller Trauer erfasst: *Man kann im Leben nicht umkehren. Es gibt kein Zurück. Keine zweite Chance.*

Ich beschließe, ab jetzt noch mutiger zu sein.

13

«Wir müssen leben – einerlei,
wie viele Himmel eingestürzt sind.»

D. H. Lawrence, *Lady Chatterley*

Nach kurzer, schlafloser Nacht begann der Freitag mit einer Organisationsfrage. Das Hafenschwimmen der Kinder war für ein Uhr mittags angesetzt. Durch die gestrigen Ereignisse hatte Daphne verschwitzt, den Postdienst mit ihrer Kollegin Hedra zu tauschen. Zum Glück war die stets fröhliche Hedra flexibel genug, um auch kurzfristig einzuspringen.

Francis konnte sich nicht verkneifen, eine typisch männliche Bemerkung darüber zu machen. Für ihn war das Tauschen von freien Tagen «das große Royal-Mail-Wunschkonzert».

Erst nachdem Daphne ihm klargemacht hatte, dass diese Methode vor allem alleinerziehenden Müttern zugutekam, zog er seine Bemerkung zähneknirschend zurück. Zur Strafe verdonnerte sie ihn dazu, sie *auf jeden Fall* nach Charlestown zu begleiten.

Er hätte es ohnehin getan, denn auch er hatte gestern Abend begriffen, dass sie jetzt nicht kneifen durften. Mit der *Lady Aubyn* hatte ihnen der kluge alte Scott Griddle einen Wissensvorsprung geschenkt, der genutzt werden musste.

Als ihr Pick-up in den Berufsverkehr vor St. Austell eintauchte, gab es bereits den ersten Stau. Da nur noch ein Kreisel zu umfahren war, bis sie zum historischen Hafen Charlestown abbiegen konnten, hielten sie tapfer durch. Am Straßenrand standen dicht an dicht ein blauer Toyota und ein zerknautschtes Taxi. Offensichtlich hatte es mächtig geknallt.

«Stopp!», rief Daphne. «Das ist doch Lindas Auto.»

Linda war zwar nirgendwo zu sehen, dennoch dirigierte Francis den Pick-up reaktionsschnell in eine Parkbucht. Während er sitzen blieb, sprang Daphne aus dem Wagen, bahnte sich mit erhobener Hand ihren Weg zwischen den kriechenden Fahrzeugen hindurch und rannte zur anderen Straßenseite.

Erst jetzt sah sie, dass dort Meg stand, Lindas Haushaltshilfe. Sie wirkte verloren und blass. Ihre kurzen Ponyhaare waren zerstrubbelt, die Jeans am Knie durchnässt. Irgendwas im Auto musste ausgelaufen sein. Als sie Daphne erkannte, wirkte sie erleichtert.

«Hallo, Mrs. Penrose!»

«Meg! Haben Sie den Wagen gefahren?»

Meg nickte. «Leider.» Sie hatte Tränen in den Augen. «Ich besitze ja kein Auto, deshalb leiht mir Mrs. Ferguson ihres, wenn ich einkaufen muss. Und jetzt so was ...» Ein Stück hinter ihr brüllte der erboste Taxifahrer etwas in sein Handy, während er breitbeinig auf und ab lief. Meg zeigte auf ihn. «Der Typ hat die Polizei gerufen. Das macht doch alles nur noch schlimmer.»

Daphne versuchte, sie zu beruhigen. «Nicht unbedingt. Haben Sie sich verletzt?»

«Zum Glück nicht.» Sie fasste an ihr nasses Knie. «Das hier

ist nur von meiner offenen Colabüchse. Ich komme gerade von Tesco. Mrs. Ferguson will heute Abend mit den Gästen grillen.»

Der Supermarkt lag gleich um die Ecke. Mit einem Blick auf den Rücksitz des Toyotas stellte Daphne fest, dass dort ein großer Karton mit Lebensmitteln umgekippt war. Jetzt lagen die Joghurtbecher, Gemüsetüten und Fleischpakete am Boden und hatten sich auf einer blauen Nylonplane verteilt, die zusammengefaltet auf der Fußmatte lag.

«Kommen Sie, ich helfe Ihnen, bevor noch mehr ausläuft.»

«Danke.»

Meg öffnete die hintere Wagentür. Gemeinsam hoben sie die Lebensmittel vom Boden auf und stellten sie zurück in den Karton. Auf der Nylonplane blieben ein paar weiße Joghurtflecken zurück. «Mist! Mrs. Ferguson wird sich bestimmt darüber ärgern. Sie ist ein bisschen nervös seit ... na ja, eben seit Glendurgan und so ...»

«Das kann ich gut verstehen.» Daphne zeigte auf die Plane. «Das ist hoffentlich nichts Wertvolles?»

«Irgendwas für den Garten, glaube ich. Mrs. Ferguson will einen abschließbaren Fahrradschuppen bauen.»

«Ach ja? Ist sie denn Bikerin?»

«Ich glaube schon.» Meg zuckte mit den Schultern. «Aber ich arbeite ja noch nicht lange für sie.»

Für eine Sekunde schoss Daphne die Frage durch den Kopf, ob Chief Inspector Vincent wohl auch überprüft hatte, wo Linda gewesen war, als sie gestern Vormittag Daphne angerufen hatte. War sie vielleicht mit dem Mountainbike unterwegs gewesen?

Unsinn, dachte sie dann, jetzt sehe ich Gespenster.

Neben ihnen stoppte mit Sirenengeheul ein Streifenwagen. Zwei junge Polizisten stiegen aus. Meg warf die Rücksitztür wieder zu und verzog den Mund. «Oh mein Gott, hoffentlich sind die nett ...»

«Dann lass ich euch jetzt mal allein», sagte Daphne. «Und nicht vergessen, Meg, das sind auch nur Menschen!» Sie beugte sich flüsternd an ihr Ohr. «Und zwar sehr gutaussehende, finde ich!»

Als sie wieder bei Francis im Auto saß, sah sie nur noch, wie Meg schnell mit der Hand durch ihre Haare wuschelte und dann mit mädchenhaftem Lächeln auf die Polizisten zuging.

Francis gab Gas und fädelte sich in die linke Spur nach *Charlestown harbour* ein.

Genau genommen war Charlestown nur ein hübsches längliches Hafenbecken – die Straßen daneben fielen den meisten Touristen kaum auf. Im 18. Jahrhundert hatten die Rashleighs aus Fowey die Anlage bauen lassen, um von hier aus Kupfer und Kaolinsand zu verschiffen. Doch die Zeiten hatten sich bald geändert, außer der großartigen Kulisse des Privathafens war nicht viel geblieben. Heute lagen hier noch ein paar historische Schiffe, darunter die berühmte Dreimastbark *Kaskelot*.

Während Daphne und Francis aus dem Auto stiegen, trieben Nebelfetzen über das Hafenbecken und ließen seine Kulisse geheimnisvoll erscheinen. Vor ihnen erhob sich der Mast der *Kaskelot*. Daphne musste daran denken, wie sie hier vor Jahren die Dreharbeiten für die legendäre BBC-Verfilmung der *Poldark-Saga* miterlebt hatte. Bis heute schwärmte ganz Cornwall davon.

Es war nicht schwer, die *Lady Aubyn* zu erkennen. Sie

lag zwei Schiffslängen hinter der *Kaskelot* und wirkte fast gemütlich. Ihr hoher Bug schwang sich elegant empor und gab der Linie des Schiffes den klassischen Stil eines Langstreckenseglers. Scott Griddle hatte diese Lady als «froschgrüne Schönheit» bezeichnet und damit ihren frischgestrichenen grünen Rumpf gemeint. Als Daphne davorstand und ihre Hände auf das glänzende Holz der Reling legte, staunte sie, wie solide die neunzig Jahre alte Ketch wirkte. Wie viele Stürme hatte das Schiff wohl erlebt?

Zwischen den beiden Masten befand sich der verschlossene Steuerstand. Von dort gelangte man in die tiefer gelegene Kajüte. Da die *Lady Aubyn* nicht mehr oft gesegelt wurde, hatte Scott Griddle einen Teil der Aufbauten in beigefarbene Persennings verpackt. Es knarrte an Bord, während sich die Leinen strafften und der Bootskörper vom Wind bewegt wurde.

Daphne und Francis zogen ihre Schuhe aus, bevor sie auf Socken an Bord gingen.

Bewundernd kletterte Francis auf das flache Dach der Kajüte und schaute sich an Deck um. «Sieh dir die Takelage an!», schwärmte er und klopfte mit dem Knöchel an den Mast. «Was für ein Schiff!»

«Finger weg!», ermahnte Daphne ihn. «Wir wollen doch dem Chief Inspector die Arbeit nicht noch schwerer machen.»

Amüsiert über seinen ungläubigen Blick öffnete sie ihre Handtasche und zauberte zwei Paar weiße Gummihandschuhe hervor. Sie stammten aus ihrer Küchenschublade. Mit triumphierendem Lächeln zog sie sich ihre Handschuhe über und warf das andere Paar dem laut loslachenden Francis zu.

Dann machten sie sich auf die Suche nach dem Schlüssel – und fanden ihn dort, wo er sein sollte, unter einer Backskiste am Heck. Mit angehaltenem Atem schloss Daphne die knarrende Tür des Steuerstands auf.

Hier war alles wie auf anderen Schiffen. Auf der Ablage lagen Seekarten, ein Fernglas und eine Taschenlampe. Rechts neben dem Ruder befand sich der Niedergang in die Kajüte. Es waren nur drei Stufen. Francis ging vor und half Daphne, sich beim Hinuntersteigen nicht weh zu tun.

Was sie sahen, war die am besten aufgeräumte Kajüte der Welt. Nirgendwo lag etwas herum. Außer dem Mahagonitisch und einer Leinencouch – die sich zur Doppelkoje aufklappen ließ – gab es eine winzige Kochecke samt Geschirrschrank. Gleich dahinter befand sich das kleine Bad. Die Decke der Kajüte war so niedrig, dass Francis, der größer war als Daphne, gebückt stehen musste. Dennoch wirkte der längliche Raum sehr gemütlich. An der Wand gab es einen Garderobenschrank und daneben eine Kommode, beides aus Mahagoni. Über der Couch hing ein Bord mit zerlesenen Büchern, alles Titel über Cornwall. Weil die Kajüte seit Tagen nicht gelüftet worden war, roch es nach Maschinenraum und Feuchtigkeit.

Erst als Daphne die Tür zur Toilette öffnete, entdeckte sie etwas, das ganz offensichtlich Florence Bligh gehörte. Auf dem Rand des kleinen Waschbeckens neben dem WC lag eine pinkfarbene Kosmetiktasche. Den Rest ihrer persönlichen Sachen hatte sie vermutlich nach jedem Aufenthalt wieder mit nach Hause genommen.

Als sie in den Raum zurückkehrte, sah sie, wie Francis vor der Kommode kniete und die drei Schubladen nacheinander aufzog. Die Türen des Garderobenschranks links daneben hatte er schon geöffnet, dort hingen nur eine grüne Damen-Barbourjacke und ein Kapuzenanorak. Auf dem Boden darunter stand ein Paar gelbe Sneakers.

Im Gegensatz dazu waren die Schubladen gut gefüllt. In der obersten befanden sich drei sorgfältig gefaltete Pullover und ein schickes silberglänzendes T-Shirt. Die mittlere Schublade gehörte drei Shorts, zwei Bikinis und einem Paar Socken – alles Kleidungsstücke, die Florence den Sommer über auf dem Schiff brauchte.

Die unterste Schublade ging am leichtesten auf. Sie wurde komplett ausgefüllt von einem zusammengefalteten Sommerkleid. Francis wollte die Schublade gerade wieder schließen, als Daphne etwas Blaues unter dem Kleid hervorschauen sah.

«Warte, da ist noch was!», rief sie.

Francis trat zur Seite, während Daphne vorsichtig das Kleid anhob. Zum Vorschein kamen ein blauer Folder mit dem Emblem der Londoner *Metropolitan Police* sowie ein sehr großer und sehr praller Umschlag. Florence hatte ihn sogar mit einem Gummiband umwickelt, damit er nicht aufging.

Francis nahm den Folder in die Hand und blätterte ihn durch. Offenbar handelte es sich um Werbematerial, das die Presseabteilung von New Scotland Yard für Bewerber herausgegeben hatte. Von *gegenseitigem Vertrauen* war dort die Rede und von den *hohen Ansprüchen* beim Yard, denen jeder Polizeianwärter gerecht werden musste. Hier und da hatte Florence Bligh einen Satz rot angestrichen. Vermutlich hatte sie die Bewerbungsunterlagen nur zur Erinnerung aufgehoben.

Während Francis noch las, zog Daphne den voluminösen

Umschlag aus der Schublade und setzte sich damit auf die Couch. Auf der Vorderseite stand in großen Buchstaben das Wort PRIVAT. Sie entfernte das Gummiband, hielt den Umschlag über den Tisch und griff vorsichtig hinein.

Als Erstes hatte sie einen weißen USB-Stick in den Fingern. Dann folgten drei Fotos – eines steckte in einem dünnen Silberrahmen – sowie ein Zeitungsausschnitt und ein dicker Schreibblock.

Während Daphne die Fotos in die Hand nahm, begann das Schiff leicht zu schaukeln. Hinter ihr schlug Regen an die Bullaugen. Es war seltsam – obwohl hier alles so beengt war, glich die Kajüte einem Hort der Geborgenheit. Plötzlich konnte sie sich vorstellen, wie Florence Bligh in dieser gemütlichen Atmosphäre ihren Neuanfang geplant hatte.

Gespannt breitete sie die Fotos vor sich aus. Alle drei zeigten eine sehr viel jüngere Florence, etwa Anfang bis Mitte zwanzig. Auf dem kleinsten Foto posierte sie im blauen Bikini an einem Palmenstrand, im Hintergrund waren pastellfarbene Häuser zu sehen. Neben ihr stand eine rothaarige junge Frau, ebenfalls im Bikini. Sie lachten fröhlich, beide trugen ein Surfbrett unter dem Arm. Als Daphne das verblasste Foto umdrehte, entdeckte sie eine Notiz: *Olivia Keast und ich vor der 1. Surfstunde.* Offensichtlich kannten sich die Frauen von einer Reise.

Die anderen Fotos zeigten eine Florence, wie niemand in Fowey sie je gesehen hatte – strahlend verliebt an der Seite eines gutaussehenden Mannes. Das Bild im silbernen Rahmen wirkte wie von einem Profi gemacht. Florence und ihr Freund standen engumschlungen vor einem rot blühenden Jakarandastrauch und blickten sich verliebt an. Man hätte es für ein Verlobungsfoto halten können. Die Art, wie der junge Mann mit den halblangen dunkelblonden Haaren barfuß im Gras stand – in weißen Chinos, pinkfarbenem Polohemd und einem blauen Sakko –, hatte etwas Lässig-Sportliches, so sahen Surfer und Kricketspieler aus. Die braungebrannte Florence wirkte glücklich wie nie.

Ähnlich das Motiv auf dem dritten Foto: Hier sah man die beiden Hand in Hand an einem pinkfarbenen Strand auf die Kamera zulaufen, wieder strahlte Florence, als könnte sie ihr Glück kaum fassen.

Francis beugte sich über den Tisch. «Sieht aus wie in der Karibik», sagte er. «Wie schön sie auf den Fotos ist.»

«Ja.» Daphne seufzte. «Sicher war das mal ihre große Liebe. Sonst hätte sie die Bilder bestimmt nicht aufgehoben.» Sie nahm den USB-Stick in die Hand. «Vielleicht finden wir das Geheimnis hier drauf. Schade, dass wir keinen Laptop dabeihaben.»

«Doch, meiner ist im Auto.»

«Würdest du ihn bitte holen?»

Francis zögerte. «Wollen wir das wirklich?»

Daphne verstand seine Bedenken, dennoch war sie anderer Meinung. «Glaubst du nicht, dass wir sensibler mit Florence Blighs Geheimnissen umgehen als der Chief Inspector? Er kannte sie doch gar nicht.»

«Du hast ja recht.» Francis schnappte sich den Autoschlüssel und kletterte nach oben an Deck.

Währenddessen warf Daphne einen Blick auf den Zeitungsausschnitt. Am Rand fehlte jeder Hinweis auf den Ort oder den Namen der Zeitung. Dennoch war es die erste sichtbare Verbindung zu Dr. Finch. Finch – damals etwa Mitte dreißig – stand neben zwei Schwestern im weißen Arztkittel auf den breiten Stufen, die zu einem weißen Gebäude hinaufführten. Rechts und links der Treppe wuchsen Palmen. Über der Eingangstür stand in dicken roten Lettern HOSPITAL.

Damit war klar, dass Florence ihre Begegnung mit Dr. Finch in den Tropen gehabt haben musste.

Daphne wollte den Zeitungsausschnitt gerade zur Seite legen, als sie entdeckte, dass eine der Krankenschwestern rote Haare hatte. Das Gesicht war nur schwer zu erkennen. Einer spontanen Idee folgend, holte sie ihr Handy aus der Handtasche und fotografierte den Zeitungsausschnitt. Dann vergrößerte sie ihn auf dem Display; ein Trick, den Francis ihr gezeigt hatte. Tatsächlich konnte sie jetzt das Gesicht der rothaarigen Schwester besser erkennen.

Es war eindeutig Olivia Keast.

Als Francis zurückkam, seinen Laptop auf dem Tisch einschaltete und den USB-Speicher einsteckte, erzählte sie ihm von ihrer Beobachtung. Was immer an diesem Ort in den Tropen passiert war – das Hospital musste dabei eine Hauptrolle gespielt haben.

Leise schnurrend begann der Laptop den Inhalt des USB-Sticks preiszugeben.

Nachdem Francis die Datei angeklickt hatte, sah man für einige Sekunden das Foto eines üppigen bunten Blumenstraußes. Danach erschien Florence Bligh persönlich auf dem Bildschirm. Es war ein Video, das sie von sich selbst aufgenommen hatte. In dezenter blauer Seidenbluse saß sie hier unten auf der Bootscouch, hinter sich die Bullaugen. Sie lächelte, wirkte aber sehr feierlich, als wäre es ein großer Moment für sie, diese Worte auszusprechen.

«*Lieber Dr. Finch,*

ich habe Ihren 55. Geburtstag ausgewählt, um Ihnen etwas zu sagen, das mich schon lange beschäftigt. Da ich am 9. August in London sein muss, möchte ich es auf diesem Weg tun.

Es ist jetzt zweiundzwanzig Jahre her, dass Sie meinem Leben eine Wende gegeben haben, mit der ich damals nicht mehr gerechnet habe. Alles war zerstört, und obwohl ich immer ein fröhlicher, lustiger Mensch war …» Sie lachte leise. «*Ja, das war ich wirklich, meine Eltern meinten, ich sollte endlich mal etwas Ernsthaftes tun … kam diese Dunkelheit über mich. Auch wenn ich in den Jahren danach versucht habe, alles zu verarbeiten und wieder ein normales Leben zu führen, war es manchmal verdammt schwer. Dass ich mich nie mehr verlieben kann – damit kann ich leben. Aber vergessen werde ich diese Monate nicht.*

Ihr Rat, nach Fowey zu kommen und in Ihrer Nähe die Stelle an der Schule anzunehmen, war sicher meine Rettung. Auch wenn wir uns gar nicht so oft gesehen haben, wusste ich, dass Sie immer für mich da waren. Dafür danke ich Ihnen von Herzen.

Was ich Ihnen heute sagen möchte, Dr. Finch …» Sie machte eine bedeutungsvolle Pause und wurde ernst. «… *das ist mein Entschluss, ab jetzt in London ein neues Leben zu führen. Vielleicht ist New Scotland Yard die Aufgabe, die ich so dringend brauche, um etwas Sinnvolles zu tun – ich meine etwas noch Sinnvolleres als Schule. Also, liebes Geburtstagskind, Ihr armes Vögelchen will jetzt wieder fliegen. Drücken Sie ihm die Daumen!*»

Dann war das Video zu Ende, das letzte Bild mit Florence Blighs lächelndem Gesicht blieb eingefroren auf dem Bildschirm zurück.

Daphne kamen die Tränen, auch Francis musste schlucken. Florence wirkte in diesem Augenblick so zerbrechlich und angestrengt tapfer, dass man sie am liebsten in den Arm genommen und getröstet hätte. Ihre zarten Gesichtszüge schienen ihrer mutigen Aussage über den geplanten Neuanfang zu widersprechen. Erst in diesem Moment begriff Daphne, wie viel von dem, was Florence in den vergangenen Jahren Schönes gesagt oder getan hatte, nur eine mutige Maske gewesen war.

Was war in Florence Blighs Leben so tragisch gewesen, dass es bis zu ihrem Tod nachwirkte?

Daphne nahm den silbernen Rahmen in die Hand und betrachtete noch einmal das Foto des glücklichen jungen Paares. «Wie ihre Augen strahlen ... Was ist danach wohl passiert?»

«Vielleicht sollten wir das Olivia Keast fragen. Scott Griddle wird bestimmt ihre Telefonnummer haben», antwortete Francis.

«Er meinte, sie hält sich gerade in Myanmar auf.»

Francis ließ sich davon nicht entmutigen. «Lass es mich trotzdem versuchen», sagte er.

Nachdem er sich vergewissert hatte, dass sich keine weitere Datei auf dem USB-Stick befand, zog er ihn wieder aus dem Laptop. «Und was machen wir damit?»

«Leg ihn zurück in den Umschlag. Die Polizei wird ihn spätestens morgen hier finden.»

Jetzt mussten sie sich nur noch den Schreibblock anschauen, der im Umschlag gesteckt hatte. Daphne klappte die Vorderseite auf. Enttäuscht stellte sie fest, dass es sich nur um eine Art *To-do-Liste* handelte. Dazu gehörten Friseurtermine, das Essen mit ehemaligen Kolleginnen aus der Schule und ein Treffen mit Scott Griddle ... Sonst gab es nichts, was ähnlich gravierende Rückschlüsse zulassen würde wie das Video.

Sie wollte den Block gerade wieder weglegen, als Francis auf der kartonierten Rückseite eine weitere Notiz entdeckte. Dort stand in roten, fett gemalten Großbuchstaben:

«ICH – FREUE – MICH – AUF – MEIN – NEUES – LEBEN!»

Sekundenlang starrte Daphne den Satz an. Sie spürte, wie ihr die Tränen kamen. Nachdem Florence so grausam sterben musste, hinterließen ihre euphorischen Worte einen verzweifelt tiefen Schmerz in Daphne.

Geduldig wartete Francis, bis sich die sichtliche Anspannung seiner Frau gelegt hatte. Dann berührte er sie behutsam mit den Fingerspitzen an der Schulter und sagte leise: «Wir sollten die Sachen zurücklegen und dann fahren. Die Kinder in Polruan warten.»

14

«Früher oder später muss man Partei ergreifen,
wenn man ein Mensch bleiben will.»

Graham Greene, *Der stille Amerikaner*

Solange man denken konnte, stürzten sich die Elfjährigen von Polruan am letzten Tag ihrer Grundschulzeit
wie Lemminge in die eiskalten Fluten. Tapfer schwammen
sie die fünfhundert Meter vom Anleger Polruan bis nach Fowey hinüber und wieder zurück. Befragte man dazu jemanden aus Fowey, bekam man zur Antwort, dass die berühmten
Bootsbauer von Polruan schon immer mit dieser Mutprobe
ihren Nachwuchs gestählt hätten und dass es niemandem
schaden würde, die Bucht mit dem Bauch im Wasser zu erkunden.

Wie ungleiche Zwillinge lagen sich die Küstenorte an der
Mündung des River Fowey gegenüber, Polruan klein und
steil, Fowey größer und berühmter.

Nachdem Daphne von Francis mit dem Boot in Polruan
abgesetzt worden war, sah sie die sieben Kinder bereits am
Strand warten. Schwimmfertig saßen sie auf ihren Bast-
matten. Gackernd vor Lachen sahen sie zu, wie zwei große
plumpe Streifenhörnchen mit buschigen Schwänzen durch
den Sand hüpften und Käsesandwiches verteilten. In dem
Moment, als Daphne den Strand betrat, stolperte eines der

Streifenhörnchen, fiel der Länge nach in den Sand und verlor das Kopfteil seines Kostüms. Zum Vorschein kam das verschwitzte und schlechtgelaunte Gesicht von Alfie Densham. Der *Naturkunde-Club* hatte ihn und Bert Dickwith dazu überredet, vor dem Schulschwimmen die Kinder zu erheitern. Leider war der unsportliche Alfie dafür nicht besonders geeignet. Genauso gut hätte man einen Mehlsack in das Kostüm stecken können.

Wie jedes Jahr hatten sich außer den Familienangehörigen zahlreiche Schaulustige eingefunden. Auch auf der anderen Seite der Bucht, in Fowey, warteten viele Zuschauer auf das Spektakel. Vor wenigen Minuten hatte sich auch endlich die Sonne am Himmel gezeigt.

Daphne war für ihre Aktion bereits fertig umgezogen. Damit sie später im Kajak beweglich genug war, hatte sie sich für weiße Shorts und ein grünes Polohemd entschieden. Ihre Aufgabe als Schwimmpatin war es, die kleine Erin im Boot zu begleiten. Normalerweise übernahmen Familienmitglieder diese Aufgabe, doch Erins alleinerziehende Mutter hatte von ihrer Firma nicht freibekommen.

Daphne musste daran denken, was Francis ihr gerade erzählt hatte. Da an diesem Tag kein Polizeischiff in Fowey verfügbar war, beabsichtigten Chief Inspector Vincent und Sergeant Burns, das Schulschwimmen von Francis' Boot aus zu beobachten. Offensichtlich ging es um die bevorstehende Festnahme des Hauptverdächtigen Owen Reeves, dessen kleiner Sohn heute mitschwamm. Reeves durfte unter keinen Umständen aus den Augen verloren werden.

Im Hafen von Fowey ertönte eine laute Sirene. Damit war die gesamte Bucht für den Schiffsverkehr gesperrt, sodass die Elfjährigen ungefährdet schwimmen konnten. Nur das rote Motorboot mit Francis und den beiden Kriminalisten an Bord durfte sich noch frei im Flussdelta bewegen.

Daphne ging zu den Kajaks und Beibooten hinunter, die man eng nebeneinander auf den nassen Sand gezogen hatte. Sie wusste zwar, dass man ihr eines der Kajaks geben würde, aber nicht, welches. Auch die kleine Erin hatte sie noch nicht entdeckt. Plötzlich sah sie, wie das dünne, sommersprossige Mädchen auf sie zurannte. Erin trug einen schwarz-gelb gemusterten Neoprenanzug, wie er speziell für Kinder angefertigt wurde.

«Hallo, Mrs. Penrose!» Sie streckte Daphne ihre kleine Hand hin. «Danke, dass Sie mitfahren.»

«Klar doch», sagte Daphne, «ich hab's deiner Mutter ja versprochen.» Sie spürte, wie kühl sich Erins Finger anfühlten. «Du bist ja ganz kalt. Soll ich dir schnell einen heißen Tee holen?»

Erin grinste. «Nicht nötig, mir wird schon gleich warm werden.» Ihre Augen hatten etwas Verschmitztes, sodass Daphnes anfängliche Sorge, die Kleine könnte schnell überfordert sein, im Nu verflog. Dieses Kind wusste, was es tat.

Aus dem Lautsprecher drang die tiefe Stimme des Schuldirektors von Polruan.

«Achtung ...» Er machte eine Sprechprobe. «Zwei, drei, vier ... Darf ich jetzt alle Beteiligten bitten, zu den Startbojen und zu den Booten zu gehen! Wir beginnen in fünfzehn Minuten.»

«Dann bis später», verabschiedete Erin sich und wollte losrennen.

«Warte!», rief Daphne. Die Kleine blieb stehen. «Hier – deine Glücksmuschel.»

Sie warf Erin eine winzige, noch geschlossene Herzmuschel zu. Strahlend fing das Mädchen die Muschel auf und ließ sie im Taschenschlitz ihres Neoprenanzugs verschwinden. «Danke! Jetzt kann ja nichts mehr schiefgehen!»

Wie ein fröhlicher Floh hüpfte sie davon.

Auch die Besucher strömten ans Ufer. Als die sieben Kinder aufmarschierten, wurde eine Gasse gebildet und geklatscht, damit sie wie tapfere Gladiatoren in den Wettkampf ziehen konnten. Sie taten es grinsend, aber auch stolz. Immerhin hatten sie den Mut, eine alte Tradition der Schule von Polruan fortzusetzen.

Zu Daphnes Enttäuschung teilte man ihr ausgerechnet das älteste der vier Kajaks zu, ein zerschrammtes blaues Kunststoffboot. Doch sie nahm es mit Humor; angesichts ihrer eigenen kleinen Falten war es vielleicht sogar das passendste.

Als der Startschuss fiel, wurde gejubelt. Die sieben Kinder an den Bojen begannen loszuschwimmen.

Obwohl Daphne kräftige Arme besaß, fiel es ihr nicht leicht, mit dem winzigen Kajak gegen den Wind anzupaddeln. Wie ein Schutzengel versuchte sie, dicht neben Erin zu bleiben. Schon nach wenigen Minuten fühlte sie sich wie ein nasser Seehund, mit salziger Gischt in den Haaren und über den Augen. Der Mittagswind war stärker geworden, aber wenigstens gab es keine unangenehmen Strömungen. Die Zeit für das Hafenschwimmen war so gewählt worden, dass Ebbe und Flut sich während des Stillwassers die Waage hielten. «Bloß das Kind keine Sekunde aus den Augen verlieren», beschwor Daphne sich ununterbrochen.

Das größte Problem aber war das kalte Wasser. Da in der Bucht das Bergwasser aus dem River Fowey und die Strömungen des Meeres zusammentrafen, hatte man hier selten Temperaturen über vierzehn Grad Celsius. Zudem gab es hier und da Verwirbelungen, in denen Erin sekundenlang auf der Stelle strampeln musste, umgeben von Seetang und Treibholz.

Wie lange konnte ein Kind das durchhalten? Daphne bereute, sich darauf eingelassen zu haben. Alle hatten sie bedrängt, am meisten Erins Mutter, die in einem Supermarkt arbeitete und ein schlechtes Gewissen ihrer Tochter gegenüber hatte.

Mit ein paar kräftigen Paddelschlägen drehte Daphne ihr Kajak so, dass sie für einen Augenblick alle Schwimmer im Blick hatte.

In den meisten der sieben Begleitboote saßen Eltern, einige mit angestrengten Mienen, als wären sie beim *Iron Man*. Sechs der Schwimmer-Kinder trugen schützende Neoprenanzüge, nur der Jüngste von allen, Tristan Reeves, war zitternd mit einer roten Badehose bekleidet ins Wasser gestiegen. Verärgert schüttelte Daphne den Kopf. Sie wusste, dass einer der Lehrer Tristans Vater darauf angesprochen hatte, aber der große, athletische und knochige Owen Reeves hatte nur den Kopf geschüttelt. Tristan sollte abgehärtet aufwachsen, er selbst musste damals auch ohne Neopren schwimmen. Als die Kinder wenig später ins Wasser gewatet waren, hatte er seinem blassen Sohn noch einmal unmissverständlich auf den Rücken geklopft, war dann zu seiner Frau ins Beiboot geklettert und Tristan rudernd gefolgt.

Daphne manövrierte ihr Kajak wieder nach vorne und paddelte so dicht neben den Kopf ihres Schützlings, dass sie Erins keuchende Atemzüge hören konnte. Besorgt rief sie ihr zu: «Kannst du noch? Du musst es ehrlich sagen.»

Erin drehte ihr für Sekunden das Gesicht zu und versuchte zu lächeln, obwohl die Kälte ihre Lippen fast farblos gemacht hatte. «Geht schon ...», stieß sie hervor. «Was die Jungs können, kann ich auch.»

Das war typisch Erin. Auch wenn sie noch kindlich war, hatte sie schon den trotzigen Humor ihrer Mutter.

Plötzlich hörte Daphne das Schluchzen eines Jungen neben sich, dazwischen hustete er immer wieder verkrampft, als ob er beim Weinen Wasser schluckte. Sie blickte erschrocken zur Seite. Knapp zehn Meter neben ihr sah sie den kleinen Tristan im Wasser, parallel dazu das Boot seiner Eltern. Tristans Lippen waren blau, sein Gesicht kreideweiß. Er hörte auf zu schwimmen und trat mit den Beinen auf der Stelle. Mit flehendem Blick rief er seinem Vater zu: «Ich will ins Boot! Bitte, Dad!»

Doch Owen Reeves ließ nicht mit sich reden. «So ein Unsinn! Du willst dich doch nicht lächerlich machen. Die paar hundert Meter sind doch nichts.»

«Bitte ... es geht ... nicht mehr ... hab einen Krampf ...»

Daphne beobachtete, wie der kleine Kerl auf das Boot seiner Eltern zuhielt. Doch als Owen Reeves seinen Sohn kommen sah, streckte er sein Ruder aus und schlug damit wütend aufs Wasser.

«Du verdammter Feigling! Du wirst dich und uns NICHT blamieren. Ich hab's geschafft, dein Bruder hat's geschafft. Du. Wirst. Dich. Gefälligst. Anstrengen!»

«Nun mach schon, Tristy», mischte sich Owens Frau ein. «Dein Dad hat recht!»

Daphne konnte es nicht glauben. Ohne Erin aus den Augen zu verlieren, lenkte sie ihr Kajak näher an das Boot der Reeves heran.

«Schäm dich, Owen», rief sie. «Und hol deinen Sohn gefälligst aus dem Wasser! Schau dir mal seine blauen Lippen an.»

Owen starrte wütend zu ihr herüber. Er sah aus wie ein Wikinger, der Vollbart ungeschnitten, die Haare vom Wind zerzaust. «Danke für die Ratschläge, Daphne Penrose, aber kümmere dich um deinen eigenen Kram. Und das Kajakfahren solltest du noch üben.» Dann wandte er sich erneut an Tristan. «Und wir beide haben uns verstanden!»

Die Antwort war eine verzweifelte Heulattacke, Tristans Weinen klang herzzerreißend. Unbeirrt versuchte er das Boot seiner Eltern zu erreichen, doch Owen und seine Frau zwangen den Jungen weiterzumachen. Sie drückten dem panisch strampelnden Kind so lange ihre Ruder gegen die Brust, bis Tristan aufgab und wieder nach vorne zu schwimmen begann.

Daphne hatte genug. «Schluss jetzt!», rief sie. «Entweder holst du deinen Jungen ins Boot, oder ich mach es!»

«Wag es nicht!», drohte ihr Owen Reeves.

Voller Zorn blickte Daphne um sich, um festzustellen, wo das nächste Boot mit anderen Eltern zu sehen war. Die Dorsets und James Mill befanden sich etwa fünfzig Meter hinter ihr, vielleicht konnten sie sich Owen Reeves vorknöpfen.

Doch bevor sie dazu kam, selbst einzugreifen, hörte sie ein Motorboot aus Richtung Polruan kommen. Es war ein Fischerkahn mit Außenborder. Zwischen den Hummerkästen am Bug saß der Kinderarzt Dr. Richardson, der das Schulschwimmen begleitete. Gesteuert wurde der Kahn von einem Bootsbauer aus Polruan. Daphne sah, wie Richardson während der Fahrt sein Fernglas sinken ließ. Offenbar hatte er das rücksichtslose Verhalten der Reeves beobachtet.

In einer engen Kurve setzte sich sein Boot genau zwischen

Owens Beiboot und dem Kind im Wasser. Der erfahrene Arzt brauchte nur zwei Blicke auf Tristan, um zu erkennen, dass die Zeit für den entkräfteten Jungen knapp wurde.

Dann ging alles sehr schnell. Während Owen dem Arzt noch zurief, dass er sich gefälligst nicht einmischen sollte, hatten Dr. Richardson und der Bootsbauer den Jungen bereits an den Armen gepackt und in den Kahn gezogen. Der erboste Vater hatte keine Chance.

«Schluss jetzt, Mr. Reeves. Jede Minute länger im Wasser wäre für Ihren Sohn lebensgefährlich.»

«Es ist *mein* Sohn!», brüllte Owen. «Und es ist *meine* Erziehung! Aber davon versteht ihr Weicheier ja nichts. »

Unbeirrt gab der Arzt dem Bootsbauer das Zeichen, wieder Gas zu geben. Im Wegfahren rief er den Eltern zu: «Sie können Tristan in drei Stunden aus meiner Praxis abholen, falls er nicht ins Krankenhaus muss.»

Der Außenborder heulte auf, und der Fischerkahn raste davon.

Alle hatten die Situation mehr oder weniger mitbekommen. Verschreckt schwammen die anderen Kinder weiter, während ihre Angehörigen in den Booten beruhigende Worte fanden. Daphne sah, dass Erin ganz cool blieb und auch sie sich nicht vom Schwimmen abhalten ließ. Wütend ruderte Owen Reeves an ihnen vorbei auf das Ufer zu.

In diesem Moment griff Chief Inspector Vincent ein. Wie der leibhaftige Admiral Nelson stand er am Bug von Francis' Boot, die Strähnen seiner gegelten Haare im Wind, ein Fernglas vor den Augen und das Sakko seines hellgrauen Sommeranzugs vorschriftsmäßig geschlossen. Es war ein Auftritt, wie er ihn liebte.

Als Owen Reeves auf das dröhnende Boot des Hafenamtes

aufmerksam wurde und den Chief Inspector erkannte, ließ er sich wie erschöpft auf die Bank seines Beibootes fallen, warf kapitulierend den Kopf in den Nacken und wartete ab. Er wirkte wie ein Wolf, der die Gefahr begriff und einem Stärkeren die Kehle hinhielt.

Nachdem Francis sein Motorboot neben das von Reeves gelegt hatte, rief James Vincent: «Mr. Reeves, hiermit nehme ich Sie wegen mehrfachen Verstoßes gegen das Kinderschutzgesetz und wegen des Verdachtes auf zweifachen Mord fest. Bitte kommen Sie zu uns an Bord.»

Jetzt erst bemerkte Daphne, dass Sergeant Burns eine Pistole in der Hand hielt. Auch Owen Reeves musste sie gesehen haben. Er erhob sich, während sein Boot gefährlich schaukelte, und sagte laut: «Sie wissen so gut wie ich, dass es dafür keine Beweise gibt.»

«Jetzt schon», antwortete der Chief Inspector genüsslich. «Unsere Kollegen haben gerade eine Hausdurchsuchung bei Ihnen durchgeführt. Sonst noch Fragen?»

Schweigend stieg Owen Reeves auf das Motorboot um. DCI Vincent reichte ihm die Hand und zog ihn an Bord, wo Sergeant Burns bereits mit den Handschellen wartete.

Daphne versuchte, sich vorzustellen, wie unwohl Francis sich jetzt in seiner Haut fühlte. Mit blassem, unbeweglichem Gesicht schob er den Gashebel nach vorne und legte wieder ab. Reeves' Frau blieb still weinend auf dem Beiboot zurück.

Der Wind blies wieder stärker, die Wellen hatten zugelegt. Dennoch war Erin in der Zwischenzeit unbeirrt weitergeschwommen und hatte zwei andere Kinder überholt. Für ein so dünnes Mädchen war sie erstaunlich eisern. Stolz wendete Daphne ihr Kajak gegen den Wind und paddelte Erin hinterher.

Nachdem die Kinder sicher nach Polruan zurückgeschwommen waren, wurden sie jubelnd empfangen. Zähneklappernd stiegen sie aus dem Wasser. Während ihnen von den Eltern noch am Strand Bademäntel und Tücher übergeworfen wurden, verkündete der Schuldirektor bereits die guten Schwimmzeiten. Erin war Dritte geworden. Daphne umarmte das zitternde Mädchen und schenkte ihr den langersehnten Gutschein für drei Reitstunden auf der *Polreading Farm* – ein kleiner Tipp von Erins Mutter. Mit einem Jubelschrei rannte die Kleine zu den Umkleideräumen, wo mehrere Mütter mit warmer Kleidung und heißen Getränken warteten.

Hinter dem Strand hatte man für alle eine Bude mit Getränken und kleinen Snacks aufgebaut. Lautstark wurde mit *Hip hip hooray!* auf die Kinder der eigenen Verwandtschaft angestoßen, als hätten die Kleinen ihren Sieg für ganz Cornwall errungen. Daneben gab es nur ein anderes Thema: Owen Reeves' Verhaftung. Da Daphne keine Lust hatte, ständig dazu befragt zu werden, versuchte sie, dem Trubel zu entkommen. Sie holte sich einen heißen Punsch und setzte sich mit dem Pappbecher in der Hand auf die Eisenstreben eines Bootstrailers. Er gehörte zur Werft nebenan. Der Sand unter dem Trailer und zu Daphnes Füßen war voller Muscheln. Überall auf dem Gelände waren reparaturbedürftige Schiffe aufgebockt. Früher hatte es in Polruan viele Werften gegeben, auf denen Handelssegler und Piratenschiffe gebaut wurden. Heute stand der winzige Ort weitgehend im Schatten von Fowey.

Drüben im Hafen von Fowey war das Blaulicht eines Polizeiautos zu sehen. Francis hatte versprochen, sie anzurufen, wenn alles vorbei war. Vielleicht ging es ihm dort wie ihr –

die Festnahme von Owen Reeves erleichterte sie, andererseits wurde sie das Gefühl nicht los, dass Reeves nur ein Bauernopfer für DCI Vincent war. Er wollte einen schnellen Erfolg. Jetzt hatte er ihn, auch noch äußerst publikumswirksam. Mit bitterem Beigeschmack erinnerte Daphne sich daran, dass James schon als junger Polizist in ihrem Apartment damit geprahlt hatte, eine Festnahme ohne anschließende Schlagzeile sei für ihn pädagogisch wertlos.

Und noch etwas beschäftigte sie. Als sie Owen Reeves auf seinem Boot beobachtet hatte, war ihr aufgefallen, wie groß und langbeinig er war. Das konnte unmöglich der Mann gewesen sein, der mit dem Klapp-Mountainbike auf sie zugerast war. Reeves hätte dabei wie ein zusammengekauerter Riese ausgesehen.

Hinter ihr, auf der Bootsrampe der Werft, waren Schritte zu hören. Als sie über die Schulter blickte, sah sie, wie Lewis Russell auf das Schilf und die streitenden Blesshühner, die sich darin versteckten, zuschlenderte. Bestimmt hatte ihm Linda Ferguson von dem jährlichen Schulschwimmen vorgeschwärmt. Auch er hatte sich mit Punsch versorgt. Jetzt, da er unter die Leute gegangen war, schien er sich von seinem Barden-Look verabschiedet zu haben. Heute wirkte er eher großstädtisch, mit dunkelgrüner Windjacke, einer beigefarbenen Hose, einem blauen Hemd und feinen Lederschuhen. Er sah entspannt aus wie ein Flaneur, der interessiert das Gebaren seiner Mitmenschen betrachtet. Auf jemanden wie ihn musste Fowey wie eine unterhaltsame Seebühne wirken. Daphne wäre nach den dramatischen Ereignissen gerne noch eine Weile für sich gewesen, aber jetzt war es zu spät.

«Oh, Mrs. Penrose!» Er schien sie erst jetzt zu bemerken.

Lächelnd stapfte er durch den Sand zu ihr. «Sind Sie auch geflüchtet?»

«Ein bisschen», gab sie zu. «Und Sie? Ein letzter Blick auf die Bucht? Sie behalten Fowey sicher in schlechter Erinnerung.»

Er winkte ab. «Ach was! Wo Menschen leben, gibt es auch Krisen. Hoffen wir nur, dass mit der Verhaftung wieder Ruhe einkehrt.» Er schaute sie neugierig an. «Linda Ferguson meinte, als beste Kennerin von Fowey würden Sie sicher schon selbst recherchieren, um der Polizei bei der Aufklärung zu helfen.»

«Das hat sie gesagt?»

«Ja. Und dass Sie es schon mal getan hätten. Bei einem anderen Verbrechen.» Bewundernd hob er die Augenbrauen. «*À la bonne heure!*»

Um nicht von sich reden zu müssen, ging Daphne einfach darüber hinweg. Stattdessen fragte sie: «Wie lange werden Sie noch bei Linda wohnen?»

Russell setzte sich neben sie; seine walisische Gestalt nahm auch körperlich viel Raum ein. «Mal sehen. Die Polizei hatte mich gebeten, bis Anfang der Woche greifbar zu sein. Eigentlich hätte ich am Montag wieder Vorlesungen, aber was soll's ...» Er schmunzelte. «Es gibt diesen Satz von John Steinbeck: *Man verliert die meiste Zeit damit, dass man Zeit gewinnen will.* Hat er nicht recht?»

«Ja ... irgendwie schon.» Sie amüsierte sich. «Fällt Ihnen eigentlich für jede Situation ein Zitat ein?»

«Nur wenn sich das Leben darin widerspiegelt.»

«Ich finde, in allen geschriebenen Worten lässt sich das Leben oder etwas Wahrheit erkennen», meinte Daphne. «Aber vielleicht ist das naiv.»

«Oh nein, ganz und gar nicht.» Russell schlug seine Beine übereinander und wippte mit dem Fuß, als würde ihm das Thema ein besonderes Vergnügen bereiten. «Wer sich ernsthaft damit befasst, wird im Drama und in der Literatur immer die Kraft des Bösen, die Macht des Guten und die Schwächen der Menschen erkennen. Alles ist Leben. Nehmen Sie Shakespeare. In jedem seiner Werke stecken wir selbst – in jedem Glück und in jedem Tod.»

Daphne war beeindruckt, er sprach ohne intellektuelle Borniertheit. Sir Trevor hatte nicht übertrieben – Lewis Russell war eine starke, überzeugende Persönlichkeit. Plötzlich tat es ihr leid, dass dieser gebildete Mann unverschuldet in den Strudel von Mordfällen gerissen worden war. Doch er schien es ja mit Humor zu nehmen.

«Wenn ich *Macbeth* kenne, kenne ich also alles?», fragte sie lachend.

«Pssst!» Er legte einen Zeigefinger auf den Mund und flüsterte. «Wissen Sie nicht, dass man den Namen nicht aussprechen darf?»

Sie war irritiert. «Nein.»

«Ein alter Aberglaube. In allen englischen Theatern heißt das Stück nur *The Scottish Play,* das schottische Stück. Dementsprechend wird der König von den Schauspielern *The Scottish King* genannt, manchmal auch *MacB.* Die Nennung des wirklichen Namens soll Unglück bringen.» Er zuckte mit den Schultern. «Weiß der Teufel, warum.»

Ausgerechnet *Macbeth*, das große Drama über das Töten, hatte Daphne noch nie auf der Bühne gesehen. Dennoch spürte sie, dass Russell ein Thema berührte, das sie schon immer fasziniert hatte – und ihn offenbar auch. Warum waren die Bibel und die Weltliteratur voller Morde? Wer war

146

zum Mord fähig, und warum? Wie waren Gut und Böse in uns verteilt? Halb und halb? Oder gab es so viele verschiedene Bosheitsmischungen wie italienische Kaffeesorten?

Gerade als Daphne mutig mit ihren Fragen ansetzen wollte, wechselte Russell plötzlich das Thema. «Sie schulden mir übrigens noch eine Antwort», sagte er in charmantem Ton und schaute sie dabei herausfordernd an. «Stichwort ‹Daphne du Maurier›.»

«Ich weiß.»

«Bei meiner Buchreihe geht es um eine neue Interpretation ihrer Romane. Sir Trevor hat geschworen, dass ich ohne Sie aufgeschmissen wäre.»

Er klang wie ein Schüler, der zum Äpfelklauen aufbrechen wollte. Sie musste lachen. «Ausgerechnet Trevor! Er kannte Mrs. du Maurier doch viel besser als ich.»

«Aber erst später.» Russell wurde ernst. «Die Universität Birmingham könnte Ihnen auch ein Honorar zahlen. Ihre Aufgabe wäre es, meine Sicht auf die Autorin und ihr Leben in Fowey gegenzulesen und gegebenenfalls zu ergänzen. Was meinen Sie dazu?»

Daphne hielt den Atem an. Vermutlich war sie die erste Postbotin Englands, der eine Universität ein solches Angebot machte. Ihre Mutter hätte kichernd dazu gesagt: *Schnapp dir die Sardine, mein kleiner Tintenfisch!*

Als gelernte Buchhändlerin wusste sie, welchen Stellenwert eine solche Publikation hatte. Gleichzeitig wurde sie das Gefühl nicht los, dass sie damit einen Teil ihrer Kindheit verkaufen würde. Ihre Aufenthalte auf *Menabilly* und ihre Gespräche mit der berühmten Schriftstellerin waren etwas, das ihre Haltung gegenüber der Welt beeinflusst hatte. Oder lag sie ganz falsch und hatte im Gegenteil sogar die Pflicht,

Lewis Russell darin zu unterstützen, von Mrs. du Mauriers tiefer Liebe zu Cornwall zu erzählen?

Neben ihnen hüstelte jemand. Als sie zur Seite blickten, sahen sie Schuldirektor Langdon auf der Bootsrampe stehen, das weiße Haar fein gescheitelt. Er hatte sich umgezogen und trug jetzt einen dunklen Anzug mit Krawatte. Seine Miene wirkte feierlich.

«Mrs. Penrose? Wir möchten das offizielle Schulfoto mit allen Beteiligten machen. Unsere Streifenhörnchen müssen die nächste Fähre erreichen.»

«Na dann», erwiderte Daphne heiter und stand auf. «Streifenhörnchen sollte man nie warten lassen.»

Als sie sah, wie Lewis Russell bei der Erwähnung der Streifenhörnchen seine Lippen fest zusammenpresste, um nicht loszuprusten, fand sie ihn noch sympathischer.

15

«Erziehung macht den Gentleman, aber Lesen,
gute Gesellschaft und Reflexion vervollständigen ihn.»

John Locke

Erleichtert stellte Francis seinen Bürocomputer aus und schloss das Fenster zum Hafen. Unten am Anleger begannen die ersten Bootsbesitzer, die Persennings von ihren Yachten zu ziehen und die Schiffe fürs Wochenende klarzumachen.

Das Wichtigste hatte er jetzt erledigt. Nachdem ihm der alte Scott Griddle eine schottische Telefonnummer von Olivia Keast gegeben hatte, war es ihm gelungen, bis zur Zentrale der Hilfsorganisation *Doctors in Asia* vorzudringen, die sich in Edinburgh befand. Wie Griddle gesagt hatte, hielt Olivia Keast sich noch immer in Myanmar auf. Dort half sie als Krankenschwester bei der medizinischen Versorgung der abgelegenen Sagaing-Region und sollte vor Jahresende nicht zurück sein. Bereitwillig gab man Francis aber ihre E-Mail-Adresse. Es war eine andere als die, die er von Scott Griddle bekommen hatte. Sofort setzte er sich an den Computer, schilderte Olivia Keast, worum es ging, und bat sie, möglichst schnell zu antworten. Wenn Griddles E-Mail-Adresse falsch war, wusste sie womöglich noch gar nichts vom Tod ihrer Freundin Florence Bligh.

Vom Hafenamt bis zum Pub waren es nur ein paar Schritte. Als Francis dort ankam, war der Stimmenlärm bis auf die Straße zu hören. Da *The Sailor's Inn* zu den historischen Pubs in Fowey gehörte, war sein Ruf beachtlich. Kein *Cornishman* ging freitags gerne aus dem Büro nach Hause, ohne kurz an einer Theke «Cheers!» gerufen zu haben.

Der Pub lag weiß verputzt und einladend hinter dem Hafenplatz, mit Sprossenfenstern, Blumenkästen und einer berühmten Metallplakette neben dem Eingang: *FOWEY JAZZ BAND, 1965 hier gegründet. Sie spielen die richtigen Noten, aber nicht unbedingt in richtiger Reihenfolge.*

Das Gedränge an der halboffenen Eingangstür war groß, aus der Musikanlage hinter der Theke tönte Popmusik. Verstehen konnte man nicht viel, weil eine Gruppe junger Männer und Frauen laut lachte. Alle Tische waren besetzt. Wer keinen Platz gefunden hatte, stand mit dem Bierglas in der Hand hinter den Barhockern. Als Francis sich durch die Menge drängte, um nach seinen *old boys* Ausschau zu halten, hob Andrew, der Wirt, eine Hand über die Köpfe der Gäste und wies ihm die Richtung. Gleichzeitig schob er ein Glas für Francis unter den Zapfhahn.

Sie saßen am hintersten Ende der Theke, aufgereiht wie Hähne auf der Stange, vor sich ihre Getränke – Leo Vivyan und Toby Wheeler. Callum Stockwood hatte sich in die Ecke dahinter verkrochen und telefonierte angestrengt. Doch selbst wenn er mal nicht telefonierte, blieb er oft für sich. Die *old boys* meinten, dass er dann wieder vom Essen träumte.

Mit Leo und Toby hatte Francis die Internatszeit durchgestanden. Sie waren nicht nur seine ältesten Freunde, sondern auch Segelpartner und lautstarke Diskutanten, wenn es um die Politik ging.

«Sieh mal an, er kennt uns noch», spöttelte Leo Vivyan, als Francis sich zu ihnen stellte. «Er trägt noch keinen Heiligenschein!»

Toby grinste. «Kommt noch. Ein Flussmeister, der übers Wasser laufen kann – das wär doch was.» Sie lachten laut. Es waren nicht die ersten Gläser, die vor ihnen standen.

«Danke für die netten Worte», konterte Francis. Er griff nach dem Glas *Tribute,* das Andrew vor ihn auf der Theke platzierte, legte die passenden Münzen hin und genoss den ersten Schluck. «Womit hab ich mir das verdient?»

«Als Hilfssheriff», antwortete Leo bissig. «Hauptrolle: DCI Vincent. Auftrag: Wie nehme ich publikumswirksam einen Mörder fest?»

Der Hieb saß.

«Quält mich nicht», antwortete Francis müde. «Ich weiß selbst, was das für ein Mist war.»

Er ärgerte sich darüber, dass James Vincent die Veranstaltung auf diese Weise missbraucht hatte. Man hätte Owen Reeves auch an Land festnehmen können, nachdem sein Sohn vom Kinderarzt in Sicherheit gebracht worden war. Sergeant Burns hatte erzählt, dass man in der Wohnung des Kochs Hinweise darauf gefunden hatte, dass der kleine Tristan regelmäßig von Reeves gequält und sogar im Kinderzimmer mit Handschellen angekettet worden war, wenn er nicht parierte. Allein dafür verdiente Reeves viele Jahre Gefängnis. Aber für seine Täterschaft bei den Doppelmorden fehlten immer noch die schlagenden Beweise. Vielmehr sah es ganz so aus, als hätte der DCI bei der Staatsanwaltschaft gebluft, um eine Festnahme zu erwirken. Offensichtlich tat er alles, um noch vor seinem Jagdurlaub einen Erfolg vorweisen zu können.

«Wie auch immer», lenkte Toby ein. «Es bleiben genug offene Fragen.»

«Habt ihr Finch gut gekannt?», fragte Francis. «Wir hatten Kontakt zu Florence Bligh, aber nie zu Dr. Finch. Privat, meine ich.»

«Ich hab Squash mit ihm gespielt», antwortete Leo. «Im Spiel war er ein harter Hund, aber ich mochte ihn.»

«Angeblich soll er sehr geizig gewesen sein ...»

«Wer behauptet das?» Leo klang wachsam.

«Jemand, der geschäftlich mit ihm zu hatte», sagte Francis vage. Er hatte vergessen, dass Leo Banker war und beim Thema Geld stets diskret blieb. Vor mehr als hundert Jahren hatte seine Familie die *Cornish Finance Fowey* gegründet. Heute gehörte den Vivyans immerhin noch die Hälfte der Bank.

Toby stieß Francis mit dem Ellenbogen an. «Sieh mal, Leo weiß was. Ich seh's ihm an.»

«Also gut», sagte Leo. «Jetzt darf ich ja drüber reden. Finch hatte seit Jahren ein Konto bei uns, kämpfte aber um jeden halben Penny. Er hatte jahrelang im Ausland Schulden abzuzahlen.»

Francis erinnerte sich, dass Dr. Finch lange Zeit als Schiffsarzt über die Weltmeere gefahren war, bevor er in Fowey die Praxis seines Vaters übernommen hatte. Vermutlich war er auch irgendwo in den Tropen längere Zeit geblieben ...

«Weißt du auch, wo?»

«Frag mich nicht so was.» Leo spülte die Reue über seine Redseligkeit mit Bier hinunter. «Eine dieser Inseln – Bahama oder Bermuda ... Wer kann die schon unterscheiden?» Er hob den Arm und rief Richtung Zapfhahn: «Andrew – noch ein *Lager*!»

Francis sah Dr. Finch wieder auf der Treppe vor der weißen Klinik stehen, die Daphne und er auf dem Zeitungsausschnitt an Bord der *Lady Aubyn* entdeckt hatten. War das der Ort, den Leo meinte?

Toby nahm das Stichwort sofort auf. «Bermuda!», stöhnte er. «Dahin ging meine Hochzeitsreise. Hätte ich Annabelle bloß damals schon die Kreditkarte sperren lassen!»

Der Arme war an eine Ehefrau geraten, die unter krankhafter Kaufsucht litt. Im vergangenen Jahr hatte sie unter anderem vierzig neue Kleider und drei elektrische Ohrensessel gekauft. Zum Glück war sie nicht als Miteigentümerin seines Landmaschinenhandels eingetragen. Jetzt waren sie geschieden, seitdem suchte er im Internet nach einer neuen Frau.

«Fiona hat dich neulich mit einer Blonden gesehen», warf Leo ein. «Erzähl doch mal.»

Toby zuckte mit den Schultern. «Ich weiß nicht, ob ich mich noch mal an eine Neue gewöhnen kann», sagte er mit verkniffenem Mund. «Die Frauen stellen Anforderungen wie für einen Spitzenjob.»

«Ehe *ist* ein Spitzenjob!», erklärte Francis. «Wusstest du das nicht?»

Er überlegte, wie er das Gespräch wieder auf Dr. Finch zurückbringen konnte, aber Toby kam jetzt erst richtig in Fahrt. Endlich konnte er sich seinen Frust über die vielen missglückten Dates von der Seele reden.

«Das Schlimmste ist der Romantikfimmel. Sie stellen dir zwanzig Kerzen auf die Treppe und ins Schlafzimmer und halten es für die perfekte Landebahn. Ich hab mir schon zweimal die Haare versengt.»

Leo grinste. «Welche Haare?»

In diesem Moment wurde Francis durch einen weißen

Anorak abgelenkt, der im Eingang des Pubs auftauchte. Es war Linda Ferguson, die sich durch die Gruppe der jungen Leute quälte und ihm zuwinkte. Offenbar war sie auf der Suche nach ihm. Er entschuldigte sich bei seinen Freunden und drängelte sich ihr entgegen. Sie trafen sich auf halbem Weg an der Säule, die die rauchgeschwärzte Holzdecke abstützte.

«Suchst du mich?»

«Ja», sagte Linda, während sie in der stickigen Kneipenluft den Anorak aufknöpfte. «Ich weiß ja, wo ich dich freitags finde. Eigentlich wollte ich Daphne sprechen, aber sie geht nicht ans Telefon».

Er hob seufzend die Hände. «Ihr *Cornish-girls*-Abend. Soll ich was ausrichten?»

«Das wäre nett von dir. Daphne und ich hätten morgen um neun unser Schwimmen. Aber ich muss nach St. Ives und Penzance, ein paar Dinge erledigen.»

«Sie wird es verkraften. Ich bewundere euch dafür, wie ihr das seit Ende Mai durchhaltet.»

Sein Lob war ehrlich gemeint. Es gab in Fowey zwar viele, die im Sommer an den Stränden baden gingen, aber nur wenige Hartgesottene, die wie Linda und Daphne so früh in das kalte Wasser des River Fowey sprangen. Schon Daphnes Mutter und ihre Großmutter hatten zu den erwachsenen *harbour swimmers* gehört. Gelegentlich ließ sich sogar Francis dazu überreden, mit in den Fowey zu springen, doch die Strände an der Nordküste waren ihm lieber. Dort konnte man surfen und bei Wind spüren, wie die scharfe Gischt auf der Haut brannte.

Linda spielte mit ihrem Autoschlüssel. «Darf ich dich was fragen? Als Daphne vorgestern bei mir war, hatte ich den

Eindruck, dass sie ...» Sie brach ab und fing wieder neu an. «Mir ist klar, wie verworren es auf sie wirken musste, dass ich schon vor ihr in Glendurgan Garden war, ihr aber nichts davon gesagt habe. Ich muss wissen, ob sie wirklich glaubt, dass ich mit den Morden etwas zu tun habe.»

«Sie war zumindest ... irritiert ...», gab Francis zu.

«Das kann ich gut verstehen. Meg sagte mir, sie hätte sich heute Morgen nach meinen Fahrrädern erkundigt.» Ihre Finger verschwanden in der Seitentasche des Anoraks und kamen mit einer rot bedruckten Visitenkarte hervor. «Würdest du ihr die bitte geben? Ich bin morgen ab eins in Penzance, in der Chapel Street. *Crab & Oyster Bar* heißt das Restaurant. Es wäre schön, wenn ich sie zum Essen einladen dürfte. Ich möchte ihr etwas Wichtiges mitteilen.»

Die Chapel Street war berühmt für ihre historischen Gebäude, Antiquitätenläden und Restaurants. Soweit Francis wusste, prangten an der Crab & Oyster Bar gleich fünf *Rosettes* der britischen Gastronomiebewertung. Was hatte Linda Besonderes vor?

Er steckte die Karte ein. «Daphne kann dich ja vormittags anrufen, falls es ihr passt. Hast du übrigens mitbekommen, dass Owen Reeves verhaftet wurde?»

«Ja, Lewis Russell hat es mir erzählt. Er war in Polruan dabei und hat wohl auch mit Daphne gesprochen.»

Wohl wahr, hätte Francis gerne geantwortet, ich habe die beiden vom Boot aus lachend zusammensitzen sehen, als ich noch mal zurückgekommen bin. Auf eine Weise, die er selbst nicht verstand, hatte ihn dieser Anblick eifersüchtig gemacht, sodass er gewendet hatte und mit dem Boot nach Fowey zurückgekehrt war.

Stattdessen fragte er: «Traust du Owen Reeves so was zu?»

«Er war es nicht.» Zu seinem Erstaunen schüttelte Linda entschieden den Kopf. «Owen ist sicher ein widerlich brutaler Mensch, aber nur, wenn er Oberwasser hat. Er war Koch bei uns im Hotel. Einer wie er hätte es nie gewagt, in Glendurgan Garden unter den Augen der Festgesellschaft einen Mord zu begehen.»

«Hast du das auch dem Chief Inspector gesagt?», wollte Francis wissen.

«Natürlich, aber James Vincent glaubt ja nur das, was in seine Pläne passt. Weißt du, was er mich als Verdächtige ernsthaft gefragt hat? Ob ich durch meinen Exmann immer noch gute Beziehungen zu Hotels in Kanada hätte. Ein wahrer Egoist, dieser Typ!»

«Du weißt ja, dass Daphne das Gleiche über ihn sagt.» Francis zeigte zur Theke. «Möchtest du nicht doch was trinken?»

«Nein, ich fahre nach Hause. Meg hat schon wieder Überstunden gemacht. Sie kennt hier noch nicht viele Leute.»

Sie unterhielten sich noch einen Augenblick über das Thema Scheidung, dann knöpfte Linda ihren Anorak zu und verabschiedete sich. Die Art, wie sie sich höflich, aber entschlossen durch die Menge zwängte und dabei den weißen Kragen des Anoraks aufstellte, strahlte Selbstbewusstsein aus.

Als Francis sich umdrehte und zu seinen Freunden an die Bar zurückging, bemerkte er Callum Stockwood hinter sich. Hatte er die ganze Zeit an der Säule gelehnt und ihm und Linda zugehört?

Währenddessen hatten Leo und Toby bereits das Stadium fortgeschrittenen Lästerns erreicht. Für sie blieb Callum der Ritter von der traurigen Gestalt. Tatsächlich gab er sich heute besonders zurückgezogen. Trübsinnig blies er die Backen auf, trank aus der Bierflasche und starrte an die Decke. Francis vermutete, dass er wieder einmal einen Korb bekommen hatte.

Alles in allem wurde es ein gelungener Männerabend. Leo schmiss zum Schluss noch eine Runde *Guinness* – der offizielle Startschuss für seine Tiraden gegen die Londoner Politik. Da sein Schwager zu den Torys in Westminster gehörte, hatte er stets brisante Geschichten im Köcher. Auch Francis war in Fahrt gekommen und verlangte, dass das Parlament stärker die Wirtschaft in Cornwall fördern müsste. Dafür sollten die Politiker aber auch öfter herkommen.

Zustimmend knallte Andrew die bestellten Erdnüsse vor ihnen auf die Theke. «Genau! Und erzählt den Torys, dass in Cornwall die meisten Sonnenstunden gemessen werden! Dann kommen sie freiwillig aus ihrem Londoner Regen ...»

Toby Wheeler war es zu verdanken, dass es am Ende der angeregten Diskussion eine bündige Zusammenfassung gab. Mit schwerer Zunge konstatierte er: «Ich halte also fest ... Im Grunde ist Cornwall ein riesiges Solarium ... Das isses!»

«Yeah!», nickten Leo, Andrew und Francis einträchtig. Dann tranken sie alle zufrieden ihr letztes Bier aus.

Auf dem Weg nach Hause wählte Francis die gepflasterte Gasse, die sich an Dorothy Wickeltons vielbewundertem Garten vorbeischlängelte. Das Auto hatte er vor dem Hafenamt stehen lassen, weniger aus Vernunft als aus einer Laune heraus. Auch diese Nacht war wieder angenehm lau, sodass er die vielen Treppen bis hoch nach Embly Hall als sportliche Herausforderung sah.

Da Dorothy Wickelton ihren Garten während der Sommermonate gelegentlich für Besucher öffnete, hing an der halbhohen Granitmauer ein Schild mit den Öffnungszeiten. Nur in einem Zimmer des viktorianischen Eckhauses, im ersten Stock, brannte noch Licht. Dorothy hatte zwar schon ihren achtzigsten Geburtstag hinter sich, war aber immer noch als Kinderbuchillustratorin gefragt. Jeder mochte sie und ihren Garten. Für einen Augenblick blieb Francis stehen, schaute über die bemoosten Steine der Mauerabdeckung hinweg und atmete den Duft der Blumenbeete ein.

Als er sich endlich löste, stieß er an den Ast eines überhängenden Baumes. Es raschelte, und ein Apfel fiel auf die Straße. Francis bückte sich und hob ihn auf. Es war ein *sweet lark*, eine alte kornische Sorte, grün und krumm. In seiner Kindheit hatte man die geschnittenen Apfelstücke mit Zucker und Apfelessig eingelegt. Ein bisschen wehmütig steckte er den Apfel ein, um ihn Daphne mitzubringen.

Als er zehn Minuten später die Haustür aufschloss, begrüßte ihn brüllend laute Salsamusik. Rhythmisch schallte sie aus Embly Hall herüber, die Tür des Verbindungsgangs stand weit offen. Mitten auf den Fliesen lagen Daphnes rote Schuhe, am Boden stand ein Tablett mit leeren Gläsern.

Er ging nach drüben in den Salon, von wo die Musik kam. Dort herrschte Festbeleuchtung, aber zu sehen war niemand. Offensichtlich hatten die *Cornish girls* ihre Party bereits beendet. Ihm fiel ein, dass Daphne und die fünf Freundinnen, die zu ihrem Kornisch-Kurs gehörten, heute ein *Latin Dance Workout* veranstaltet hatten. Das provisorisch mit einer Holzplatte reparierte Salonfenster war durch den Vorhang verdeckt worden. Auf dem Tisch standen leere Proseccoflaschen. Er drückte den Stoppschalter der Musikanlage, knipste das Licht aus und kehrte mit einem Anflug von Ärger ins Torhaus zurück. Daphne wusste genau, dass er immer ein schlechtes Gewissen gegenüber seinem Cousin hatte, wenn Embly Hall so vorgeführt würde.

Im ersten Stock entdeckte er Daphne in Nachthemd und Bademantel auf der blauen Chaiselongue unter dem Flurfenster. Sie schlief fest und selig, elegant hingestreckt wie eine wirkliche Lady. Neben ihr auf dem Holzboden lagen das aufgeschlagene Tagebuch und ein Stift. Vermutlich war sie so müde gewesen, dass sie noch vor dem Schreiben eingeschlafen war. Über ihrer Wange hing eine widerspenstige Haarsträhne und verlieh ihrem Gesicht etwas sehr Weibliches und Sinnliches.

Liebevoll drückte Francis ihr zwei Küsse auf die Stirn. Irritiert schlug Daphne die Augen auf, sah ihn mit großen Augen an und lächelte zärtlich.

16

«Wohin jetzt? Wer kommt als Nächster dran?»

John le Carré, *Eine Art Held*

Trotz ihrer Müdigkeit strampelte Daphne zügig durch die *Esplanade*, Foweys schönste Wohnadresse an der Bucht. Noch konnte man hier die Ruhe des Samstagmorgens spüren. An vielen Türen hinter den viktorianisch verschnörkelten Balkonen der Villen und an den Fenstern der Apartmenthäuser waren die Vorhänge zugezogen. Während die Hügelseite der Straße bebaut war, gab es auf der Wasserseite nur Gärten.

Daphne stellte ihr Rad an einem Zaun ab, nahm ihre gelbe Badetasche vom Gepäckträger und kletterte den versteckten Pfad zur Badestelle hinunter. Schon nach wenigen Metern rutschte sie auf einem nassen Stein aus. Als sie sich wieder aufrichtete, musste sie feststellen, dass ihre Sonnenbrille zerbrochen war.

Eigentlich hätte sie gleich erkennen müssen, dass ihr Badeausflug heute unter einem schlechten Stern stand. Linda hatte abgesagt, Francis weigerte sich, den Ersatzmann zu spielen, und einen klitzekleinen Kater hatte sie auch. Wenigstens war der Abend mit ihren Freundinnen fröhlich verlaufen.

Sie hatten nach der Latino-CD von Mellyn Doe getanzt,

ein paar Gläschen Prosecco getrunken und viel gelacht. Da das Parkett von Embly Hall geeigneter war als jeder *dance-floor*, hatten sie die Latinoschritte in einem Tempo getanzt, das sie sich gar nicht mehr zugetraut hätten. Mellyns Work-out forderte alles von ihnen. Leider war Susi Hogan beim schnellen Samba umgefallen, weil sie falsch geatmet hatte, und Brenda Gregory musste mit verrenktem Rücken zur Couch getragen werden. Trotzdem hatten sie ihren Spaß gehabt.

Nachdem das Haus wieder leer gewesen war, hatte Daphne sich nach oben begeben, um noch für ein paar Minuten auf der Chaiselongue in ihr Tagebuch zu schreiben. Darüber war sie eingeschlafen – und später von Francis liebevoll zu Bett gebracht worden.

Immerhin hatte sie es vor dem Einschlafen geschafft, noch einen treffenden Satz für den 28. Juli zu notieren:

«Endlich beginnen wir zu begreifen, wie einsam Florence war ...»

In der Bucht angekommen, stellte Daphne ihre Badetasche ab und packte ihre Sachen aus. Die Badestelle war klein, nicht mehr als eine Einbuchtung in der senkrechten Fels-wand, die sich bis hoch zur Esplanade aufreckte. In einer winzigen Höhle konnte man sich ungesehen umziehen.

Als sie die Zehen ins Wasser steckte, bekam sie einen Schreck. Es fühlte sich an wie Gletscherwasser. Mit der letzten Flut musste eine extrem kalte Strömung in die Bucht geflossen sein. Für einen kurzen Moment spielte Daphne mit dem Gedanken, ihre einsame Aktion abzubrechen und lieber mit Francis gemütlich zu frühstücken. Doch dann gab sie sich einen Ruck, breitete die Arme aus und stürzte sich wie ein Eisvogel in die Fluten.

Wie immer, wenn sie hier untertauchte, verging der erste Schock schon nach wenigen Sekunden. Während sie trotzig weiterschwamm, verwandelte sich das frostige Gefühl langsam in eine Mischung aus Gefühllosigkeit und beginnender Wärme.

Das Ufer fiel steil ab. Mit ein paar Schwimmzügen erreichte sie einen Felsbogen, unter den sie hindurchschwimmen musste, danach lag die offene Bucht vor ihr. Normalerweise genoss Daphne diesen Moment der Freiheit, wenn sie plötzlich neben der Fahrrinne der Schiffe schwamm und ihr die vorbeiziehenden Segler zuwinkten.

Aber heute war irgendetwas anders. Als sie auf den steinernen Bogen zuschwamm, sah sie, dass sich an seiner rechten Seite eine Leine verfangen hatte, die in der Tiefe verschwand. Da der Felsdurchlass nur vier oder fünf Meter breit war, hielt sie sich so weit links wie möglich, um der Leine nicht zu nahe zu kommen.

Plötzlich spürte sie, wie ihre Füße in etwas Beweglichem hängenblieben. Sie begann zu strampeln, um das lästige Ding loszuwerden, doch je mehr sie sich wehrte, desto tiefer schnitt etwas Messerscharfes in ihre Beine. Eine schreckliche Ahnung durchzuckte sie. Sie griff nach unten, um zu fühlen, worin sie festhing.

Es war ein Nylonnetz.

Panisch versuchte sie, sich zu befreien – und verfing sich dabei immer mehr. Als das grüne Netz einmal kurz auftauchte, sah sie, dass es auch links von ihr schwamm und unter dem Wasser zwischen dem gesamten Bogen gespannt war. Sie begann um Hilfe zu schreien. Die Nylonschnüre legten

sich auch um ihre Oberschenkel, ihre Handflächen platsch-
ten sinnlos herum, Schaum und Baumblüten trieben neben
ihr. Dann steckte auch ihre linke Hand im Netz, sie fing an,
Wasser zu schlucken …

Von dem, was danach geschehen war, wusste sie eine
halbe Stunde später nichts mehr. Als sie wieder zu sich kam,
lag sie zugedeckt auf einem Bootssitz. Unter ihr dröhnte ein
starker Motor, während sich ein wettergegerbtes Gesicht
sorgenvoll über sie beugte und prüfend anschaute.

«Alles klar?»

Es war David Goodall.

Erst nachdem sie wieder saß – in eine zweite Wolldecke
gehüllt, in der Hand einen Becher mit heißem Tee –, war
Daphne in der Lage, ihre Situation zu begreifen. Sie hatte
unglaubliches Glück gehabt. Goodall saß vorne auf seinem
Kapitänsstuhl und steuerte sein Wassertaxi auf den Hafen
zu. Als Daphnes Blick zum Heck ging, erkannte sie das grüne
Fischernetz, das dort wie ein unschädlich gemachtes Monster auf den Schiffsplanken lag. Immer noch aufgeregt, raffte
sie ihre beiden Decken um sich, stand auf, warf dem Monster
einen wütenden Blick zu und betrat den überdachten Steuerstand.

Goodall nickte ihr kurz zu und steuerte unbeirrt weiter.

Er machte nie viele Worte, schon gar nicht bei Frauen.
Auch als Daphne ihm jetzt herzlich für ihre Rettung dankte,
zeigte er keine große Emotion.

«Reiner Zufall», brummte er. «Du hast ja laut genug ge-
schrien. Musste gerade jemanden bei Readymoney Cove ab-
setzen …»

«Du bist ein wirklicher Engel, David!» Sie zeigte auf das
grüne Bündel hinter sich. «Ist das nicht ein Stellnetz?»

«Sieht so aus.» Goodall lenkte das Taxiboot um eine Motoryacht herum. «Eigentlich spannt der Fischer es fünfzig Meter weiter südlich auf. Ist wohl durch die verdammte Strömung gelöst worden ...» Er gab wieder Gas. Mehr wollte er nicht spekulieren, vielleicht aus Solidarität mit dem Fischer. Daphnes Rettung schien damit für ihn abgehakt zu sein.

Obwohl sie noch immer den nassen Badeanzug unter den Wolldecken trug und es draußen zugig war, wagte Daphne sich noch einmal ins Freie, um sich das Netz näher anzusehen. Schaudernd stellte sie fest, dass die Ränder merkwürdig glatt geschnitten waren. Stammten die Schnittkanten von Goodall, als er sie befreite? Warum hing das Netz überhaupt im Wasser? Sie war zu ihrer gewohnten Zeit an der Badestelle erschienen. Und Linda hat Francis gestern Abend im Pub erzählt, dass sie heute nicht zum Schwimmen mitkommen konnte. Hatte jemand mitgehört und beschlossen, ihr Angst einzujagen?

Unsinn, dachte Daphne, es kann nur ein Zufall gewesen sein. David hatte recht, durch die Strömung kam es immer wieder vor, dass Stellnetze mitgerissen wurden.

Fröstelnd ging sie in den warmen Steuerstand zurück und setzte sich neben Goodall. Das Vibrieren und das Brummen des Motors wirkten beruhigend auf sie. Weil sie das Bedürfnis hatte, ihren schweigenden Lebensretter doch noch zum Sprechen zu bringen, sagte sie: «Tut mir leid, dass du schon wieder in was verwickelt worden bist, das eigentlich nichts mit dir zu tun hat ...»

Goodall sagte nichts dazu. Erst nachdem er einen Hafenschlepper überholt hatte, fragte er: «Weiß man schon, wann Florence Bligh beerdigt wird?»

«Nein, nicht solange sie ...» Daphne brach ab. «Es wird sicher noch dauern.»

Seine Hände lagen fest auf dem Steuer. Kopfschüttelnd sagte er: «Sie hätte nicht allein leben sollen. Jemand wie sie hätte den richtigen Mann verdient.»

Irgendetwas an seinem Gesicht ließ in Daphne den Verdacht aufkommen, dass er sich selbst als den Mann sah, der Florence gerne beschützt hätte. Sie reagierte diplomatisch: «Hoffen wir, dass der Fall bald aufgeklärt ist. Gestern hat man ja Owen Reeves festgenommen.»

«Der Schweinehund gehört so und so hinter Gitter», antwortete Goodall grimmig. Wieder schaute er zu Daphne. «Könntest du mich anrufen, wenn der Beerdigungstermin feststeht?»

«Ja, natürlich. Wir wissen alle, was für eine wunderbare Frau sie war.»

«Ja.» Es folgte ein betretenes Schweigen. «Wenn ich neulich mein Handy früher abgehört hätte, dann ...»

«David, es bringt nichts, wenn du dich jetzt damit quälst.» Sie versuchte ein aufmunterndes Lächeln.

Aber sie verstand ihn. Auch ihr ging nicht aus dem Kopf, dass vieles anders verlaufen wäre, wenn sie nicht ihr Gedächtnis verloren hätte. Überrascht sah sie, dass Goodalls Augen feucht schimmerten. Da es ihm sichtlich peinlich war, klopfte er kurz mit den Händen auf sein Steuerrad und sagte barsch: «So, jetzt legen wir an. Dann holen wir deine Sachen vom Badeplatz, und ich fahre dich hoch nach Embly Hall.»

17

«Pläne haben nur eine geringe Bedeutung,
aber planen ist essenziell.»

Sir Winston Churchill

Voller Hingabe durchwühlte Francis die Schraubenkäs-
ten im Laden von *Johnny's Classic Cars*. Da er heute
den reparierten Kotflügel seines dunkelgrünen Jaguar XK
Roadster von 1956 einbauen wollte, benötigte er fünf seltene
Schrauben. Er hatte das historische Gefährt geerbt. Nach der
ersten Freude war ihm jedoch schnell klargeworden, dass es
ihn noch Monate kosten würde, bis er sich damit an einem
Oldtimer-Rennen beteiligen konnte.

Das Geschäft lag mitten in St. Austell. Samstags hielten
pausenlos SUVs vor der Tür. Es waren die Autos von Ehefrau-
en, die ihre Männer abluden, wie man Kinder zum Spielen
vor dem Kindergarten absetzte. Francis staunte, wie selbst-
bewusst seine Geschlechtsgenossen anschließend durch die
Gänge stolzierten.

Er hatte Glück, seine Schrauben waren vorhanden. Nachdem er sich an der Kaffeebar – die umgebaute Kühlerhaube
eines Chevrolets – noch einen Espresso gegönnt hatte, verließ er das Geschäft.

St. Austell besaß keinen großen Stadtkern, aber mehr Lä-
den als Fowey. Francis und Daphne kamen gelegentlich her,

um Einkäufe zu machen, und wenn Jenna mit dem Schnellzug aus London anreiste, holte Daphne sie hier am Bahnhof ab.

Das Fahrradgeschäft von Callum Stockwoods älterem Bruder befand sich am Ende der Straße.

Als Francis den Laden betrat, klingelte eine Türglocke, dann trat William Stockwood wie ein großer Maulwurf im grauen Arbeitskittel aus dem winzigen Büro. Er ähnelte Callum erstaunlich, vor allem wegen der dicken Backen, war aber etwas schlanker und größer. Trotz der Enge des Ladens wirkte die Auswahl an Mountainbikes und Rennrädern beachtlich.

Francis stellte sich vor. Wissend hob William Stockwood die Augenbrauen.

«Ich weiß Bescheid. Es geht um das XByrd, das mein Bruder aus dem Fluss gefischt hat. Scheußliche Sache!»

Callum hatte also doch den Mund nicht halten können, was Francis ärgerte. Der einzige Vorteil war, dass er jetzt offen mit Stockwood reden konnte. Tapfer blendete er die vielen verlockenden neuen Räder in seinem Blickfeld aus und kam gleich zur Sache.

«Ich habe eine technische Frage. Wenn so ein altmodischer Fahrradcomputer zerstört ist, sind dann alle Daten unwiederbringlich verloren?»

Stockwood verstand sofort. «Sie meinen, ob sie noch woanders gespeichert waren, zum Beispiel bei XByrd?»

«Ja.»

«Leider nein. Technische Möglichkeiten wie die Cloud gab es damals nicht. Erst die neuen GPS-Tracker sind damit ausgerüstet.»

Francis bat darum, sich eines dieser Räder anschauen zu

dürfen, damit er die Technik besser verstand. Sein eigenes Mountainbike war fast zwanzig Jahre alt. Wenn er damit in die Wildnis aufbrach, war er froh, wenn die Räder und Bremsen ordentlich funktionierten. Ein paarmal hatte er schon mit dem Gedanken gespielt, sich doch ein neues Rad zu gönnen – vielleicht zu seinem nächsten Geburtstag.

Der Händler führte ihn zur XByrd-Ecke. Die Mountainbikes dieser Marke gehörten zur Spitzenklasse, waren aber auch nicht gerade billig. Angesichts der Reifenparade vor seinen Augen musste Francis plötzlich an das fröhliche Zischen denken, dass er einmal als Schüler hören durfte, nachdem er und seine Freunde an sämtlichen Rädern vor dem Bahnhof St. Austell die Ventile herausgezogen hatten ...

Ohne die anderen aufgereihten Räder umzustoßen, zog William Stockwood mit einem pointierten «Bitteschön!» das einzige silberglänzende Exemplar heraus, stellte es im Zwischengang auf und ließ es Francis in Augenschein nehmen.

«Es hat alles, was das Bergfahren interessant macht», erklärte er. «Einen erstklassigen Rahmen, die besten Scheibenbremsen, gut bedienbare Bremshebel ...» Geschickt zählte er weitere Vorteile auf.

Beeindruckt und neugierig ging Francis neben dem Rad in die Hocke und studierte die Details. Da er zu den Männern gehörte, die man für jede Art perfekter Technik begeistern konnte, sah er sofort, was die Qualität der Marke ausmachte – der robuste, gut geformte Rahmen, das raffinierte System der verstärkten Felgen und Speichen, die praktisch angeordneten und erstklassig verarbeiteten Schalthebel. Es musste ein Vergnügen sein, auf so einem Rad das Bodmin Moor und die versteckten Täler zu erkunden, die oft nur über wildes Gelände erreichbar waren. Aber er war ja nicht hier, um sich ein neues Rad anzuschaffen. Stünde Daphne jetzt neben ihm, würde sie ihn sanft daran erinnern, dass er ohnehin viel zu selten mit dem Mountainbike unterwegs war.

«Ich würde mir auch gerne ein Klapprad von XByrd anschauen», bat Francis. «Ist das möglich?»

«Aber natürlich.»

Stockwood ließ das Silberrad im Gang stehen und führte Francis zu einem anderen. Auch dieses zog er mit einer eleganten Handbewegung hervor, als würde er mit dem Zauberstab hantieren, und erklärte wortreich die Technik. Im Wesentlichen ähnelte das Klapprad dem alten Modell, das Francis im River Fowey gefunden hatte. Selbst wenn das neue Modell ausgereifter wirkte, war doch die schnittige Grundform dieselbe geblieben. Francis fiel auf, wie viel kompakter und kleiner das Klapprad gegenüber einem herkömmlichen Mountainbike aussah – der Preis für seine Verstaubarkeit im Auto. Und Daphne hatte recht: Ein großer Mann mit langen Beinen wie Owen Reeves wäre niemals auf den Gedanken gekommen, sich ein solches Rad zuzulegen.

William Stockwood schraubte den Sattel des Mountainbikes ab und ließ Francis in das hohle Rohr blicken. Tief unten befand sich ein festgeklemmtes Kunststoffteil.

«Dort sitzt das Ortungssystem», erklärte er stolz, als hätte er die Technik selbst erfunden. «Kein Fremder kann das Teil entfernen oder ausschalten. Natürlich ist der GPS-Tracker heute bei jedem XByrd Standard, und die Bedienung ist einfach. Mit der dazugehörigen App auf Ihrem Smartphone werden Sie gewarnt, wenn Ihr Fahrrad unbefugt bewegt wird.»

«Was heißt das genau?»

«Wird das Rad gestohlen, erhalten Sie eine SMS und können die Spur des Diebes mit dem Ortungssystem auf einer

Karte verfolgen. Über die Firmenzentrale können die Daten auch an die Polizei weitergegeben werden.»

Es klang vielversprechend. Francis war beeindruckt, wie weit die Alltagstauglichkeit der GPS-Technik bereits gediehen war.

«Und bei normalen Ausfahrten mit dem Rad? Was kann das System da?», wollte er wissen.

Stockwood holte sein Smartphone aus dem Kittel, stellte es an und rief die XByrd-Website auf, wo man verschiedene Funktionen anklicken konnte. «Sehen Sie, hier haben Sie alles, was jedes GPS-Gerät kann: Ihre Position beim Fahren bestimmen, Kilometer und Geschwindigkeit festhalten ...» Er lächelte aufmunternd. «Wär das nichts für Sie?»

Francis wollte sich nicht anmerken lassen, wie sehr er bereits an der Angel hing. «Sie wissen ja, warum ich hier bin.» Er bemühte sich, der Sache einen offiziellen Anstrich zu geben, schließlich wusste der Händler, dass er als Flussmeister in die Polizeiermittlungen eingebunden war. «Wir fragen uns gerade, ob der Mörder sich vielleicht sofort ein neues Klapprad von XByrd besorgt hat, damit der Verlust des alten Mountainbikes niemandem auffällt.»

«Interessanter Gedanke. Was kann ich dabei tun?»

Francis versuchte es mit Humor. «Vielleicht möchten Sie mich ja mit einem glühenden XByrd-Fan aus Fowey bekanntmachen, der dieses Modell in den vergangenen Tagen bei Ihnen gekauft hat. Sie sind der einzige Händler weit und breit, der diese Marke vertritt.»

Erstaunlicherweise konnte William Stockwood die Backen ebenso gut aufblasen wie sein Bruder, es musste ein besonderes Gen sein. Dabei blickte er Francis herausfordernd an.

«Hmm, eine heikle Sache ... Warum sollte ich die Daten weitergeben, wenn Sie nicht mal ein Rad bei mir kaufen?»

Francis verstand. Das Spiel machte ihm Spaß.

«Woher wissen Sie, dass ich das nicht tun werde?», fragte er zurück. «Wenn überhaupt, würde mich das große Rad interessieren.» Er zeigte auf das silberne Prachtexemplar. Bei genauer Betrachtung war sein Geburtstag ja nicht mehr fern, und ein guter Zweck wäre auch damit verbunden.

Das war das Stichwort, auf das der Ladenbesitzer gewartet hatte. «Machen Sie eine kleine Probefahrt, wenn Sie möchten. Die Sattelhöhe müsste stimmen ...»

Wie ein guter Freund holte er das große Rad, wischte kurz mit seinem Kittel über die Lenkstange und schob es bis zum hinteren Ende des Ladens. Dort öffnete er eine Tür, die zum Hinterhof führte. «Hier ist weniger Verkehr. Ich kann ja inzwischen mal die letzten Rechnungen durchsehen.»

Francis nahm das glänzende Bike und schob es nach draußen. Obwohl sich noch etwas in ihm sträubte, musste er anerkennen, dass das Rad in all seiner Perfektion beeindruckend war. Als er aufstieg und zu treten begann, kehrte innerhalb von Sekunden das gleiche Glücksgefühl wieder, das ihn überwältigt hatte, als er zum Schulanfang auf seinem ersten eigenen Rad von zu Hause losgefahren war. Jetzt war er fast fünfzig Jahre älter, aber das Erleben der neuen Technik und des perfekten Profils der breiten schwarzen Reifen hoben ihn in den siebten Bikerhimmel. Eine halbe Stunde lang genoss er auf der Probefahrt jede Meile.

Nachdem er das Rad wieder auf dem Hof abgestellt und an der Hintertür des Ladens geklopft hatte, öffnete ihm ein strahlender William Stockwood, in der Hand die Kopie einer Rechnung. Stolz hielt er sie in die Höhe.

«Ich bin fündig geworden, Mr. Penrose!»

«Tatsächlich?»

«Ja!»

«Ist es jemand, den Sie oder Callum kennen?», fragte Francis.

Stockwood überhörte die Frage einfach und tat so, als sei er selbst noch viel gespannter als Francis. «Wie sieht's aus? Hat Ihnen das Rad gefallen? Nehmen Sie es?»

Damit war klar, dass er ein Zug-um-Zug-Geschäft erwartete: erst der Kaufvertrag, dann der gesuchte Name. Es war eine unverhohlene Erpressung, wenn auch eine britisch-höfliche. Der Händler war sehr viel cleverer als sein verträumter Bruder, das musste Francis ihm lassen. Aber er selbst war auch nicht schlecht, wenn es ums Geschäft ging. Als Student hatte er gelegentlich im Laden eines geschäftstüchtigen Chinesen gejobbt.

Traurig hob er die Hände. «Ich fürchte, das Rad sprengt meinen Rahmen», sagte er mit gespielter Enttäuschung. «Wenn es so ein Modell allerdings gebraucht gäbe, jederzeit ...»

«Aber ...»

Francis ging zur Eingangstür und öffnete sie. «Haben Sie nochmals Dank für Ihre Hilfe, Mr. Stockwood.»

Dieser stand wie ein Esel da, in seiner Linken die Rechnungskopie. Als er begriff, dass Francis tatsächlich dabei war, den Laden zu verlassen, kam erneut Leben in ihn.

«Mr. Penrose, warten Sie! Natürlich würde ich Ihnen einen guten Preis machen!»

Francis drehte sich im Türstock um. «Wie viel Nachlass könnten Sie mir geben?»

«Zwölf Prozent», sagte William Stockwood großzügig.

«Weil Sie Callums Kollege sind und er große Stücke auf Sie hält.»

«Bei fünfzehn würde ich schwach werden», antwortete Francis freundlich.

Stockwood stöhnte auf. Dann sagte er zähneknirschend: «Also gut. Aber erzählen Sie es bitte keinem.»

Francis kehrte zurück in den Laden und ging hinter Stockwood zur Kasse. Es war ein teures Geschenk, das er sich da gerade machte, aber manchmal musste es eben sein. Nachdem er bezahlt hatte, zeigte ihm der Händler noch, wie man sich auf der App von XByrd für die GPS-Ortung anmeldete. Als sie auch das erledigt hatten, kam endlich wieder die alte Rechnungskopie zur Sprache.

«Hier, das ist der einzige Verkauf nach Fowey, jedenfalls in den letzten Tagen. Das Klapprad ist gestern um ...» – Stockwood schaute auf die Rechnung – «... 17:45 Uhr von einem Mann bar bezahlt und sofort mitgenommen worden. Alex war im Laden, mein Neffe. Ich hatte gestern frei.»

«Könnte ich mit Alex sprechen?»

«Leider nein. Er dürfte gerade in der Luft sein, auf dem Weg nach Vancouver.»

«Können Sie auf der Rechnung sehen, ob auch dieses Rad mit einem GPS-Tracker ausgestattet ist?»

«Wie ich schon sagte, alle neuen XByrds haben das System.» Er beugte sich tief über die Rechnung, um dort etwas zu entziffern. «Obwohl, wenn ich das richtig sehe, hat Alex extra dazugeschrieben ‹Tracker deaktiviert›.» Etwas irritiert blickte er Francis an. «So was machen wir nur auf ausdrücklichen Wunsch des Käufers.»

Francis nahm ihm die Kopie aus der Hand und hielt selbst nach dem Kundennamen Ausschau. Erst konnte er ihn nicht finden, weil er nicht wie üblich oben auf der Rechnung stand, sondern unten. Als er den Namen endlich las, schaute er gleich zweimal hin, um sich zu vergewissern.

Ein Irrtum war ausgeschlossen: Der Käufer des Klappradmodells *XByrd Weasel Four* war Mr. Owen Reeves. Sogar die Adresse stimmte. Seltsam nur, dass Reeves zu dieser Zeit bereits in Untersuchungshaft saß ...

Es gab nur zwei Möglichkeiten, warum der wirkliche Käufer eine falsche Fährte zu legen versuchte. Entweder hasste er Reeves so sehr, dass er ihn weiter belasten wollte. Oder – was weitaus realistischer war – er spielte genüsslich ein böses Spiel mit Reeves' Namen, um von sich selbst abzulenken.

Nur eines stand für Francis glasklar fest: Dieses Rad hatte der Mörder gekauft.

18

«Das Unerwartete zu erwarten,
verrät einen durch und durch modernen Geist.»

Oscar Wilde, *Ein idealer Gatte*

Obwohl Daphne die Schönheit dieser Strecke schon oft
bewundert hatte, kam ihr die gut einstündige Autofahrt
nach Penzance auch heute wie eine Reise ins Herz Cornwalls
vor. Nur wenige Meilen vor den kargen Felsen von *Land's End*
durfte das Land im Südwesten noch einmal fruchtbar sein.
Der warme Golfstrom an den Klippen von *Mount's Bay* ließ
die Natur explodieren, auch die Buchten wurden wilder.

Vielleicht war ihr Penzance deshalb so nahe, weil dort ihr
frühverstorbener Vater seine Kindheit verbracht hatte. Penzance war lebenslang seine Kraftquelle geblieben. Wie alle,
die keltisches Blut besaßen, wusste er, dass es in Cornwall
für jeden Menschen einen magischen Ort gab, der ihm besondere Stärke verlieh. Auch wenn Daphne in dieser Frage
weniger entschieden dachte, war sie doch davon überzeugt,
dass der Glaube an den Zauber solcher Plätze immer etwas
mit dem Klang zu tun hatte, der aus einem selber kam.

Die Landstraße von Marazion nach Penzance führte so
dicht an der halbmondförmigen Mount's Bay vorbei, dass
Daphne jetzt bei Ebbe überall nur Strand sah. Hier waren die
Gezeiten besonders ausgeprägt. In allen Häfen lagen Boote

auf dem Trockenen, die den Eindruck erweckten, als hielten sie nur kurz ein Nickerchen, bis die Flut kam und sie wieder aufweckte.

Als sie an der Gezeiteninsel *St. Michael's Mount* vorbeifuhr, sah sie Leute hinüberwandern. Der schmale gepflasterte Damm von Marazion hinüber war nur bei Ebbe begehbar. Die Insel war das berühmte Gegenstück zum *Mont St.-Michel* in der Bretagne. Früher war Daphne öfter hier gewesen, weil ihre kluge Cousine Phoebe für die adlige Familie St. Levan Schlossführungen durchgeführt hatte.

Ein paar Minuten später hatte sie Penzance erreicht, die größte Stadt an der kornischen Riviera. Die Fahrt durch die hübschen Straßen im Zentrum, vorbei am Park von *Penlee House* und den subtropischen *Morrab Gardens* führte zur Chapel Street und zum alten Piratenhafen. Schon immer war Penzance für Daphne die Stadt der Palmen gewesen, es gab sie überall, sogar am Gemäuer der gravitätischen St. Mary's Church. Im milden Klima der Mount's Bay schienen die Palmen Penzance an vielen Ecken in eine kleine Stadt am Mittelmeer zu verwandeln. Manche Straßen hatten auch den verwitterten Charme längst vergessener Pracht, inklusive abblätternden Farbresten und heruntergelassenen Schaufenstergittern. Nur eines blieb immer kornisch: der Anblick der soliden Häuser aus grauem Granit oder weißen Quadern, mit ihren langen Reihen von Sprossenfenstern und den stattlichen Eingängen.

Zudem gab es in Penzance traditionell anspruchsvolle Geschäfte, feine Restaurants, deftige Pubs und interessante Galerien. Hierhin fuhr man aus den Dörfern zum Einkaufen und Feiern, wenn einem St. Ives zu überlaufen oder zu exzentrisch war. Unten am Pier legten die Schiffe zu den *Scilly*

Islands ab, wo Francis vor Jahren für Jenna und Daphne einen Abenteuerurlaub mit Kajaks organisiert hatte.

Daphne fand schneller einen Parkplatz, als sie gedacht hatte. Zu Fuß ging es weiter durch die Chapel Street, an deren oberem Ende das *Egyptian House* lag – Daphne hatte Mühe, sich durch die Scharen der Touristen mit gezückten Smartphones zu zwängen. Tatsächlich stellte das ägyptische Haus mit seiner bunten orientalischen Fassade eine berühmte Kuriosität dar. Wie so oft in England hatte auch hier ein Exzentriker seine Finger im Spiel gehabt. Mitte des 19. Jahrhunderts war das Haus für die Sammlung eines begeisterten Mineralogen und Ägyptologen erbaut worden.

Daphne blickte auf die Uhr, es war kurz vor eins. Linda Ferguson erwartete sie in der Crab & Oyster Bar, zu der es noch ein Stück zu laufen war.

Als sie die Straßenseite wechselte, sah sie, wie aus dem Laden von *Furbish & Sons* eine große schlanke Gestalt trat. DCI James Vincent, in der Hand zwei Tüten mit grünem Geweihmuster ... Das Schaufenster hinter ihm war mit Gewehren, Jagdtaschen, grünen Westen und Lockenten dekoriert. Angeblich belieferte Furbish auch den Prince of Wales.

James war im Glencheck-Karo gekleidet, das Sakko lässig über die Schulter gehängt, was – wie Daphne wusste – er nur samstags tat. Sie erinnerte sich, dass er seinen Kleidungsstil bestimmten Wochentagen zuordnete. Mit dem Glencheck sah er aus wie ein missglückter Sherlock Holmes.

Auch sein Dr. Watson war nicht weit. Daphne beobachtete, wie Sergeant Burns aus einem Auto sprang, als sein Chef auf die Straße trat. Burns, leger gekleidet in Jeans und Pulli, nahm seinem Boss betont höflich die Tüten ab und stellte sie auf den Rücksitz des Wagens. In Wahrheit wirkte er genervt.

Als James vor dem Auto stehen blieb und etwas mit Burns besprach, versteckte Daphne sich hinter einem Lieferwagen und spähte durch ein Fenster rüber. Eine günstige Position, um James von den Lippen abzulesen.

«Exzellenter Service bei Furbish», schwärmte dieser gerade. «Einfach großartig!»

«Das freut mich, Sir», lautete Burns' höfliche Antwort. Nun hatte auch er sich zu Daphne gedreht. «Möchten Sie jetzt nach Helford weiter? Der zuständige Constable hat den Lageplan von Glendurgan Garden aktualisiert. Einige Pfade waren nicht richtig kartographiert.»

«Aber Burns, das müssen wir doch nicht zu zweit machen! Lassen Sie den Wagen für mich stehen, und fahren Sie mit einem Streifenwagen allein nach Helford.»

Der junge Sergeant stand ziemlich unglücklich da. «Es ist so, Sir, meine Brüder und ich haben Karten für das Rugbyspiel heute Nachmittag ...»

Daphne merkte, wie der alte Groll gegen James Vincent in ihr hochstieg.

«Ich bitte Sie!» James setzte ein beleidigtes Gesicht auf. «Uns bleiben noch sechs Tage, bis ich nach Kanada fliege. Und *Sie* wollen zu einem Rugbyspiel?»

Der Sergeant hob gerade zu einer Verteidigungsrede an, als ein Kleinbus durch die Chapel Street fuhr und Daphne die Sicht versperrte. Nachdem sie die beiden Männer wieder im Blick hatte, bekam sie noch mit, wie James sagte: «... danach rufen Sie bei Mrs. Boscawen an, der Cousine von Dr. Finch. Laut Erbschaftsgericht darf sie über die Farm verfügen. Staatsanwaltschaft und Spurensicherung haben heute die Maskensammlung und die alten Möbel in Dr. Finchs Remise freigegeben. Nur das Haupthaus ist noch gesperrt.»

«Was ist mit dem Haus von Miss Bligh?»

«Bleibt versiegelt, bis die Spurensicherung die Funde auf dem Schiff in Charlestown ausgewertet hat.»

«Gut, Sir».

«Bis Montag sollten wir auch mit dieser Schottin telefoniert haben – Miss Keast.»

«Natürlich, Sir.»

Daphne schnaubte innerlich. James benahm sich gegenüber dem Sergeant, als würde er vor einer Fleischtheke stehen und Schinken bestellen. Der einzelne Mensch kam nicht bei ihm vor.

In diesem Moment reichte Burns dem Chief Inspector den Autoschlüssel und machte sich auffallend schnell aus dem Staub. Kaum war er weg, öffnete James die hintere Autotür, hängte sein Sakko auf und drapierte geradezu liebevoll die Tüten mit den Einkäufen.

Daphne beschloss, zum Angriff überzugehen, und kam hinter dem Lieferwagen hervor. James entdeckte sie, während er rückwärts aus dem Auto kroch.

«Hallo, Daphne!»

«James!» Sie tat überrascht. Lächelnd zeigte sie auf das Schaufenster von Furbish & Sons. «Na, Urlaubsvorbereitungen?»

«Nur ein paar Kleinigkeiten. Furbish hat nun mal die besten Lockenten.»

«Wem sagst du das! Embly Hall wimmelt von diesen Tierchen», entgegnete Daphne süffisant. Tatsächlich hatte Lord Wemsley einen ganzen Schrank voll auf dem Dachboden. «Apropos Jagd, was macht eure Jagd auf Owen Reeves?»

«Immer noch kein Geständnis.» James holte sein Sakko wieder aus dem Auto und zog es an, um nicht im Oberhemd dazustehen. «Dann muss ich auch noch erfahren, dass ihr im Hafen von Charlestown gesehen worden seid.»

Daphne fragte sich, wer ihm das wohl verraten hatte. Sie tat es einfach ab. «Wir lieben Charlestown. Genau wie Florence Bligh.»

«Hör zu, Daphne.» Er wurde ernst. «Ich weiß, dass du hinter meinem Rücken Leute befragst. Warum tust du das?»

«Weil ich dir helfen will. Mir vertrauen die Leute, dir nicht.»

Er lachte empört auf. «Du hattest schon früher dieses Syndrom – wir in Cornwall, die große Familie!»

«Es ist so, James, auch wenn du es nicht begreifen willst. Mit Florence Bligh und Alan Finch sind zwei Leute aus Foweys Mitte ermordet worden, die sehr beliebt waren.»

«Offensichtlich ja nicht bei allen», warf James spöttisch ein.

«Sei nicht zynisch!» Daphne spürte, wie sie vor Zorn blass wurde. «Darf ich daran erinnern, dass auch ich als Zeugin gefährdet bin?»

Gnädig lenkte er ein. «Ich weiß, der Einbruch in Embly Hall. Nach Einschätzung unserer Profiler war es ein letztes Aufbäumen des Mörders. Ab jetzt wird er nicht mehr auffallen wollen.»

«Ach ja?» Daphne kam in Kampflaune. Ihr lag auf der Zunge, ihm von dem Netz an der Badestelle zu erzählen, aber sie ließ es. Im Sand würde er ohnehin keine Spuren mehr finden, außerdem konnte es tatsächlich Zufall gewesen sein. «Dann glaubst du also gar nicht mehr an die Schuld von Owen Reeves?»

Er zuckte mit den Schultern. «Frag mich was Leichteres. Da wir Drogen bei ihm gefunden haben, bleibt er sowieso in Haft. Auch das Jugendamt ist eingeschaltet.»

Daphne hatte den Eindruck, dass sie zum ersten Mal vernünftig mit ihm reden konnte. Sie sah ihm tief in die Augen. «Gib's zu, der Grund für die Morde muss in Florence Blighs Vergangenheit liegen. Und ihr wisst es.»

Er schwieg und zupfte an seinem Revers. Schließlich sagte er: «Scotland Yard hat uns gestern ihre Bewerbungsunterlagen zur Verfügung gestellt. Darin wird erwähnt, dass sie mehrere Jahre wegen eines Traumas in psychologischer Behandlung war. Dr. Finch als medizinischer Berater hatte ihr aber attestiert, dass sie wieder vollständig gesund war.»

Etwas Ähnliches hatte Daphne befürchtet. Sie war froh, dass James es jetzt aussprach. «Und trotzdem hat Scotland Yard sie genommen?», fragte sie.

«Die nehmen doch alle», erwiderte er herablassend. «Außerdem hatte sie Erfahrungen mit unterschiedlichen Ethnien, das kommt gut im Yard an. Mit fünfundzwanzig war sie im Austausch an Schulen auf Barbados und auf Bermuda.»

«Wer weiß, was sie da erlebt hat ...», sagte Daphne nachdenklich. Sie vermutete, dass die Fotos, die auf der *Lady Aubyn* versteckt waren, von den Bermudas stammten. Die pastellfarbenen Häuser, die im Hintergrund der Strandbilder zu sehen gewesen waren, passten eher dorthin als nach Barbados. Jetzt wusste sie wenigstens, wo sie die geheimnisvolle Tropenklinik im Internet suchen musste.

James blickte sie plötzlich scharf an. «Du bist doch in Charlestown nicht etwa *auf* dem Schiff gewesen?»

Sie lächelte geistesgegenwärtig. «Warum hast du bloß immer diesen anklagenden Ton? Muss man eine Lockente sein, um von dir ernst genommen zu werden?»

«Ich verbitte mir nur, dass du in meinen Ermittlungen herumschnüffelst.»

Da war es wieder, dieses Wörtchen *mein*, das James wie ein großes Schild mit sich herumtrug. Ein fleißiger und feinfühliger Mitarbeiter wie Detective Sergeant Burns kam in Vincents Universum nicht vor.

Daphne blickte demonstrativ auf die Uhr. «Oh, ich muss dich jetzt leider allein lassen.» Sie zwinkerte. «Eine wichtige Zeugin erwartet mich.»

Zur Abwechslung konterte James ungewohnt schlagfertig. Manchmal gelang es sogar ihm. «Wenn du Linda Ferguson meinst – im Crab & Lobster, links am Fenster. Einen schönen Nachmittag noch.»

Damit ließ er sie stehen und öffnete wieder die hintere Tür seiner Limousine. Als Daphne sich beim Weitergehen noch einmal umblickte, erwischte sie ihn dabei, wie er auf der Rückbank eine neue grüne Jagdweste aus der einen Tüte holte und sie mit Stolz betrachtete.

Linda hatte den begehrtesten Tisch des Restaurants erobert, ihre engen Kontakte zur Gastronomie waren immer noch ausgezeichnet. Zu Daphnes Überraschung war sie jedoch nicht allein. Vor ihr stand ein gutaussehender Endvierziger in Jeans und Wildlederjacke, die dunklen Haare kurz geschnitten. Auch wenn er heute nicht im Anzug und mit roter Krawatte erschienen war, erkannte Daphne sofort, dass es sich um den Anwalt handelte, der Linda neulich vor ihrem Cottage abgeholt hatte. Seinen Jaguar musste er ganz in der Nähe geparkt haben, denn er hielt seinen Autoschlüssel noch in der Hand.

Linda schob ihren Krabbensalat weg, nahm ihre Serviette vom Schoß und stand auf. Dann umarmte sie Daphne herzlich. «Schön, dass du gekommen bist!» Sie zupfte ihren Anwalt am Ärmel und sagte: «Darf ich euch bekanntmachen? Frank Hawthorne – Daphne Penrose.»

«Freut mich, Mrs. Penrose.» Er hatte einen angenehm festen Händedruck, wirkte sehr sportlich und lächelte charmant. «Linda hat gebangt, dass Sie vielleicht doch nicht kommen.»

«Es war viel los heute Morgen», antwortete Daphne ausweichend. «Doch bekanntlich ist Linda wie der chinesische Tropfen – sanft, aber beharrlich auf dieselbe Stelle.»

«Ja, so ist sie», sagte der Anwalt amüsiert. «Wenn sie was will, hat man keine Chance.»

«Ihr übertreibt!» Linda nahm wieder Platz. Ihre Stimme klang ungewohnt fröhlich. Kaum hatte Daphne sich ihr gegenübergesetzt, reichte ihr Linda die Speisekarte über den Tisch.

«Jetzt bestell erst mal was, und danach gibt's die Neuigkeiten.»

Daphne studierte kurz die Karte und bestellte *smoked salmon* aus dem River Fowey sowie ein Glas Weißwein. Aber sie war nicht bei der Sache. Es faszinierte sie, wie verwandelt Linda plötzlich auftrat. Ganz offensichtlich waren sie und ihr Anwalt nicht nur über den Scheidungsprozess miteinander verbunden.

Hawthorne war neben dem Tisch stehen geblieben, stibitzte Linda eine Krabbe aus der Schale und sagte entschuldigend: «Dann wünsche ich den Ladys viel Vergnügen. Ich muss leider noch zu einem Termin. Zwei Schwestern, die sich um ein Rennpferd streiten.»

Gemeinsam witzelten sie über Hawthornes Erwähnung, dass er auch Anwalt für Pferde-Recht war. Daphne hatte noch nie gehört, dass es diese Fachrichtung gab. Als sie meinte, dass er Scheidungen doch hoffentlich nicht wie einen Pferdehandel abwickeln würde, lachte er laut und herzlich. Insgeheim fand sie es schade, dass er schon gehen musste.

Während Hawthorne mit einem Luftkuss für Linda das Restaurant verließ, servierte die Kellnerin Daphne den Lachs und den Wein.

Kaum waren sie wieder unter sich, beugte Linda sich über den Tisch, zeigte auf die Straße, wo Frank Hawthorne gerade zwischen den Autos verschwand, und fragte: «Und? Du hast es natürlich gemerkt.»

«War ja kaum zu übersehen.» Daphne lächelte und hob ihr Glas. «Also, auf euch beide! Er passt gut zu dir, soweit ich das beurteilen kann.»

«Ja, es funktioniert einfach. Wir haben ähnliche Interessen. Vor zwei Wochen waren wir am Wochenende segeln – und da ist es dann passiert ...»

Sie stießen darauf an. Linda atmete hörbar durch, als sie ihr Glas wieder abstellte. «Weißt du, die vergangenen Wochen waren schrecklich für mich ... Ich hab mich selbst nicht mehr wiedererkannt. Als dann noch der Mord an Alan Finch passierte, dachte ich, ich drehe durch.»

«Das kann ich nachvollziehen», sagte Daphne verständnisvoll. «Trotzdem hättest du mir ruhig vorher von deinen Problemen erzählen dürfen.»

«Ich weiß. Am meisten tut mir leid, dass ich dir nicht verraten durfte, *warum* ich wirklich vor dir in Glendurgan war.»

Daphne wurde hellhörig. «Darfst du es denn jetzt?»

«Ja, deshalb wollte ich dich auch treffen. Es ist etwas eingetreten, mit dem ich noch gar nicht gerechnet hatte. Aber du musst mir versprechen, dass du es vor Montag – außer Francis – keinem erzählst. Schon gar nicht DCI Vincent.»

«Ich verspreche es.»

«Gut.» Linda begann wieder zu strahlen. «Meine Scheidung ist durch! Frank hat gestern einen Brief von Jakes Anwalt erhalten, dass Jake dem ausgehandelten Kompromiss zustimmt. Am Montag soll auch die Bestätigung vom Gericht eintreffen.»

«Siehst du!» Daphne freute sich aufrichtig. Sie streckte ihre Hand aus und streichelte Lindas Unterarm. «Herzlichen Glückwunsch! So schnell kann sich ein Blatt wenden!»

«Ich hab glatt geheult, als Frank mich aus der Kanzlei angerufen hat. Keine Ahnung, wie viele Tonnen Gestein von mir abgefallen sind.» Sie zeigte auf Daphnes Teller. «Aber jetzt iss erst mal. Hast du überhaupt gefrühstückt nach deiner Latino-Nacht?»

«Nur zwei Toasts.» Während Daphne hungrig den Lachs gabelte, erzählte sie Linda, wie die Workout-Party verlaufen war. Dass ausgerechnet die ehrgeizige Susi Hogan – die sogar in ihrem Wohnzimmer Fitnessgeräte aufgestellt hatte – beim Samba umgefallen war, brachte Linda zum Lachen. Nur zu gerne hätte Daphne danach auch von der dunklen Seite des Morgens berichtet – von ihrem schrecklichen Erlebnis beim Baden. Doch eine innere Stimme riet ihr, es zu lassen, ähnlich wie bei James Vincent. Auch wenn sie das Gefühl hatte, ihrer Freundin wieder ganz vertrauen zu können, wollte sie erst abwarten, was Linda zu erzählen hatte.

Es wurde eine Art Geständnis. Während die Kellnerin am Tisch haltmachte, um die leeren Teller abzuräumen, spielte Linda mit ihrer Serviette. Dann sagte sie: «Und jetzt sollst du auch den Rest wissen.»

Sie hatte etwa eine Stunde vor Daphnes Ankunft Glendurgan Garden betreten. Wie später Daphne selbst war sie sofort in den unteren Teil des Parks gegangen, um möglichst keinem von Sir Trevors Gästen zu begegnen. Die meisten Leute hatten sich bereits oben bei den Begrüßungsdrinks versammelt. Sie hatte Glück, niemand sah sie. Von der Dschungelbrücke im Tal ging sie zu dem kleinen Kiesstrand weiter, der außerhalb des Parks lag. Der Strand war menschenleer, der Bootsshop nicht in Betrieb. Sobald der Park für die Öffentlichkeit geschlossen wurde – wie an diesem Tag wegen Sir Trevors Fest –, konnte man den Strand nur vom Helford River aus erreichen. Auch in den paar alten Fischerkaten hinter dem Kiesstrand, die als Feriencottages genutzt wurden, hatte Linda niemanden gesehen. Beruhigt hatte sie sich auf die Mauer am Wasser gesetzt und fünf Minuten gewartet.

«Aber auf wen?», fragte Daphne gespannt.

Seufzend gab Linda ihr die Antwort. «Auf Frank Hawthorne! Er war mit seiner Jolle unterwegs, um einen Freund in Port Navas zu besuchen. Also dachten wir, er könnte doch kurz anlegen und mir vor dem Fest hallo sagen ...»

Daphne amüsierte sich über die Formulierung. «‹Hallo sagen›? Hey, ich bin erwachsen, das hättest du mir doch erzählen können! Dass Ihr so verknallt seid, dass ihr die Minuten bis zum Wiedersehen gezählt habt ...»

Linda wurde rot. «Ich weiß, es war eine verrückte Idee. Dabei konnte ich nicht mal an Bord gehen, weil sein Kiel zu tief war für die Bucht. Am Ende musste Frank das Schiff zwei Meter vor die Klippen legen, damit wir wenigstens miteinander reden konnten. Aber wir haben es mit Humor genommen. Danach ist er weiter nach Port Navas gesegelt.»

«Immerhin habt ihr euch kurz gesehen.» Daphne überlegte. «Ich verstehe nur nicht, warum du das nicht der Polizei sagen wolltest. Ein besseres Alibi als Frank Hawthorne konntest du doch nicht haben.»

«Genau darin liegt ja das Problem. Als wir beide, du und ich, später Dr. Finch gefunden haben, war mir sofort klar, dass auch Frank ein Verdächtiger wäre. Erst mein Streit mit Dr. Finch, dann mein Anwalt und Lover nur hundert Meter vom Tatort entfernt – wir hätten nicht mal beweisen können, dass er nicht doch irgendwo geankert hat.» Sie fasste sich an den Kragen ihrer Bluse, als würde der Gedanke daran ihr immer noch den Hals zuschnüren. «Also habe ich ihn gebeten, sich nicht bei DCI Vincent zu melden. Er war ja auch nicht dazu verpflichtet, weil er kein Zeuge war. Frank hat eine erfolgreiche Kanzlei, wie kann ich ihm die kaputt machen? Außerdem hätten Jake und sein Anwalt die Sache sofort genutzt, um unseren bevorstehenden Scheidungskompromiss rückgängig zu machen. Also musste ich stillhalten.»

«Was hast du gemacht, nachdem Frank weitergesegelt war?»

«Ich bin sofort zum Haupteingang zurückgekehrt. Dort hab ich eine Weile die großen Erklärungstafeln zu Glendurgan Garden durchgelesen und mich dann draußen am Parkplatz auf die Bank gesetzt. Ich hatte keine Lust, allein auf dem Fest zu erscheinen. Die Jazzband spielte bereits ... In der Zeit muss auch der Schuss gefallen sein, den keiner gehört hat.»

«Weißt du noch, wann das war?

«Etwa um halb zwei.»

Das klang logisch und glaubhaft. Dr. Finch war laut Gerichtsmedizin zwischen 13:15 Uhr und 13:45 Uhr erschossen worden. Daphne konnte über den Tisch hinweg spüren, wie sehr die psychische Belastung noch heute an Linda nagte. Dennoch blieb eine Frage offen.

«Warum hast du dich so geziert, noch mal mit mir nach unten zum Dschungel zu gehen? Stattdessen wolltest du sofort zu den Zelten.»

«Es war mein schlechtes Gewissen gegenüber Trevor», erklärte ihr Linda. «Ich wusste ja nicht, ob er mich nicht doch vorher im Park gesehen hatte. Und jetzt sollte ich die ganze Tour noch mal mit dir machen ...» Sie stöhnte. «Oh Gott, wie ich es bereue, dich nicht gleich eingeweiht zu haben!»

«Du tust es ja jetzt», sagte Daphne tröstend. «Ein Wunder, dass der Chief Inspector nicht auch noch den Strand mit dir in Verbindung gebracht hat.»

«Dort hat mich ja zum Glück keiner gesehen. Dabei gibt es sogar ein Foto, wie ich am Wasser stehe und sehnsuchtsvoll winke. Frank hat es vom Schiff aus gemacht und mir heute geschickt.» Linda zog ihr neues Smartphone aus der Handtasche. «Willst du mal sehen?»

«Gerne.»

Gespannt sah Daphne zu, wie sich das Foto öffnete. Als es bildfüllend auf dem Display erschien, reichte ihr Linda das Gerät mit einem gewissen Stolz über den Tisch hinweg. Daphne nahm es und musste sofort wieder an das Smartphone denken, das James Vincent als gutgetarnte Mordwaffe erwähnt hatte. Sie spürte, dass Linda die Wahrheit sagte. Sie wusste es einfach. Dennoch konnte sie nicht anders, als zwei Wimpernschläge lang unauffällig über den Rand des Smartphones zu fühlen und zu probieren, ob es sich vielleicht doch aufklappen ließ. Zu ihrer Erleichterung war es ein normales, millionenfach gebautes Gerät. Damit war das Thema ein für alle Mal erledigt.

Sie beugte sich über das Foto. «Du strahlst, als *wärst* du an Bord gewesen», sagte sie amüsiert. «Schau dir deine Wangen an.»

Linda schlug lachend mit der Serviette nach ihr. «Hör auf! Ich wünschte, ich wär es ...»

Tatsächlich besaß das Foto vom Strand in Glendurgan etwas Anrührendes. Wie ein verliebtes junges Mädchen stand Linda in ihrem hellen Hosenanzug auf dem groben Kies, vor ihr der Wassersaum. Die Art, wie sie glücklich lachend winkte, verriet, dass sie in Frank Hawthorne tatsächlich einen besonderen Mann gefunden haben musste.

Im Hintergrund des Bildes, auf dem sandigen Platz vor den Fischerkaten, war niemand zu sehen. Das Einzige, was am Strand auffiel, war ein gelbes Kunststoff-Kajak. Es lag hinter Linda auf den schwarzen Klippen, damit die Wellen es nicht wegtragen konnten. Lange konnte es sich noch nicht dort befunden haben, denn sein Rumpf war frei vom üblichen Seetang, der alle paar Stunden auf die Felsen geworfen wurde. Sogar das Paddel war zu sehen, das unter dem Sitz steckte, als wollte der Eigentümer das Boot bald wieder benutzen.

«Um wie viel Uhr hat Frank das Foto gemacht?»

«Bei seiner Abfahrt, vielleicht kurz vor halb zwei.»

Daphne vergrößerte die Aufnahme mit den Fingern und deutete auf das Kajak. «Ist dir das schon mal aufgefallen?»

Linda nahm ihr Smartphone an sich und betrachtete mit Erstaunen die Vergrößerung. «Nein. Vielleicht gehört es ja jemandem aus den Fischerkaten am Strand ...»

«Eher unwahrscheinlich. Wer dort wohnt, legt sein Paddelboot oder Surfbrett in den Garten, statt damit auf den Klippen rumzuklettern.»

«Stimmt.» Linda begriff. Sie starrte ihre Freundin mit großen Augen an. «Du meinst ... der Mörder könnte mit diesem Kajak gekommen sein?»

Daphne hob die Augenbrauen. «Ist das so unwahrscheinlich?» Ihr kam noch eine Idee. «Das werden wir gleich wissen.»

Sie griff nach ihrer braunen Handtasche, die über der Stuhllehne hing. Dutzende Male hatte sie verflucht, dieses Ungetüm bei Harrods gekauft zu haben. Die Fächer waren riesig wie Krater, man musste minutenlang darin herumwühlen, um etwas zu finden. Jetzt war sie froh, solche Unmengen hineingestopft zu haben ...

Die erhofften Papiere fanden sich in der Abteilung *Lippenstifte, Haarbürste und Briefmarken.* Es waren die Kopien der Alibi-Liste aus DCI Vincents Büro. Soweit sie sich erinnerte, befanden sich auf der letzten Seite die farbigen Ausdrucke von drei Tatort-Fotos. Staunend sah Linda zu, wie Daphne die Papiere durchforstete.

Dann hatte Daphne die Fotos gefunden. Sie waren sofort nach Eintreffen der Polizei von einem der Constables aufgenommen worden.

Auf dem obersten Bild sah man Dr. Finchs blutige Leiche unter den Gunnera-Blättern liegen. Das zweite zeigte einen Teil des Parks mit den Zelten im Hintergrund. Das dritte Foto war am leeren Strand aufgenommen worden, und zwar aus der Perspektive des rechten Ufers. Es war eine Totale. Sie zeigte auch jenen Teil der Klippen, auf dem anderthalb Stunden vorher noch das gelbe Kajak gelegen hatte. Jetzt waren die Klippen leer.

Daphne bekam eine Gänsehaut. Schweigend schob sie ihre Alibi-Liste mit dem Strandfoto zu Linda hinüber.

19

«Ich kann nicht weinen, doch blutet mir das Herz.»

William Shakespeare, *Das Wintermärchen*

Eigentlich hätten Daphne und Francis nachmittags Hafenkapitän Steed und seine Frau zu einem Kricketspiel nach Truro begleiten sollen; ihr Sohn gab dort seine Premiere als Werfer. Francis mochte den stets fairen Hafenchef, auch wenn seine Frau mit ihrem Diätwahn nicht jedermanns Sache war. Daphne kehrte jedoch erst um vier Uhr zurück, sodass sie beim Captain absagen mussten. Insgeheim waren sie beide froh, nicht fahren zu müssen.

Daphne schätzte an Francis, dass er auch nach so vielen Ehejahren seine Fürsorglichkeit nicht verloren hatte. Er spürte, dass sie nur noch Ruhe wollte, nachdem sie von ihrem Essen mit Linda zurückgekehrt war. Obwohl er sonst Rationalist war, konnte er manchmal auch stur und fast rebellisch sein. Da sie aber beide kornische Vorfahren besaßen, die vermutlich Schmuggler oder Seeleute gewesen waren, wusste Daphne gut damit umzugehen.

Während sie sich im Garten erschöpft auf die Liege fallen ließ, machte er ihr in der Küche einen starken Kaffee. Dann brachte er ihr den dampfenden Becher nach draußen und setzte sich neben sie ins Gras. Neben seinen Beinen krabbelten Ameisen über die grünen Halme.

«Und jetzt erzähl», sagte er. «Am besten fängst du mit der Badestelle und dem Netz an.»

Sie war erschrocken, dass er es bereits wusste. Um ihn im Gegenlicht anschauen zu können, musste sie blinzeln.

«Wer hat dir das erzählt?»

«David Goodall war vorhin noch mal hier. Du hattest deine Sandalen auf dem Boot vergessen.»

«Ach so ...» Sie setzte sich auf. «Francis, ich weiß, ich hätte dich anrufen sollen ...»

«Ja, das hättest du. Stattdessen überlässt du alles David Goodall. Es wäre besser gewesen, die Polizei zu informieren.»

«Wie will man im Wasser feststellen, ob jemand mit Absicht das Netz aufgehängt hat, oder ob es nur ein blöder Zufall war?», fragte Daphne.

«Ich hab mir das Netz in Davids Wagen angesehen», antwortete Francis. «Von den Befestigungsbändern war nicht eines durchgescheuert. Wenn du mich fragst: Jemand hat es von den Stangen am Hafenausgang abgeschnitten und zu deiner Bucht gebracht.»

Daphne reagierte trotzig. «Es ist mir egal. Ich weiß jetzt ein paar Dinge, die ich vorher nicht wusste.»

Er ließ sie erzählen und hörte geduldig zu. Auf dem Reetdach über ihnen lärmten Spatzen, als wollten sie die fernen Motorgeräusche aus der Bucht übertönen. Daphne schilderte ihre Gespräche mit dem Chief Inspector und mit Linda. Als sie das gelbe Kajak erwähnte, wurde er nachdenklich und unterbrach sie mit der Hand.

«Warte! Dann müsste das Kajak vom Helford River stammen. Der Mörder hätte es ja wohl kaum auffällig auf dem Autodach von Fowey – oder wo er sonst lebt – nach Glendurgan transportiert.»

«Er könnte sich dort in der Gegend eines geliehen haben ...»

«Gut möglich.» Francis klopfte zwei Ameisen vom linken Bein. «Hast du Lust? Wir machen morgen eine Bootsfahrt zum Helford River. Ich besorge uns das Schnellboot von Captain Steed. Und zum Picknick fahren wir nach *Frenchman's Creek.*»

Das war der Flussabschnitt im Helford River, nach dem Mrs. du Maurier ihren Roman *Die Bucht des Franzosen* benannt hatte. Daphne liebte diese romantische Bucht. Begeistert beugte sie sich von der Liege zu Francis hinüber und gab ihm einen Kuss. «Ich bin dabei!»

Während sie sich wieder ausstreckte, fragte sie: «Und, was hast *du* heute gemacht?»

Es war eine simple Frage, aber sie schien Francis aus dem Konzept zu bringen. Er legte die Stirn in Falten, als müsste er erst intensiv nachdenken. «Lass mich überlegen ... ich war bei *Johnny's Classic Cars* ... du weißt schon, wegen der fünf Schrauben ... danach habe ich einen kleinen Schlenker zum Fahrradladen gemacht ...»

Als die Katze endlich aus dem Sack war und Francis den Preis seines neuen Mountainbikes gestanden hatte, bekam Daphne den Mund nicht mehr zu. Natürlich gönnte sie ihrem Mann sein Vergnügen, aber erst vor zwei Tagen hatten sie den Kauf eines neuen Wäschetrockners verschoben, weil die Reparatur ihres Autos so teuer gewesen war. Wie kam es, dass Männer Witze über das Kaufverhalten von Frauen machten, aber bei ihren eigenen Wunderwerken der Technik keine Grenzen kannten? Wahrscheinlich traf zu, was ihre Freundin Betty Aston immer behauptete: «Wenn unsere Handtaschen Zahnräder hätten, bekämen wir jede Woche eine.»

Nachdem sie die Sache diskutiert hatten, führte Francis sie zur Garage, öffnete das breite Tor und präsentierte ihr stolz sein neues Prachtstück. Sie musste zugeben, dass es um Klassen besser war als sein altes Rad. Geschickt hatte er das XByrd unter einen Deckenstrahler platziert, der es wie ein wertvolles Ausstellungsstück beleuchtete. Daphne wusste jetzt schon, wie schnell das Rad wieder aus dem Scheinwerferkegel verschwinden würde, sobald es schlammbespritzt und mit ersten Kratzern in der Garage stand.

Was sie versöhnte, war die Tatsache, dass Francis tatsächlich etwas Neues über das Vorgehen des Mörders in Erfahrung gebracht hatte. Dass es der Mörder war, der das Klapprad bei William Stockwood gekauft hatte, überzeugte auch sie: Wer sonst hätte gewusst, wie das alte Rad ausgesehen hatte? Und wer sonst wäre daran interessiert gewesen, Owen Reeves noch stärker zu belasten?

Plötzlich hatte sie das Bedürfnis, Ordnung in das Wirrwarr der Informationen zu bringen. Francis und sie waren keine Polizisten, die gelernt hatten, mit fragmentarischen oder widersprüchlichen Fakten umzugehen. Es war ärgerlich genug, dass James Vincent mit seinem Egoismus und seiner fehlenden Bereitschaft, ihnen zuzuhören, den Fall noch komplizierter machte.

Entschlossen ging sie nach oben, um ihr Tagebuch zu holen. Als sie wieder die Treppe herunterkam, war Francis bereits für seine Bastelstunde umgezogen. Irgendwie fand sie ihn süß in dieser Aufmachung. Er sah aus wie ein Chirurg vor der großen Operation – im frisch gewaschenen hellgrauen Overall, in der Hand seine fünf Schrauben.

«Ich gehe dann mal», sagte er mit wichtiger Miene. «Es wird kompliziert, hoffe mein Flansch bricht dabei nicht ab.»

«Ich drücke dir die Daumen», sagte Daphne, ohne zu ahnen, was heute genau operiert wurde. «Lass dir ruhig Zeit, Darling.»

Jetzt konnte sie wenigstens in Ruhe ihre Gedanken sortieren und sie in ihrem Tagebuch festhalten.

Während auf den Palmen das Licht des späten Sommernachmittags zerfloss, war es noch angenehm mild. Unten am Fluss hackte jemand Holz, in der Ferne bellte ein Hund. Daphne liebte diese Stunde. Der Platz unter den Palmen war um diese Zeit das Zentrum des Gartens. Ohne lange zu zögern, schnappte sie sich den runden Eisentisch am hinteren Sitzplatz, schleppte ihn unter die Palmen und stellte einen Stuhl dazu. Dann holte sie ihr Tagebuch und nahm Platz.

Samstag, 29. Juli

Jetzt sitze ich im Garten und schnaufe zum ersten Mal durch. Es kommt mir so vor, als wären Francis und ich in einen Hurrikan geraten und zerrupft wieder rausgekommen.

Als ich heute Morgen beim Schwimmen mit den Füßen im Netz feststeckte, konnte ich vor Panik kaum denken. Das Gefühl der Angst und Verlassenheit lähmte mich. Das Einzige, woran ich mich erinnere, war eine junge Seeforelle, die neben meinem Arm aus der Tiefe auftauchte und seitlich verschwand. Wahrscheinlich hatte ich sie aufgescheucht und ihr so das Leben gerettet.

Auch wenn Francis und ich heute nicht besonders ausgeglichen sind, spüren wir beide, dass wir die Tür zur Wahrheit ein Stück weit aufgestoßen haben. Noch besser hat es Lewis Russell nach dem Schulschwimmen formuliert. Als wir über die Verhaftung von Owen Reeves sprachen, meinte er, in jedem guten Roman sei die Suche nach dem Mörder wie das Lauschen auf ein geheimnisvolles Klopfzeichen.

Seit heute höre ich das Klopfen!

Das Durcheinander bekommt Form. Ich nehme mir vor, es so zu machen wie Daphne du Maurier, wenn sie damals mit Hilfe von Zetteln ihre Ideen zu Papier brachte. Irgendwann ergibt alles einen Sinn.

Also, was haben wir?

Zwei Morde an verschiedenen Plätzen mit derselben Waffe.

Wenn der Mörder tatsächlich einer der Festgäste von Sir Trevor gewesen war, hätte er nach seiner verhängnisvollen Mountainbike-Fahrt und dem Mord an Florence Bligh sofort zum Helford River rasen müssen (immerhin eine gute Stunde Fahrt), um im Park von Glendurgan Garden seinen zweiten Mord zu begehen. Doch auf dem Sommerfest warteten eine Menge Unwägbarkeiten auf ihn – ein spontan geänderter Festablauf zum Beispiel oder Gäste, die zu lange im Park herumspazierten. Welcher Mörder geht denn so ein Risiko ein?

Je mehr ich darüber nachdenke, desto weniger glaube ich daran, dass es jemand von den Gästen bei der Lesung war. Logischer erscheint mir, dass der Mörder nicht auf dem Fest war und vorher sein gelbes Kajak am Strand des Dorfes Maenporth oder nebenan in Helford Passage *geparkt* hatte, um von dort in wenigen Minuten nach Glendurgan paddeln zu können. So hätte ich es jedenfalls gemacht!

Und um auch den letzten Zufall auszuschließen, müsste er Dr. Finch zu einer bestimmten Zeit an den Teich bestellt haben. Warum ist Alan Finch aber tatsächlich allein dorthin gekommen?

Was mich seit gestern aber am meisten beschäftigt, ist Florence Blighs rührendes Video für Dr. Finch, in dem sie ...

«Daphne! Komm schnell!»

Unwillig blickte sie auf. «Was ist denn?»

Francis stand im schmutzigen Overall auf der Terrasse und winkte sie ins Haus. «Beeil dich! Olivia Keast hat sich gemeldet. Sie ruft über Facetime zurück.»

Daphne schob den Tisch mit Schwung beiseite und rannte quer über den Rasen ins Haus. Sie hatte mit allem gerechnet, nur nicht mit einer so raschen Antwort aus Myanmar.

Der Laptop stand bereits fertig auf dem Küchentisch, die Obstschale hatte Francis beiseitegeschoben und dafür einen Notizblock samt Stift hingelegt. Gespannt setzten sie sich davor und hofften, dass das Netz nicht zusammenbrach. Als es nach bangen Minuten endlich klingelte und Olivia Keast tatsächlich auf dem Bildschirm erschien, fühlten sie sich in eine andere Welt versetzt.

Es war Nacht in Myanmar. Olivia Keast stand vor einem birmesischen Bambushaus, dessen Fensteröffnungen mit Matten aus Schilfgras verhängt waren. Im Licht einer Laterne schwirrten Insekten. Da sie als Krankenschwester arbeitete, trug sie einen hellblauen Kittel mit dem Logo ihrer Hilfsorganisation. Während sie einmal kurz schwenkte, um sich richtig ins Bild zu bringen, entdeckte Daphne für einen kleinen Moment halbnackte Kinder, die im Gras unter einer schwingenden Lampe Fußball spielten. Zwischen zerfledderten Bananenstauden duckten sich armselige Strohhütten.

«Könnt ihr mich sehen?», rief Olivia Keast locker und unkompliziert. Mit der freien Hand schob sie ihr dickes rotes Haar aus der Stirn. In der feuchten Tropenluft konnte von einer Frisur keine Rede kein.

«Es klappt», sagte Francis. «Vielen Dank, dass Sie sich gemeldet haben.»

«Das ging nur noch heute», sagte Miss Keast. «Morgen fahren wir tief in den Busch, da funktioniert dann nichts mehr.»

Obwohl sie sehr pragmatisch klang, wurde deutlich, wie sehr sie die Nachricht von Florence Blighs Tod geschockt hatte. Sie erzählte, dass sie Florence seit zwei Jahren nicht mehr gesehen hätte. Scott Griddle hätte ihr gestern bestätigt, dass sie den Penroses vertrauen könnte, sonst hätte sie heute nicht angerufen.

Dennoch glaubte Daphne, ihr zu Beginn des Gesprächs einiges erklären zu müssen, damit sie wusste, worauf es ankam. Als es um die Frage ging, ob Florence Bligh erwähnt hatte, dass sie künftig für Scotland Yard arbeiten wollte, reagierte Olivia Keast überrascht.

«Kein Wort hat sie davon geschrieben! Andererseits, typisch Florence! Sie machte alles leise, aber konsequent.»

«Wo haben Sie Florence kennengelernt?», schaltete sich Francis ins Gespräch.

Olivia Keast wurde ernst. «Auf den Bermudas.» Sie wartete ab, bis hinter ihr ein schmaler Birmese mit drei Mangos im Arm durchs Bild gehuscht war. «Florence kam mit einem Austauschprogramm für junge Lehrer nach Hamilton, auf die Hauptinsel. Damals war sie gerade fünfundzwanzig geworden.»

Daphne wusste, dass Hamilton die Hauptstadt der Inselgruppe war. Der kleine wohlhabende Inselstaat war politisch selbständig, gehörte aber immer noch zu den Britischen Überseegebieten. Obwohl die Bermudas viel weiter nördlich lagen, wurden sie oft mit den karibischen Bahamas verwechselt.

«Wir haben private Fotos von Florence gesehen, auch einen Zeitungsausschnitt, auf dem Sie zu erkennen sind. Waren Sie damals schon Krankenschwester?»

Olivia Keast beugte sich etwas näher an das Kameraauge, als befürchtete sie, nicht richtig gesehen zu werden. «Ja, im Warwick Hospital. Da man auf den Bermudas viel Freizeit am Strand verbringt, haben Florence und ich uns bei einem Surfkurs kennengelernt.»

Sie verscheuchte ein paar Moskitos von ihrer Stirn. Man sah ihr an, dass sie seit Jahrzehnten unter der aggressiven Tropensonne lebte, ihr freundliches Gesicht war gebräunt und voller Falten, obwohl sie nur wenige Jahre älter als Florence sein konnte.

Nachdem Daphne merkte, dass aus Myanmar keine Signale der Abwehr gegen zu direkte Fragen kamen, wagte sie sich etwas weiter vor.

«Florence hatte ein Foto von sich und einem gutaussehenden jungen Mann bei ihren Sachen. Beide sehen sehr verliebt aus. Kennen Sie das Foto? Ich meine, weil Florence es wie etwas Heiliges aufgehoben hat ...»

Die Art, wie die Krankenschwester kurz zögerte und dabei ihre roten Haarlocken hinter die Ohren strich, ließ Daphne die Bedeutung ihrer Frage ahnen.

«Okay, ich sage es Ihnen. Florence wird mir verzeihen …»
Olivia Keast ließ sich Zeit, ihre Gedanken zu sammeln, während hinter ihr die Nachtzikaden zirpten. «Der Mann auf dem Foto war Jason, ihr Freund … Er war angehender Golflehrer. Florence hatte ihn auf einem Straßenfest in der Front Street kennengelernt. Sie war so verliebt, dass man sie danach kaum noch wiedererkannte …»

Sie schilderte, wie sehr Florence in Hamilton aufblühte. Weil ihr das Unterrichten leichtfiel und sie auch vorurteilsfrei mit Kindern aus Problemfamilien umgehen konnte – egal, ob weiß oder schwarz –, bot ihr die Schule sofort einen festen Vertrag an. Kurz bevor sie unterschreiben wollte, merkte sie, dass sie schwanger war. Jason und sie beschlossen, erst nach der Geburt des Kindes zu heiraten. Er war im Stress wegen seiner Golflehrerprüfung, ständig musste er dafür in die USA fliegen …

«Und dann passierte es.»

Daphne und Francis saßen wie gebannt vor dem Laptop und mussten schlucken, als sie Olivia weiter zuhörten.

«Im sechsten Monat ihrer Schwangerschaft bekam Florence nachts schwere Krämpfe. Jason war nicht da, sie fuhr allein ins Warwick Hospital. Der Gynäkologe in dieser Nacht war Dr. Adam Collins, ein jüngerer, schwammiger Typ. Er untersuchte Florence, fand aber nichts Ungewöhnliches. Als sie meinte, das Kind würde sich viel weniger als sonst bewegen, nannte er sie hyperängstlich …»

Daphne spürte, wie ihr Puls schneller ging. «Und schickte sie wieder nach Hause?»

«Ja. Ein fataler Fehler.» Olivia Keast schien selbst über Facetime in ihren Gesichtern lesen zu können, denn erklärend fügte sie hinzu: «Sie werden jetzt denken, dass das untypisch für Florence war, weil sie doch so willensstark und hartnäckig sein konnte. Damals war sie es noch nicht. Und damit begann das Verhängnis.» Sie seufzte. «Sie konnte ja nicht wissen, dass Dr. Collins Alkoholiker war. In der Nacht darauf bekam sie schwere Blutungen. Sie fuhr ein zweites Mal in die Klinik, wieder war nur Dr. Collins da.»

«Aber es muss doch noch mehr Mediziner gegeben haben», sagte Daphne irritiert. «Was war das denn für ein Krankenhaus?»

Olivia Keast lachte bitter. «Das alles passierte mitten im Atlantik, wir hatten gerade einen schlimmen Hurrikan erlebt. Zwei unserer Ärzte, auch der Chef von Dr. Collins, steckten noch in Miami fest. Ich war damals auf der Intensivstation, auch da mussten wir mit nur einem Arzt auskommen.»

«Verlor sie das Kind?», fragte Francis, dem die ganze Tragik immer bewusster wurde.

«Ja, es war furchtbar. Das Ganze passierte morgens um drei. Florence schrie ... Ich hab sie bis zu uns schreien hören, weil sie ständig Blut verlor. Dr. Collins ordnete an, dass man ihr eine Blutkonserve gab. Er ging selbst, um den Beutel aus dem Kühlschrank zu holen. Zum Glück fiel Schwester Edna auf, dass er wankte. Sie rannte nach oben in die Innere Medizin und holte einen anderen Arzt. Dr. Finch.»

Daphne und Francis hielten den Atem an.

Da war er, der Schlüssel zu allem!

«Dr. Finch durchschaute die Situation sofort», fuhr Olivia fort. «Weil auch Schwester Edna die Nerven zu verlieren drohte, ließ er mich kommen und warf Collins aus dem Zimmer. Als wir sahen, welche Blutkonserve Florence erhielt, hat uns fast der Schlag getroffen. Statt der Blutgruppe Null negativ hatte der betrunkene Collins ihr einen Beutel AB an den Tropf gehängt.»

«Da verklumpt doch das Blut, das überlebt niemand.» Francis und Daphne sahen sich schockiert an. Für Sekunden hatte Daphne die nächtliche sterile Atmosphäre eines Behandlungraumes vor Augen und die wimmernde Florence auf der Liege ...

«Der Beutel hing zum Glück noch nicht lange, trotzdem war Florence schon im anaphylaktischen Schock. Sie hat nur überlebt, weil Dr. Finch genügend Erfahrung mit Notfällen hatte und sie gleich zur Dialyse brachte ...»

Daphne konnte nur ahnen, welche Konsequenzen dieses traumatische Erlebnis auf Florence Blighs Psyche gehabt haben musste. Schockiert fragte sie: «Ich nehme an, nach diesem Erlebnis war Florence völlig verändert.»

«Ja. Sie bekam Depressionen, mehrmals die Woche fuhr sie nach St. George zu einer Psychologin. Am Ende war sie es dann, die sich von Jason trennte. Und auch da kam wieder der mutige Dr. Finch ins Spiel.»

Francis griff der Ball auf. «Waren die beiden ein Paar?»

«Nein, nein, Dr. Finch hätte nie was mit einer Patientin angefangen. Aber er ermunterte Florence und fünf weitere Frauen, mit ihm zusammen Dr. Collins zu verklagen.»

Daphne wollte die Zahl nicht glauben. «Fünf weitere Frauen? Was hatte dieser Mann denn sonst noch alles auf dem Kerbholz?»

Olivia Keast nannte missglückte OPs und Geburtsschäden. Dr. Finch hatte diese Fälle heimlich untersucht und der Klinikleitung gemeldet, die es das Ganze zunächst für Neid unter Kollegen hielt. Erst durch Florence Blighs Anzeige kam es zum Prozess.

«Wurde Dr. Collins schuldig gesprochen?», fragte Francis.

«Ja, in vier Fällen, auch im Fall von Florence. Er musste hohe Entschädigungen zahlen und hätte sofort seine ärztliche Zulassung verloren, wenn er sie nicht vorher freiwillig zurückgegeben hätte.»

«Lebt der Kerl noch?», entfuhr es Daphne.

Olivia schüttelte den Kopf. «Nein. Direkt nach dem Prozess hat er in Boston eine Entziehungskur gemacht. Zwei Jahre später war seine Todesanzeige in der *Royal Gazette*, unterzeichnet von seiner Zwillingsschwester Gwendolyn.»

Daphne rief sich die liebenswerte, weltoffene Florence ins Gedächtnis. Wie passte ihre Fröhlichkeit zu solchen Schicksalsschlägen?

Olivia kannte die Antwort. «Die Mediziner sprechen von Resilienz, gemeint ist Widerstandskraft. Florence hatte diese Fähigkeit. Eine Woche nach dem Prozess flog sie nach England zurück und unterrichtete wieder an ihrer alten Schule.»

«Und Dr. Finch?»

«Ging nach Fowey, um dort die Praxis seines Vaters zu übernehmen, leider mit hohen Schulden. Aus den beiden Prozessen, in denen Dr. Collins nicht schuldig gesprochen wurde, blieben ihm die Anwaltskosten. Er hat jahrelang daran abgezahlt, das weiß ich von Florence.»

«Welche Tragik!», sagte Francis kopfschüttelnd. «Und Dr. Finch war es dann auch, der Florence später nach Fowey holte?»

«Ja. Als er hörte, dass an der Schule die Direktorenstelle neu besetzt werden sollte, hat er Florence angerufen. Ihr gefiel der Gedanke, auf diese Weise wieder in seiner Obhut zu sein.»

Daphnes Gehirn versuchte pausenlos, aus all diesen Informationen die eine entscheidende Frage herauszufiltern: Wer von den Menschen, mit denen Florence und Dr. Finch auf Bermuda zu tun hatten, kam als Mörder in Frage?

«Was ist aus Jason geworden?»

Miss Keast zuckte mit den Schultern. «Keine Ahnung. Er wollte später mal in Schottland leben ...» Sie brach ab und schaute mit zusammengekniffenen Augen zum Himmel. Es donnerte, neben ihr flackerte ein Licht in der Dunkelheit. Lachend sagte sie in die Kamera: «Unser Monsun! Ich muss rein, sonst schwimm ich gleich weg!»

Daphne wusste, dass sie sich beeilen musste. «Letzte Frage: Hatte Dr. Collins vielleicht eine rachsüchtige Frau?»

Olivia musste sich anstrengen, um das dumpfe Prasseln des Regens zu übertönen. Auch die Kameralinse war bereits nass. «Nein, nicht dass ich wüsste. Er war nicht verheiratet. Hatte nur diese Zwillingsschwester in London ... Gwendolyn ...» Sie brach ab. «Jetzt geht hier nichts mehr. Viel Glück! Und schreiben Sie mir!»

Als hinter ihr der junge Birmese auftauchte und sie mit gedehnten, vokalreichen Rufen aus dem Monsunregen zerrte, verschwand auch das Bild.

Während Francis schweigend seinen Laptop zuklappte, blieb Daphne wie betäubt neben ihm sitzen. Noch immer hatte sie das Bild der verzweifelt schreienden Florence im Kopf.

20

«Da sah sie plötzlich, zum ersten Mal,
die Bucht vor sich liegen, still, von Bäumen geschützt,
den Blicken der Menschen verborgen.»

Daphne du Maurier, *Die Bucht des Franzosen*

Die Leihgabe des Hafenkapitäns erwies sich als schnell und bequem. Nachdem Francis das Sieben-Meter-Boot vorsichtig aus der Bucht manövriert hatte, drückte er den Gashebel weiter durch. Gleitend hob sich der Bug weit in die Höhe. Daphne, die im blauen Anorak neben ihm saß, schmiegte sich im Fahrtwind an ihn. Einen kurzen Moment lang stellte sie sich mit ihrer frechen Phantasie vor, wie der leicht seekranke James Vincent jetzt bei ihnen am Heck saß und mit grünem Gesicht verkündete, ab sofort von den Mordermittlungen entbunden werden zu wollen ...

Schnell schob Daphne das verlockende Bild wieder beiseite. Am Wochenende hatte der Chief Inspector nichts in ihrem Kopf zu suchen.

Francis rechnete damit, dass sie in spätestens einer Stunde den Helford River erreicht hatten. Zwischen Wattewolken war eine dezente Sonne zum Vorschein gekommen. Da der Ärmelkanal an diesem Tag kaum stärker bewegt war als das Mittelmeer auf einer Capri-Postkarte, verlief die Fahrt zügiger als erwartet. Wippend glitt das Boot über die leichte Dünung. Im Nu hatten sie die Landspitze *Dodman Point* erreicht.

Zu Daphnes Freude fuhr Francis die meiste Zeit dicht an der Küste entlang, sodass sie die sattgrünen Hügel an der Steilküste und die Wanderer auf dem gewundenen Klippenpfad beobachten konnte.

In der Ferne war das pittoreske Dörfchen Veryan zu erkennen, dessen strohgedeckte Rundhäuser zur Berühmtheit geworden waren. Als ihnen zwischen St. Mawes und dem Landeinschnitt bei Falmouth ein Ausflugsschiff entgegenkam, winkten die Leute an Bord fröhlich herüber. Da sie sich alle die gleichen hellgelben T-Shirts übergestreift hatten, wirkten sie wie eine grelle Woge.

Südlich von Falmouth ging es in den Helford River. In der breiten Mündungsöffnung des Flusses lagen wie ein Band aus Perlen weiße Segelyachten vor Anker. Dahinter verzweigte sich der Fluss in sieben schmale Arme, die sogenannten *creeks*. Daphne war lange nicht mehr hier gewesen, aber auch diesmal kam es ihr wieder so vor, als würde sie mit dem Schiff in eine andere Welt einlaufen.

Im hinteren Teil des Flusses sah man nur noch Baumwipfel über dem Ufer. Das Gebiet des Helford River war Eichenland. Die Hügel zeigten sich übersät von niedrigen Krummeichen, deren Wurzeln tief im Schlamm der *creeks* standen und Daphne an den Wasserdschungel der Mangrovenwälder erinnerten. Wo das Ufer Felsen hatte, flossen Rinnsale aus den Wäldern über den Stein hinweg und speisten den Fluss. Hier waren die Gezeiten von einem gefährlichen Zauber – wer nicht rechtzeitig seinen Creek verließ, war für Stunden darin gefangen.

Als sie am ovalen Kiesstrand von Glendurgan Garden vorbeikamen, drosselte Francis den Motor und ließ das Boot im Leerlauf tuckern. Im Hintergrund war der Zaun zum

Park zu erkennen. Francis zeigte auf die Klippen rechts und links.

«Linda hat recht, hier kann ein Segelschiff kaum anlegen. Hier braucht man ein Kajak.»

Daphne dachte laut darüber nach, wie viel Zeit der Mörder wohl benötigt haben könnte, um vom Strand bis zum Seerosenteich mit den Gunneras zu gelangen. «Wenn man sich beeilt, schafft man es in drei Minuten», vermutete sie. «Hinter dem Tor müsste man nicht unbedingt den Weg nehmen, sondern könnte quer durch den Wald abkürzen und von dort schießen.»

«Nicht schlecht, Chief Inspector Penrose», meinte Francis bewundernd. Es war eine kleine Anspielung auf James Vincents gehässigen Satz über *Constable Penrose*. «Und weiter?»

Daphne überlegte. «Falls Dr. Finch wirklich am Teich auf ein Treffen gewartet hat, war er doch ein perfektes Ziel. Kurz darauf sitzt der Mörder wieder im Kajak und ist verschwunden.»

Francis nickte zustimmend. «So könnte es gewesen sein. Bleibt die Frage, woher das Kajak kam.» Er schaute auf die Uhr. «Wir müssen weiter.»

Die Flut hatte ihren Höhepunkt erreicht. Wenn sie noch genügend Zeit in Frenchman's Creek verbringen wollten, mussten sie die Bucht schnell erreichen. Wie eine Sackgasse zweigte sie vom Hauptarm des Helford River ab.

«Dann los, Captain», sagte Daphne lächelnd. «Ich halte Ausschau.»

Während Francis wieder Gas gab, zog sie ihre Schuhe aus, stieg barfuß über die Schwimmwesten und nahm auf der Bugspitze Platz, sodass ihre Beine über dem Wasser hingen und ihr Körper von der Bugreling gehalten wurde. Die Reise in die Wildnis konnte beginnen!

Als sie ein paar Minuten später in die geheimnisvolle Welt von Frenchman's Creek einfuhren, waren sie fast allein auf dem Fluss. Nur ganz am Ende entdeckten sie einen Angler, der seinen Kahn an die bleichen Äste eines im Wasser treibenden Baumes gehängt hatte.

Während Francis das Boot leise in den Flussarm steuerte, fühlte Daphne sich, als würde sie den Urwald eines aufregenden neuen Landes erkunden. Überall herrschte Stille, nur das Geräusch des spritzenden Bugwassers war zu hören. Da Francis gewohnt war, aufmerksam die Natur zu beobachten, machte er Daphne immer wieder auf seltene Tierarten aufmerksam. Feierlich stelzten zwei Seidenreiher über das Muschelfeld einer Schlamminsel. Auch Seeadler, Brachvögel und Kormorane entdeckten sie. Ganz früher hatte man hier sogar die bunten Papageientaucher angetroffen.

Als sie bis zur Mitte des Creeks vorgestoßen waren, stellte Francis den Motor aus und lehnte das Boot an einen senkrechten Felsen. Die Leine warf er gekonnt über einen Ast.

«Wir sind da», rief er zum Bug. «Zeit fürs Picknick.»

Überrascht blickte Daphne auf eine Gruppe ungewöhnlich hoher Eichen, die wie die Herren des Waldes wirkten. Die Wiese darunter war voller Gänseblümchen. Durch die Sonnenwärme lag der angenehme Duft von Wald, Wildgräsern und Wasser über der Bucht.

Daphne hatte keine Ahnung, wann Francis diesen romantischen Platz für sie ausgekundschaftet hatte, aber seine Abenteuerlust war etwas, das sie schon immer an ihm liebte. Er zog Daphne nach oben auf die Wiese und holte den Picknickkorb aus dem Boot. Jetzt erst sah sie, dass sich hinter den Bäumen ein weites Feld aus gelben und blauen Blüten erstreckte, die bis zu einem Gatter reichten. Im Nu hatten sie die Decke ausgebreitet und mit gespielter Überraschung den Inhalt ihres Korbs ausgepackt: Pasty und jede erdenkliche Art von kornischem Käse – ein gewaltiges Stück Cheddar, den harten, würzigen Yarg und einige andere Sorten. Als Zugabe zauberte Daphne auch noch *saffron buns* hervor, Rosinenbrötchen mit Safran. Da jeder von ihnen zu Hause noch etwas heimlich eingepackt hatte, mussten sie lachend feststellen, dass ihr Vorrat heute für eine Piratenmannschaft gereicht hätte. Zum Schluss öffnete Francis seine obligatorische Flasche Cider, goss die Gläser voll und küsste Daphne.

«Auf die Bucht des Franzosen. Und auf deinen wundervollen Starrsinn!»

«Danke.» Sie stieß mit ihm an. «Eigentlich müssten wir hier auf Mrs. du Maurier trinken. Und vielleicht noch auf Lady St. Columb.»

Francis wusste, worauf sie anspielte und dass Lady St. Columb die Hauptfigur im Roman *Frenchman's Creek* war. Unterwegs hatten sie das Für und Wider einer Zusammenarbeit mit Lewis Russell besprochen. Daphne wollte hier in der Bucht ihre endgültige Entscheidung treffen.

Francis fiel es schwer, an einem verzauberten Fluss wie diesem lange auf der Decke sitzen zu bleiben, obwohl er es tapfer probierte. Nach jedem Bissen lauschte er auf Entenrufe oder Knarzgeräusche aus dem Schilf. Nach dem letzten Glas Cider ließ Daphne ihn schließlich mit einem Kuss ziehen. Nur als Frosch hätte sie jetzt noch eine Chance bei ihm gehabt. Gutgelaunt schlüpfte er in seine Badeshorts, holte einen Kescher aus dem Boot und begann wie ein Reiher durch das Ufergestrüpp zu waten.

Währenddessen lag Daphne auf der Decke, hörte den Haubentauchern zu und blickte in die Wolken. Zum ersten Mal seit Tagen fühlte sie sich entspannt. Es war, als würde die Ruhe der Natur für paar Stunden ihre Gedanken filtern.

Ihr fiel ein, was Mrs. du Maurier über den Zauber von Frenchman's Creek erzählt hatte. Als verliebte Vierzehnjährige hatte Daphne die Autorin nach dem Entstehen ihres Bestsellers *Die Bucht des Franzosen* gefragt; die Geschichte über die verbotene Liebe der Lady Dona St. Columb war haarsträubend schön: Die junge Lady reist mit ihren Kindern an den Helford River, wo ihr in London gebliebener Mann ein Landgut besitzt. Dort fürchten die Landherren der Gegend die regelmäßigen Überfälle eines französischen Piratenschiffs. Schon bald entdeckt Lady Dona den versteckten Flussarm, auf dem sich die Piraten verbergen. In einem spannenden Spiel mit dem Feuer verliebt sie sich in den charmanten Franzosen und begleitet ihn sogar heimlich auf einer Plünderfahrt nach Fowey.

Mrs. du Maurier hatte Frenchman's Creek kennengelernt, als sie und ihr Mann Frederick «Boy» Browning 1932 nach der Hochzeit hierher gesegelt waren. Brownings Segelschiff hieß *Ygdrasil*. Sie hatten geankert und die Nacht in der stillen, geheimnisvollen Atmosphäre des Creeks verbracht.

Als Antwort auf ihre Frage nach der Entstehung der Story bekam Daphne einen langen, nachdenklichen Blick von Mrs. du Maurier. Dann erzählte sie mit ruhiger Stimme, wie sehr sie beim Schreiben von eskapistischen Gedanken gelenkt worden war. Während einer Zeit schwerer Depressionen nach der Geburt ihrer Kinder hatte sie sich immer wieder in die abgeschiedene Welt dieses Flussarms zurückgesehnt.

Daphne hätte sie damals am liebsten umarmt für ihre wunderbare Offenheit. Aber natürlich hatte sie das nicht getan, weil ihre Mutter der Meinung war, dass man niemanden umarmt, der von der Königin zur *Dame* oder zum *Sir* ernannt worden war.

War es wirklich richtig, einem Mann wie Lewis Russell solche privaten Einblicke zu gestatten? Margaret Forster, Mrs. du Mauriers weitblickende Biographin, hatte bereits vieles aus dem Leben der Schriftstellerin erzählt. Was Daphne und ihre Mutter besonders gut kannten, waren die Dinge des Alltags aus dem Herrenhaus *Menabilly* und später aus du Mauriers Haus *Kilmarth*. Wie konnte sie das alles für Russells literarischen Seziertisch preisgeben? Auch wenn sie ihn für klug und interessant hielt, so gab es in seinem Verhalten auch etwas Egozentrisches, das er mit Charme und Geist zu verkleiden suchte, wie viele Menschen, die sich der Öffentlichkeit präsentierten.

Daphnes Entschluss stand fest – sie wollte sich nicht für sein Buchprojekt hergeben.

Als Francis mit vollem Kescher die Böschung heraufkletterte, fühlte sie sich erleichtert. Schwungvoll erhob sie sich und ging ihrem Mann neugierig entgegen.

«Jetzt wirst du staunen», rief er. «Was hier alles lebt!»

Sie hatte es befürchtet. Als sie die zwei hässlichen Seegurken sah, die sich neben zappelnden Würmern und anderem Getier im Kescher bewegten, war sie froh, nicht mit ins Wasser gegangen zu sein. Nur die beiden hellbraunen Purpurschnecken auf der Hand von Francis hatten Streichelpotenzial.

Als er ihr den Kescher ganz nah vors Gesicht hielt, floh sie lachend zur Decke zurück. Sie machte noch ein paar übermütige Fotos von Francis und seinen Seegurken, um sie Jenna zu schicken. Dann begann sie den Picknickkorb einzuräumen, während Francis seiner Beute die Freiheit schenkte und danach wieder einen ordentlichen Flussmeister im Offiziershemd aus sich machte.

Auf dem Fluss waren laute Stimmen zu hören. Sie waren nicht mehr allein.

Daphne reichte Francis die Picknicksachen über die Felswand, dann ging auch sie an Bord. Er wollte gerade den Motor starten, als eine Gruppe von fünf jungen Kajakfahrerinnen an ihnen vorbeipaddelte. Sie waren Amerikanerinnen, lautstark machten sie Witze über ihre durchnässten Hinterteile und über einen lahmen Reiher. Eine der jungen Frauen rief zu Daphne hinüber: «Hat der Fluss auch einen Ausgang?»

«Nein. Sie sind gerade auf Frenchman's Creek.»

«Nie gehört», brüllte sie zurück. Erschrocken flogen zwei Enten auf. «Irgendwas zu sehen hier?»

«Seegurken und Piraten», rief Daphne ihr fröhlich zu. Sie merkte, dass es sinnlos war, die jungen Frauen über die Geschichte der berühmten Bucht zu belehren.

Johlend paddelte die Gruppe weiter.

Inzwischen hatte die Ebbe eingesetzt, und man konnte zusehen, wie das Wasser am Ufer fiel. Francis hielt sich so lange in der Mitte des Creeks, bis sie wieder auf den Hauptarm des Helford River eingebogen waren. Beim Verlassen der Bucht entdeckte Daphne auf der linken Uferseite ein zerfallenes Gemäuer. Francis erklärte ihr, dass es der Platz war, an dem früher die französischen Seefahrer ihre Fische gebacken hatten.

Um einer Segelregatta auszuweichen, fuhren sie dicht am Quay des Hafens von Helford vorbei. Auf der Terrasse des

Pubs *Shipwright Arms* herrschte Hochbetrieb, ein Stück dahinter gab es einen Bootsverleih. Als sie seinen Steg mit den angeleinten Kajaks passierten, stoppte Francis abrupt den Motor.

«Fällt dir was auf?», fragte er und zeigte auf die dümpelnden Kunststoffboote. Es gab etliche Lücken zwischen ihnen.

«Sie sind alle gelb», stellte Daphne erstaunt fest.

Wie sie gerade erlebt hatten, bot sich der Helford River als Paradies für Paddler an. Wer sportlich genug war und nicht nur Enten aufscheuchte, schaffte die sieben Creeks sogar an einem Tag.

Francis zeigte auf das weiße Schild des Bootsverleihs. «Die Boote gehören Terry Clark. Er war früher Lotse in Fowey. Lass uns mal anlegen.»

Er wendete und hielt im Schleichgang auf den Kopf des Holzstegs zu. Daphne sprang von Bord und schlang die Bugleine um den nächsten Pfosten. Nachdem Francis den Motor ausgestellt hatte und ihr auf den Steg gefolgt war, gingen sie gemeinsam zum Büro des Verleihers. Es war nicht mehr als eine braune Bretterbude, die direkt am Ufer stand.

Beim Näherkommen entdeckte Daphne zu ihrem Vergnügen, dass es sich um den ausrangierten Würstchenstand vom Markt in Truro handelte. Sie erkannte ihn sofort wieder. Terry Clark hatte sich nicht mal die Mühe gemacht, die zwei eingebrannten gekreuzten Würstchen von den Seitenbrettern zu entfernen. Früher hatte noch in weißer Schrift darunter gestanden: *Eine Wurst für Cornwall!* Durch das große Schiebefenster an der Frontseite der Bude waren damals die schmalen Brötchen mit den fetten Würstchen durchgereicht worden. Jetzt hatte Terry sein Schild mit den Bootstarifen daneben gehängt.

Das Gebäude dahinter war sein Privathaus, wie Francis wusste. Erst vor zwei Jahren hatte er an der linken Hausseite eine Bootshalle angebaut. Terry schien nicht schlecht zu verdienen, vermutlich sogar mehr, als das Lotsengeschäft ihm einbringen konnte. Offenbar lohnte es sich doch, den ganzen Tag in einem schäbigen Würstchenstand zu sitzen und damit Geld zu sparen.

Francis klopfte an die Scheibe. Es dauerte eine Weile, bis das Fenster zur Seite geschoben wurde und Terrys bulliger Glatzkopf erschien.

«Ja?»

«Schönen Gruß von den Jungs in Fowey», sagte Francis grinsend. Er wusste, wie man mit harten Burschen wie Terry umging. Nicht umsonst hatten ihn die Lotsen in Fowey letztes Jahr bei ihrem Ruderwettkampf mitmachen lassen.

Terry erkannte ihn sofort, obwohl sie sich mindestens fünf Jahre nicht mehr gesehen hatten. Grinsend schob er seine beharrte Pranke nach draußen. «Francis, du verdammter Hund! Ah, Mrs. Penrose!» Er schüttelte ihnen die Hände, als ob er die Glocken von St. Fimbarrus schwingen müsste.

«Wir kommen gerade aus Frenchman's Creek», erklärte Francis. «Viel los heute auf dem Fluss. Und erstaunlich wenig Wind.»

Es war das übliche Geplänkel unter Hafenleuten.

Terry Clark schaute durch sein Fenster zum Himmel. «Ja, aber nachts kommt noch was.» Er sah am Steg das Motorboot liegen. «Wollt ihr etwa in ein Kajak umsteigen?»

«Nein, wir möchten dich was fragen.»

«Wenn ihr wissen wollt, warum heute hier nichts los ist, das liegt an der verdammten Regatta», schnaubte Terry verärgert. «Wer will da schon reingeraten? Vier mickerige Boote hab ich bis jetzt vermietet!» Offenbar war es ihm ein Bedürfnis, seinen Frust loszuwerden. Sicher war es nicht immer lustig, den ganzen Tag allein in einer Würstchenbude ausharren zu müssen.

«Sitzt du immer selber hier?», fragte Francis.

«Meistens. Manchmal hab ich auch Schüler, die aushelfen.»

Daphne fragte nach der Farbe der Kajaks, die am Fluss vermietet wurden. Terry erklärte, dass die drei Verleiher sich auf ein einheitliches Farbsystem geeinigt hätten. Es gab gelbe, blaue und rote Kajaks. Nur ihm war erlaubt, die gelben einzusetzen. Die Unterscheidung war auch deshalb notwendig, weil manche Kunden die Kajaks gleich für mehrere Tage ausliehen und erst an einem Endpunkt ihrer Tour wieder abgaben. Von dort mussten sie dann vom Verleiher abgeholt werden.

Es blieb nicht aus, dass Terry auch alles über den Mord in Glendurgan Garden wissen wollte. Den ganzen Mittwochnachmittag hatte er die Blaulichter der Polizeiautos am anderen Ufer flackern sehen. Bisher hatte es nur einen Grund für Blaulicht am Helford River gegeben – wenn der Herzog und die Herzogin von Cornwall auf Stippvisite bei ihrer Austernfarm in Port Navas waren.

Schließlich gelang es Francis, Terry von diesem heiklen Thema abzulenken. Stattdessen kam er auf die gelegentlichen Bootsdiebstähle in den Häfen zu sprechen. Es gab keinen Hafenmeister und keinen Verleiher in Cornwall, der sich nicht darüber aufregte.

«Wir suchen einen wichtigen Zeugen», meinte Francis, ohne den Fall weiter zu präzisieren. «Angeblich soll er hier letzte Woche ein gelbes Kajak geliehen haben.»

«Also bei mir?» Terry Clark stutzte. «Wann soll das denn gewesen sein?»

«Vermutlich am Mittwoch. Leider wissen wir seinen Namen nicht. Du hast doch sicher eine Kundenliste.»

Terry schaute ungläubig von Francis zu Daphne und wieder zurück. Daphne befürchtete schon, dass er Francis jeden Moment vom Steg werfen würde. Doch von einer Sekunde zur anderen begann er laut loszulachen und rief: «Du traust dich was, alter Junge!»

Im selben Moment griff er unter seine Arbeitsplatte und holte eine zweiseitige Liste hervor, die er draußen auf das Brett vor der Fensteröffnung legte. «Bedient euch, aber haltet danach die Klappe. Wer bei mir mietet, muss für die Zeit ein offizielles Dokument hinterlegen, anders mach ich es nicht.»

«Danke, Terry.»

Sie versuchten, sich zu beeilen. Wegen des aufkommenden Windes musste Daphne die engbeschriebene Liste gut festhalten, während sie blätterte. Unter dem Datum von Mittwoch, dem 26. Juli, waren vierundzwanzig Personen und die jeweiligen Wohnorte aufgeführt. Da jetzt in ganz Europa Urlaubszeit war, klangen die meisten Namen nicht sehr britisch. Mehrere Gäste kamen aus Japan, andere stammten aus Deutschland und Schweden. Nur sieben Vermietungen ließen auf Gäste aus Großbritannien oder anderen englischsprachigen Ländern schließen.

Gespannt studierten sie die Auflistung. Wie zu befürchten war, gab es niemanden, dessen Name ihnen etwas sagte. Als sie mit beiden Seiten fertig waren, entdeckte Daphne, dass es auch auf der Rückseite des letzten Blattes noch einen Eintrag für den 26. Juli gab. Dieses Kajak war am Mittwochvormittag geliehen und am Mittwochnachmittag zurückgebracht worden. Es dauerte einen Moment, bis sie begriff, was sie da vorlas.

«Miss/Mrs. G. Collins, Greenwich, London.» Sie steckte ihren Kopf in die Fensteröffnung. «Terry, was heißt ein M hinter dem Namen?»

«*Membership* – wir hatten als Pfand einen Mitgliedsausweis. Fitnessclub, Tennisverein, irgendwas», rief Terry zurück. «Und fragt mich bitte nicht, ob ich mich an die Leute erinnere. Das tue ich nie.»

Nachdenklich blickte Francis von der Liste auf. Langsam wiederholte er den Namen. «Mrs. Collins?»

Jetzt erst merkte Daphne, worauf er hinauswollte. Augenblicklich hatte auch sie wieder im Ohr, was Olivia Keast erzählt hatte. Sie ließ die Liste sinken und starrte ihn an. «Du meinst – Dr. Adam Collins' Zwillingsschwester?»

Es war die Frau, die laut Olivia Keast in der Todesanzeige der *Royal Gazette* um ihren Bruder getrauert hatte. Sie erinnerten sich beide, dass sie den Vornamen Gwendolyn trug. Nachdem Dr. Collins durch den Prozess auf Bermuda zugrunde gerichtet worden war – besser gesagt, sich selber ruiniert hatte –, war es sehr wahrscheinlich, dass seine Schwester Dr. Finch und Florence für immer hasste.

Sie blickten sich fragend an. In ihr Schweigen platzte die Stimme von Terry Clark, der sich wie ein Aal mit dem Oberkörper durch sein Fenster wand. «Alles klar bei euch da draußen?»

«Alles klar», antwortete Francis. Er nahm Daphne die Liste ab und reichte sie Terry mit angestrengtem Lächeln zurück. Während die beiden Männer noch ein paar Worte wechselten, ging Daphne zum Motorboot zurück.

Gar nichts ist klar, dachte sie verwirrt. Falls wirklich

Gwendolyn Collins mit den Morden etwas zu tun hatte, musste es einen Grund dafür geben, dass sie sich erst jetzt rächte – mehr als zwanzig Jahre nach dem Tod ihres Bruders.

Vielleicht wurde es Zeit, sich doch einmal auf der Farm von Dr. Finch umzusehen. Hatte Finch vielleicht die ganze Zeit mit Dr. Collins' Zwillingsschwester in Kontakt gestanden?

Da Chief Inspector Vincent nichts von den damaligen Ereignissen auf Bermuda wusste, hätte seine Spurensicherung auch nicht aufmerksam werden können, wenn sie bei ihrer Erforschung der Finch-Ranch zufällig auf den Namen Collins gestoßen wären.

Plötzlich wurde es kühl.

Vom Meer wehten feuchte Böen über den Hafen. Daphne zog den Reißverschluss ihres Anoraks zu und kletterte aufs Boot zurück.

21

«Auch eine schwere Tür hat nur einen kleinen Schlüssel nötig.»

Charles Dickens, *Zur Strecke gebracht*

Es war das eingetreten, was Francis und sie erhofft und gefürchtet hatten: eine neue Spur des Mörders zu finden und damit James Vincent eine Nase voraus zu sein.

Doch was taten sie jetzt mit ihrem Wissen?

Zu Hause angekommen, setzte Francis sich vor den Computer und suchte im Internet nach der Adresse von Gwendolyn Collins. Er wurde schnell fündig. Es gab nur eine Gwendolyn Collins im Londoner Stadtteil Greenwich. Sie war Floristin. Auf dem Foto, das sie zwischen Blumenschalen und Kränzen in ihrem Geschäft zeigte, wirkte sie groß, sportlich und nicht allzu freundlich. Wie ein Kommentar auf ihrer Homepage verriet, hatte sie den Laden zwar zum Jahresende aufgegeben, warb aber immer noch um private Aufträge.

Es konnte doch kein Zufall sein, dass ausgerechnet die Schwester von Dr. Finchs Erzrivalen sich für den Tag der beiden Morde ein Kajak auf dem Helford River geliehen hatte!

Für den Rest des Nachmittags bekam Daphne Francis kaum noch zu Gesicht. Wie immer, wenn er intensiv nachdachte, musste er allein sein. Nachdem er den Computer ausgeschaltet hatte, zwängte er sich in seine Radkleidung, holte sein neues Mountainbike aus der Garage und machte sich auf den Weg zum Bodmin Moor. Nach Tagen voller Dramatik und Hektik brauchte er am Wochenende die körperliche Anstrengung.

Als er gegen sechs Uhr verschwitzt und schlammbespritzt von seinem Ausflug zurückkehrte, wusste Daphne, dass er sehr intensiv nachgedacht hatte. Zufrieden mit der Jungfernfahrt, schob er das Rad wieder in die Garage.

Nach dem Abendessen diskutierten sie, wie es weitergehen sollte. Selbst der kritische Francis zweifelte nicht mehr daran, dass sie die müden Theorien von DCI Vincent widerlegt hatten. Owen Reeves kam als Mörder kaum mehr in Frage, und andere Verdächtige zeigten sich nicht am Horizont. Allein Daphnes Hartnäckigkeit war es zu verdanken, dass sie Olivia Keast aufgetrieben hatten, sodass sie zumindest wussten, welche tragischen Umstände die beiden Opfer zusammengeschweißt hatten.

Uneinig waren sich Francis und Daphne nur über den *point of no return*. Francis fand, dass sie gerade dabei waren, ihn zu überschreiten. Seiner Meinung nach sollten sie morgen Sergeant Burns über den Namen G. Collins informieren und danach die Polizei ermitteln lassen.

Daphne wollte zwar auch, dass die Polizei informiert wurde, sträubte sich aber dagegen, James Vincent das Feld ganz zu überlassen. Wenn Dr. Finchs berufliche Zeit in den Tropen eine so große Bedeutung zukam, war es doch nur logisch, dass sich seine Vergangenheit auch auf der Farm widerspiegelte.

«Was willst du also tun?», fragte Francis leicht gereizt. «Vielleicht in das versiegelte Haus einbrechen?»

Wenn er nur nicht immer so vernünftig wäre, dachte Daphne. Es musste mitunter wunderbar sein, einen Mann zu haben, der genauso unvernünftig war wie man selbst.

«Kontakt mit Mrs. Boscawen aufnehmen», antwortete sie geduldig. «Sie hat schließlich die Farm geerbt und darf seit heute wieder die Remise betreten.»

«Mrs. Boscawen?» Es war, als hätte Daphne den Namen Frankenstein erwähnt.

«Ich würde sie morgen gern mal anrufen und ...»

«Nur über meine Leiche!», protestierte Francis.

Am nächsten Morgen gab es erst mal eine andere Leiche.

Als Daphne nach dem Aufstehen in den Garten ging, um dort barfuß ihre Yoga-Übungen zu absolvieren, wartete eine unangenehme Überraschung auf sie. Mitten in der gekrümmten Position *Der Hund* – Po in die Höhe, Hände auf dem Boden – starrte sie plötzlich auf weißes Gefieder. Als sie sich vor Schreck ins Gras fallen ließ, erkannte sie, dass vor dem Dahlienbeet eine tote Silbermöwe lag. Ihre weißen und grauen Federn waren wüst zerzaust, das blutige Köpfchen mit den Knopfaugen ruhte auf der Seite. Alles sah nach einem missglückten Zweikampf aus, den sie sich mit einem anderen Raubvogel geliefert hatte.

Voller Mitleid holte Daphne eine Schaufel aus dem Geräteschuppen und vergrub das Tier in der schwarzen Erde vor der Hecke. Ganze Zoohandlungen waren hier schon begraben, vor allem Jennas Wellensittiche, drei Hamster und die beiden Zwergkaninchen.

Auf der anderen Seite des Gebäudes fuhr gerade Francis vom Hof. Sie hörte den Motor seines Pick-ups, knarrend schloss sich das elektrische Tor. Er hatte das alte Mountainbike auf der Ladefläche, für das Callum Stockwood in seiner Nachbarschaft einen Abnehmer gefunden hatte.

Während Daphne sich nach dem Yoga für ihre Royal-Mail-Runde fertig machte, musste sie immer wieder an Dr. Finchs Farmhaus denken. Ein Weltenbummler wie Finch, dessen Hobby es gewesen war, Masken aus fremden Ländern zusammenzutragen und der Jenna während ihres Praktikums stolz von seiner Postkartensammlung erzählt hatte, wollte sicher nicht auf Erinnerungen an seine Bermuda-Jahre verzichten, selbst wenn sie am Schluss unschön waren. Es *musste* auf der Farm Unterlagen aus dieser Zeit geben.

Und noch etwas war ihr klargeworden: Es führte kein Weg an Mrs. Boscawen vorbei. Sie war nun einmal Dr. Finchs engste Verwandte und besaß die Schlüsselgewalt über seinen Besitz, ob es Francis nun passte oder nicht.

Als wäre eine Möwen-Beisetzung nicht genug Trübsal, wurde Daphne an diesem Morgen auch noch ihr Fahrrad los. Wenigstens war es nicht ihre Schuld.

Sie hatte es gerade an die Rampe des Postlagers in Fowey gelehnt, als ein roter Lieferwagen der Royal Mail auf dem Hof erschien. Langsam fuhr er rückwärts, immer auf die Rampe zu. Daphne rannte zum Fahrer, klopfte wie wild an die Fahrertür, doch es war schon zu spät. Wie eine Kanonenkugel drückte sich die Anhängerkupplung des Wagens in die Speichen.

Fluchend stieg der Fahrer aus. Daphne hätte heulen können, der hintere Teil ihres schönen Rades war hoffnungslos verbogen. Sie fuhr es schon seit sieben Jahren und wollte kein anderes.

Hilfsbereit holte ihr der schlurfende Bertie, das Faktotum des Lagers, ein Ersatzrad aus dem Bestand der Royal

Mail und pumpte es für sie auf. Er wusste, dass sie trotz des Blechschadens auch künftig die Post nicht mit dem Trolley austragen würde.

Der klapprige Ersatz war zwar schwergängig, aber wenigstens ließ sich damit ihr Zeitplan einhalten. Wie jeden Montag war die Posttasche leerer als sonst, sodass Daphne sich um neun Uhr einen kleinen Espresso in Sarah's Coffeeshop gönnen konnte. Vorsorglich hatte sie die Telefonnummer von Mrs. Boscawen dabei. Zu ihrer Erleichterung war die Herrin der *Moorfreunde* blitzschnell am Telefon, als wenn sie ununterbrochen Zusagen für ihr skurriles Schafsrennen zu erwarten hätte.

«Guten Morgen, Mrs. Boscawen», grüßte Daphne. «Ich wollte Ihnen nur eine frohe Botschaft überbringen. Meinem Mann wäre es eine große Ehre, den angebotenen Platz in der Jury zu übernehmen.»

Sie hatte es mit Francis besprochen. Leicht war es ihm nicht gefallen, aber er hatte auch keine Lust, noch einmal mit ihr darüber zu streiten.

«Tatsächlich?» Heather Boscawen gluckste vor Freude. «Wunderbar! Dann ist die Jury endlich vollzählig! Bitte sagen Sie Ihrem Mann, ich bringe ihm heute noch die Bücher vorbei.»

Daphne wurde misstrauisch. «Was für Bücher?»

«Ich habe etwas Fachliteratur für die Jury vorbereitet, ein paar Bücher über Schafszucht – *Mein Leben mit schwarzen Schafen* oder *Das Schaf, dein treuer Freund* –, einiges in dieser Art.»

Daphne wollte vor Schreck entgegnen, dass Francis momentan wenig Zeit zum Lesen hatte, als ihr ein besonders kreativer Gedanke kam. «Sie müssen sich nicht bemühen,

Mrs. Boscawen», sagte sie hilfsbereit. «Ich könnte die Bücher selbst abholen. Sind Sie zufällig heute auf Dr. Finchs Farm? Ich bin nachmittags ganz in der Nähe.»

«Das lässt sich einrichten. Ich muss jetzt ständig dort sein. Die Polizei hat endlich die Remise für uns freigegeben. Sie haben ja keine Ahnung, was Finchie dort alles gehortet hat!»

Daphne wollte es sich nur zu gerne vorstellen. Um sich ihre Vorfreude nicht anmerken zu lassen, fragte sie: «Das bedeutet bestimmt viel Arbeit für Ihre Familie?»

«Gott ja», schniefte Mrs. Boscawen. «Die Familie, das sind nur ein Neffe und ich. Wir erben das Ganze. Alan Finch und die arme Janet hatten ja keine Kinder.»

«Und was ist mit dem Farmhaus?», fragte Daphne nach. «Wann werden Sie dort reindürfen?»

«Ach, das wird noch dauern. Dieser Chief Inspector ist vor allem an den Patientenakten und alten Reiseunterlagen interessiert, die im Keller lagern. Es werden bestimmt noch Wochen vergehen, bis die Polizei alles durchforstet hat.»

«Bleiben Sie geduldig, Mrs. Boscawen», sagte Daphne im mitfühlenden Ton. «Wann soll ich kommen?»

«Ich könnte ab eins draußen sein.»

«Sehr gut.» Daphne konnte kaum glauben, dass sie es so leicht geschafft hatte. Zwar musste sie sich noch anhören, wie zügig die Vorbereitungen für den Bau des Schafs-Parcours vorankamen, doch dieser Preis schien ihr erträglich.

Als sie den Coffeeshop verließ, hatte sie das sichere Gefühl, wieder einen entscheidenden Schritt weitergekommen zu sein. Bisher hatte jeder Tag wenigstens eine neue Erkenntnis über die Mordfälle gebracht. Sie hoffte inständig, dass es auch heute so blieb.

Nachdem sie noch die Briefkästen der Place Road mit Post

gefüllt hatte, machte sie einen weiteren Abstecher. Begleitet vom Klappern der lockeren Schutzbleche radelte sie zu Lindas B&B-Cottage hinunter. Lewis Russell erwartete eine Antwort von ihr, heute sollte er sie bekommen.

Egal, wie er versuchen würde, sie zu überreden – sie wollte nicht für ihn arbeiten. Er war zweifellos eine interessante Persönlichkeit, und sie war froh, ihn kennengelernt zu haben. Aber Francis hatte recht: Russell veröffentlichte so viel, dass sie befürchten musste, ihr privates Wissen für ein Strohfeuer zu opfern. Vor allem aber war sie diese Absage dem Andenken von Mrs. du Maurier schuldig.

Lindas Parkplatz war jetzt gut besetzt, nur Lewis Russells grauer Vauxhall fehlte. Dennoch ging Daphne ins Haus, um zu fragen, wann er zurückkommen würde. Auf den beiden Ohrensesseln im Flur saßen fröhlich lachende Hausgäste, zwei junge Frauen in Wanderkleidung. Daphne wollte sich gerade wie üblich durch die Schiffsglocke bemerkbar machen, als Lindas Hausmädchen mit einer Teekanne aus dem Kaminzimmer kam.

«Hallo, Mrs. Penrose! Wenn Sie Mrs. Ferguson suchen, die ist erst nachmittags wieder da ...»

Die kurzen Haare ließen Megs schmales Gesicht blass erscheinen, wie Porzellan, das man ins Licht hält. Immerhin trug sie heute etwas Poppiges über der schwarzen Hose, ein weißes T-Shirt mit der bunten Aufschrift *Enjoy Fowey*.

«Nein, ich wollte Lewis Russell sprechen», sagte Daphne. «Ich schulde ihm noch eine Antwort.»

Meg blickte auf die Uhr im Flur. «Eigentlich wollte er längst zurück sein. Vielleicht ist er noch zu diesem Buchladen in Lostwithiel gefahren, den Mrs. Ferguson ihm empfohlen hat ...»

«Ah, Rodman's Antiquariat.» Da sie Meg nicht weiter in Verlegenheit bringen wollte, wechselte Daphne schnell das Thema. «Und, haben Sie sich gut eingelebt?»

Meg strahlte. «Oh ja, der Job macht Spaß! Vor allem jetzt, wo das Haus voll ist.»

«Das freut mich.» Daphne überlegte kurz. «Hat Mr. Russell gesagt, wann er wieder abreisen wird? Gestern stand noch nicht fest, wie lange die Polizei ihn als Zeugen in Fowey braucht.»

«Beim Frühstück meinte er, dass er vielleicht heute noch fahren wird. Aber das weiß nur Mrs. Ferguson.»

«Könnten Sie Mr. Russell etwas ausrichten, wenn er zurückkommt?» Daphne schaute auf die Uhr und rechnete halblaut ihren Zeitplan durch. «Ich fahr jetzt nach Hause, danach muss ich noch zu Dr. Finchs Farm. Er soll mich doch bitte ab drei Uhr zurückrufen. Ich lasse Ihnen meine Handynummer da.»

«Ich hab heute Nachmittag frei», sagte Meg. «Aber ich werde es ihm gerne aufschreiben.»

Sie notierte die Nachricht und Daphnes Telefonnummer mit kindhafter, winzig kleiner Schrift auf einen gelben Zettel, den sie Russell gut sichtbar auf sein Zimmer legen wollte.

«Danke, Meg.»

Nachdem Daphne mittags ihre Royal-Mail-Runde beendet hatte, war sie heilfroh, nicht länger auf dem schrecklich unbequemen Sattel sitzen zu müssen. Erleichtert gab sie ihr klapperndes Ungetüm im Postlager an Bertie zurück, der es grinsend in eine Ecke schob. Zum Glück war er so pfiffig gewesen, Daphnes eigenes Rad in der Zwischenzeit von einem Reparaturservice abholen zu lassen (... natürlich auf Kosten der Royal Mail, Mrs. Penrose, das ist wohl mal klar ...»).

Als sie anschließend zu Fuß die steilen Gassen nach Embly Hall erklomm, fühlte sie sich wie eine Reiterin, der ihr Pferd weggelaufen war. Doch schon an der Straßenecke unterhalb von Embly Hall wurde sie wieder auf andere Gedanken gebracht. Die laute Musik aus den offenen Fenstern ihres Torhauses drang bis zu den Gassen darunter.

Im Torhaus war heute irischer Tag, wie jeden Montag, wenn die liebenswerte, pummelige Mrs. O'Reilly zum Putzen da war. Egal, welches Zimmer sie gerade auf den Kopf stellte – immer stand ihr altmodisches Kofferradio auf dem Fensterbrett, sodass sie beim Staubwischen die Musik der irischen Folkband *The Dubliners* hören konnte. Auch in die Räume von Embly Hall nahm sie das Radio mit.

Mrs. O'Reilly war ein Herz auf zwei Beinen. Von Natur aus fröhlich und gutgelaunt, wirbelte sie mit dem Putzlappen durch die Zimmer, dass es eine Freude war. Sie und ihr Mann waren schon vor fünfzehn Jahren nach Cornwall gezogen, weil Mr. O'Reilly den Job eines Vorarbeiters in der Kaolin-Grube bei St. Austell angenommen hatte. Nebenbei verdiente er sich etwas mit einem kleinen Bagger, mit dem er in Fowey Erdarbeiten durchführte und bei der Schlammentsorgung am Fluss aushalf.

Als Daphne in den Flur kam, hörte sie Mrs. O'Reilly oben staubsaugen. Sie ging die Treppe hoch, begrüßte sie und hielt mit ihr ein kleines Schwätzchen. Vor allem der Tod von Dr. Finch machte Mrs. O'Reilly zu schaffen. Sie war bei ihm Patientin gewesen, und ihr Mann hatte hin und wieder auf der Farm mit seinem Bagger ausgeholfen, wenn Gräben für die Entwässerung zu ziehen waren.

«Ein netter Mann», sagte sie. «Nur schade, dass er die Farm verkaufen wollte.»

«Woher wissen Sie das?», fragte Daphne überrascht. Sie wusste zwar, dass Finch den größten Teil der Farmwiesen verpachtet hatte, aber nicht, dass er sich ganz von dem Anwesen trennen wollte.

«Er hat es meinem Mann erzählt. Nach dem Tod von Mrs. Finch war ihm alles zu viel geworden.»

«Und wo wollte er danach wohnen? Hat er das auch verraten?»

«Er wollte sich ein nettes kleines Cottage am Wasser kaufen. Das reicht doch, wenn man älter wird, habe ich zu Mr. O'Reilly gesagt!»

Nachdenklich betrat Daphne ihr Schlafzimmer und zog sich um. Wenn die Geschichte stimmte, gab es eine aufschlussreiche Parallele zu Florence Bligh. Beide hatten nach den langen Jahren der Aufarbeitung ein starkes Bedürfnis, ihr Leben zu verändern – Florence Bligh drastisch, Dr. Finch nur ein wenig. Es war durchaus vorstellbar, dass Alan Finch von Florence Blighs Mut dazu angeregt worden war.

Während Mrs. O'Reilly im Badezimmer laut und falsch mitsang, setzte Daphne sich in die Küche, um einen Apfel und einen Becher Joghurt zu essen. Mehr bekam sie jetzt nicht runter.

Ein Blick aus dem Fenster verriet ihr, dass das schöne Wetter auch nachmittags stabil bleiben würde. Die Farm von Dr. Finch befand sich nur ein paar Fahrradkilometer entfernt vor dem Nachbardorf Par. Dort lag auch *Par Sands Beach*, ein großes Dünengebiet, durch das man bis zum Meer radeln konnte. Vielleicht würde sie sich nach dem Besuch auf der Farm noch eine Stunde in die Dünen legen und lesen.

Dann fiel ihr mit Schrecken ein, dass ihr Rad ja kaputt war

und ihr Wagen noch immer in der Werkstatt stand. Wie wollte sie eigentlich zur Finch-Farm kommen?

Wie ein Magnet zog das verschlossene Garagentor ihren Blick an. Dahinter stand der einzige fahrbare Untersatz, den es derzeit in diesem Haus gab. Das neue Mountainbike.

Ich müsste es Francis wenigstens sagen, dachte Daphne mit schlechtem Gewissen, es ist schließlich sein Spielzeug.

Mutig rief sie ihn im Hafenamt an. Erfreut war er nicht, aber da er seine Jungfernfahrt bereits gestern erfolgreich hinter sich gebracht hatte, gab er ihr gnädig grünes Licht. Geduldig hörte sie sich ein halbes Dutzend guter Ratschläge zur richtigen Bedienung des Bikes an. Es war ein Wunder, dass er ihr nicht noch erklärte, wie man in die Pedale trat.

Als sie das Rad aus der Garage rollte, stürzte Mrs. O'Reilly mit einem dunkelroten Gesicht aus dem Haus. Sobald sie eine ihrer gefürchteten Hitzewallungen erlitt, stellte sie sich zum Lüften in den Hof und bewedelte mit den Händen ihren Hals.

«Oh, was für ein schönes Rad, Mrs. Penrose! Geht es auf Tour?»

«Nein, ich muss nur kurz zu Dr. Finchs Farm.»

«Grüßen Sie Mrs. Boscawen von mir. Wir freuen uns schon alle auf ihr Schafsrennen.»

«Wer tut das nicht?»

Daphne fand ihre gespielte Begeisterung verzeihlich, da sie und Francis offenbar die Einzigen waren, denen es albern vorkam, schwarze Schafe über Hindernisse hüpfen zu lassen.

«Und genießen Sie den Nachmittag, Mrs. Penrose», ergänzte Mrs. O'Reilly voll irischer Lebensfreude. «Mein Mann sagt immer: *Lebe jeden Tag so, als ob es regnen würde.*»

«Ein kluger Satz, Mrs. O'Reilly. Bitte nehmen Sie sich noch von dem Kuchen, der in der Küche steht.»

Das leise Schnurren des neuen Mountainbikes auf dem Asphalt war eine Freude. Wenn Francis sie so sehen würde, hätte er zwar moniert, dass sie ziemlich unsportlich ihre gelbe Badetasche an den Lenker gehängt hatte, aber das war Daphne egal. Aufs Querfeldeinfahren hatte sie aus Zeitgründen verzichtet. Wenn Mrs. Boscawen sie schon auf der Farm empfing, sollte sie nicht unnötig warten müssen.

Bis zur Farm waren es nur drei Meilen. Als Daphne das Randgebiet von Fowey verlassen hatte und der Straßenrand zusehends sandiger wurde, wusste sie, dass sie gleich die Dünen von Par Sands Beach erreicht hatte. Links lag das Meer, davor eine zur Ruhe gekommene Wanderdüne, die früher einmal das Land überrollt hatte. Auch Teile des alten Friedhofs St. Perran waren von Sand bedeckt, nur die Kapelle erhob sich noch trotzig in alter Schönheit. Wann immer Daphne an dem Friedhof vorbeifuhr, musste sie schaudernd an die Geschichte des kleinen Jungen im Treibsand denken, die Mrs. du Maurier ihr vor Jahren erzählt hatte.

Die Dünen gegenüber von Dr. Finchs Farm waren harmlos. Zwischen ihnen und dem Farmgelände verlief die Landstraße, auf der Daphne gerade ankam. Das breite hölzerne Einfahrtstor, das Dr. Finch in der Art einer amerikanischen Ranch weiß angestrichen hatte, stand weit offen.

Nachdem Daphne die Einfahrt passiert hatte, fuhr sie direkt auf das Farmhaus zu, das auf traditionelle Weise mit Lärchenholz verkleidet war und in dessen Mitte sich die Eingangstür befand. In ihrer Schlichtheit passte die Holztür zum Gesamtcharakter des zweistöckigen Gebäudes mit seinen acht weiß gerahmten Fenstern und einer Front, die ohne Balkone oder sonstige bauliche Schnörkel auskam. An der rechten Hausecke, überschattet von Bäumen, gab es eine Parkbucht für Gäste. Das rote Auto, das dort stand, gehörte vermutlich Mrs. Boscawen.

An der linken Ecke führte die Zufahrt auf den großen Hof hinter dem Gebäude vorbei.

Dr. Finch hatte die Farm von Pferdezüchtern gekauft, auf den Weiden hatten arabische Vollblüter gegrast. Damals hatte das Anwesen mit vier Stallungen und Scheunen noch Beach Farm geheißen. Zwar war das Gelände in den Lageplänen der Gemeinde auch heute noch unter diesem Namen vermerkt, aber Dr. Finch mochte ihn nicht. Bis heute hatte sich bei allen in Fowey und Par die Bezeichnung Finch-Farm eingebürgert. Nach dem Kauf hatte er alle Stallungen, Scheunen und Wiesen verpachtet, dafür aber die Remise voll ausgebaut.

Daphne ging um die Hausecke herum und betrat den großen, mit Kies belegten Hof. Von hier konnte man den eigentlichen Charme des Anwesens erkennen. Das Hofgelände ergab sich durch die rechtwinklige Form von Hauptgebäude und angebauter Remise samt Zufahrt von der Straße. Umgeben war das Anwesen von zahlreichen Wiesen, auf denen die schönsten und größten Zedern Cornwalls standen. Ihre hohen Stämme und die verzweigten Äste wirkten wild und rebellisch. Daphne liebte diese Bäume. Durch ihre Nähe zum Meer verkörperten sie wie kaum eine andere Baumart das atlantische Klima in Cornwall.

Sie ging auf die Remise zu. Wenn man sie heute sah, konnte man sich kaum vorstellen, dass darin einmal Kutschen und landwirtschaftliche Geräte untergebracht waren. Dr. Finch hatte in der linken Hälfte ein paar Gästezimmer einbauen lassen, nur noch der rechte Teil wurde als Lager genutzt.

Aus dem Inneren des Lagerraums drangen Geräusche, etwas fiel mit lautem Krach um. Daphne vermutete, dass dort Mrs. Boscawen ihr Unwesen trieb. Mit beiden Händen stemmte sie das Schiebetor auf.

«Jemand zu Hause?», rief sie.

«Kommen Sie rein ...» Mrs. Boscawens Stimme klang sehr fern.

Daphne folgte der Anweisung. Der Raum hatte die Größe einer kleinen Scheune und war ähnlich hoch. Daphne wusste zwar, dass Alan Finch Möbel gesammelt hatte, doch sie wäre nie auf den Gedanken gekommen, dass es hier wie bei einem Antiquitätenhändler aussehen könnte. Auf dem hölzernen Fußboden waren mindestens zwanzig bemalte Stühle gestapelt, daneben drängten sich Esstische, Spiegel und Kommoden sowie zwei riesige Schreibtische. Alle Stücke schienen sehr alt und wertvoll zu sein. Kein Wunder, dass es muffig und staubig roch.

Über Daphnes Kopf raschelte es. Als sie über sich zur Luke auf den ehemaligen Heuboden blickte, sah sie erst ein Paar grüne Gummistiefel nach unten baumeln, danach erschien Heather Boscawens kräftiger Hintern, umhüllt von altmodischen, weiten Jeans.

Als Mrs. Boscawen wieder festen Boden unter den Füßen hatte, sagte sie stöhnend: «Puh! Alles leer da oben!» Sie zupfte ein paar Strohhalme aus ihrer voluminösen Frisur und blickte Daphne strahlend an. «Wunderbar, dass Sie gekommen sind, Mrs. Penrose!»

«Das habe ich doch gerne getan.»

Immerhin war das keine Lüge, dachte Daphne.

«Die Bücher sind draußen im Wagen. Ich habe Ihrem Mann noch den hübschen Fotoband über das Schafsrennen in Twickenham dazugelegt.»

«Das wird ihn freuen.»

Jetzt war es eine – aber es war Notwehr.

Daphne zeigte auf die Möbel, neben denen sie stand – einen verschnörkelten Teewagen und zwei Beistelltische aus Nussholz. «Wo hatte Dr. Finch das alles her? Hat er damit gehandelt?»

«Nein, alles Familienstücke, er konnte sich ja von nichts trennen.» Heather Boscawen klopfte ihren Strickpulli ab. «Sobald eine Tante oder ein Onkel starb, hieß es: ‹Bringt es Finchie, der hat Platz.› Ehrlich gesagt, war er selbst schuld.»

So interessiert Mrs. Boscawen an Schafen und Moorwanderungen war, so wenig konnte sie sich offenbar mit ihrem Erbe anfreunden. Ihre Feindschaft mit dem ungeliebten Cousin musste groß gewesen sein. Andererseits war es beeindruckend, dass Dr. Finch trotz seiner Sparsamkeit diese Möbel aufgehoben hatte – er hätte sie schließlich auch verkaufen können. Da Daphne ihn ja nur aus seiner Arztpraxis kannte, stellte diese Seite an ihm eine Überraschung für sie dar.

Eigentlich hatte sie gar nichts über ihn gewusst.

«Und wo sind die berühmten Masken?», fragte sie. Ein paar davon hingen in Finchs Wartezimmer.

«Ich zeige sie Ihnen», antwortete Mrs. Boscawen und zwängte sich an einer Glasvitrine vorbei. «Man glaubt es ja nicht.»

Daphne folgte ihr zu einem raumhohen Eichenregal, das die gesamte linke Wand einnahm. Dort war Alan Finchs wirklicher Schatz untergebracht.

Es mussten über fünfzig bunt bemalte Holzmasken sein, die meisten stammten aus dem karibischen und südamerikanischen Raum. Ihrer jeweiligen Funktion entsprechend wirkten einige erschreckend, andere wiederum betörend schön. Selbst die schlichteren Stücke aus reinem Ebenholz hatten etwas Berührendes. Daphne wusste nicht viel über solche Masken, nur dass sie für bestimmte Stammesrituale verwendet wurden und sehr wertvoll sein konnten. An fast allen Regalbrettern klebten kleine Schilder mit Bezeichnungen wie *Taino-Maske Jamaika*, *Gombey-Maske Bermuda* oder *Kokosnuss-Maske Puerto Rico*. Auch Jahreszahlen standen darunter. Die älteste Maske stammte aus dem Jahr 1895.

Während Daphne die Sammlung fasziniert bestaunte, nutzte Heather Boscawen die Zeit, um schnell noch mit einem Staubtuch über einige der Masken zu wedeln. Selbst sie schien Respekt vor der außergewöhnlichen Sammlung zu haben.

«Und, was denken Sie?», wollte sie wissen. «Vikar Pearce meinte, ich sollte diese Teufelsfratzen auf jeden Fall loswerden.»

Daphne las auch noch das letzte Schild, dann richtete sie sich wieder auf. «Unglaublich. So was gehört in ein Museum.»

Mrs. Boscawen schien verunsichert. «Meinen Sie? Wir dachten eigentlich, dass wir alles im Internet verkaufen. Freddy und ich würden gerne selbst hier auf der Farm leben und draußen einen hübschen kleinen Moor-Park für Touristen anlegen ...»

Daher wehte der Wind. Die Vorstellung, dass die Boscawens eine solche Sammlung einfach so verscherbeln wollten, war erschreckend.

«Vielleicht könnte ich Ihnen helfen», bot Daphne an. «Mein Mann kennt in Plymouth einen Sammler, der wie Dr. Finch lange in tropischen Ländern gelebt hat. Vielleicht ist er interessiert.»

Die Herrin der Moorfreunde schlug begeistert die Hände zusammen. «Nein, wäre das schön! Er kann jederzeit herkommen.» Sie steckte ihr Staubtuch wieder ein. «So, und jetzt hole ich Ihnen die Schafsbücher.»

Sie verschwand hinter einem barocken Schlafzimmerschrank. Daphne nutzte die Gelegenheit, um zur Mitte des Lagerraums zurückzugehen, wo es einen breiten Durchgang gab, von dem man einen guten Überblick über die Möbel hatte.

Sie schaute sich um.

Insgeheim hatte sie gehofft, dass es Kisten oder Kartons gab, in denen Dr. Finch Dinge wie alte Fotobücher, private Akten oder Ähnliches aufgehoben hatte. Leider war davon nichts zu sehen. Probeweise zog sie mehrere Schranktüren und zwei Schubladen an den Schreibtischen auf, doch alle waren leer. Sicher gab es noch jede Menge alter Unterlagen im Haupthaus der Farm, Mrs. Boscawen hatte es ja angedeutet. Da dort aber noch alles von der Polizei versiegelt war, gab es für die nächsten Tage keine Chance, sich auch da umsehen zu können.

Enttäuscht vertrieb Daphne sich die Zeit damit, sechs zierliche Teetassen in die Hand zu nehmen, die in der Mitte eines Tisches auf einem silbernen Tablett standen. Auch sie stammten von den Bermudas, wie die rote Prägung auf der Tassenunterseite verriet. Ihr wurde klar, dass Dr. Finch sehr an seiner Zeit dort gehangen haben musste, wenn er sogar diese Tassen mit nach England gebracht hatte.

235

In diesem Moment kehrte Mrs. Boscawen zurück, den angekündigten Stapel Bücher in ihren Händen. Auf den Buchumschlägen waren erschreckend viele herumtollende Schafe zu sehen. Ein Cover zeigte ein Schaf, das eine Lesebrille trug und strickte.

Daphne wusste jetzt schon, wie sehr Francis sich darüber freuen würde.

«Haben Sie eine Tasche dabei?», fragte Mrs. Boscawen.

«Ja, die hängt am Rad», sagte Daphne. Sie nahm Heather Boscawen die Bücher ab. «Es war sehr nett, dass ich mich hier umsehen durfte.»

«Jetzt haben Sie mal eine Vorstellung davon, was Finchie uns da hinterlassen hat. Alle denken, wir müssten froh sein, so was geerbt zu haben, aber keiner sieht die Arbeit.» Sie ging zur offenen Schiebetür. «Wirklich schön ist nur das Gewächshaus. Das sollte ich Ihnen übrigens noch zeigen.»

Während Daphne ihr mit den Büchern nach draußen folgte, überlegte sie, mit welchem Vorwand sie sich das Gewächshaus ersparen könnte. Leider fiel ihr nichts sein, was glaubhaft gewesen wäre. Nachdem sie aber um die Ecke der Remise gebogen war und das Gewächshaus erblickte, wurde sie doch neugierig. Schnell lief sie zu ihrem Fahrrad, verstaute die Schafsbücher in der Strandtasche am Lenker und kehrte dann zu Mrs. Boscawen zurück.

Das Gewächshaus war im Jugendstil erbaut, aus grün lackiertem, verschnörkeltem Eisen und blind gewordenen Glasscheiben. Es stand frei auf einer Wiese und strahlte etwas Schweresloses aus. Die Farbe der Eisenteile blätterte stark ab, auch sonst sah man dem Glashaus an, dass es schon lange nicht mehr benutzt worden war. Auf den Glasscheiben des Daches hatten sich Moos und Vogeldreck angesammelt, neben dem Eingang lag ein aufgerollter Gartenschlauch.

Mrs. Boscawen öffnete die quietschende Tür und hielt sie für Daphne auf. «Hier würden wir in Zukunft gerne Orchideen züchten, wir lieben Orchideen! Stören Sie sich nicht an den alten Zeitungen, die Freddy schon mal ausgemistet hat. Sie werden am Mittwoch abgeholt.»

Daphne traute ihren Augen nicht. Auf den leeren Metalltischen, die früher bestimmt von Erde und Zuchtpflanzen bedeckt gewesen waren, lagen drei Stapel Zeitungen, nur notdürftig zusammengeschnürt. Daphne trat heran und entdeckte eine besonders vergilbte Zeitung ganz oben auf dem mittleren Stapel – eine zweiundzwanzig Jahre alte Ausgabe der bermudianischen *Royal Gazette*.

Sie hatte Mühe, ihre Aufregung zu verstecken. Auch die Zeitungen darunter schienen *Royal-Gazette*-Ausgaben zu sein, während in den anderen beiden Stapeln nur Exemplare der Londoner *Times* steckten.

Möglichst beiläufig im Ton und unangestrengt im Lächeln murmelte sie: «Bermuda! Das muss spannend zu lesen sein ...»

«Ach, ich weiß nicht», sagte Mrs. Boscawen, während sie einen am Boden liegenden rostigen Stuhl aufstellte. «Finchie war zwar lange dort, aber zu Reichtum ist er nicht gekommen. Im Gegenteil. Es wird schon Gründe haben, warum er uns so wenig über diese Zeit erzählt hat.»

«Wäre es Ihnen recht, wenn ich ein bisschen in den Zeitungen blättere?», fragte Daphne. «Sie müssen sich auch gar nicht aufhalten lassen.»

In diesem Moment klingelte das Handy, das in Heather Boscawens Strickjacke steckte. Sie zog es heraus, erkannte die Nummer und drückte freudig auf den grünen Knopf. Dabei raunte sie Daphne zu: «Der Schafszüchterverband, ich muss wieder fahren. Lassen Sie sich ruhig Zeit.» Wie auf Knopfdruck setzte sie ein begeistertes Gesicht auf und rief ins Telefon: «Welche Freude, lieber Edward!»

Mit schnellen Schritten verließ sie das Gewächshaus und ging zur Einfahrt zurück, wo ihr Wagen parkte.

Daphne stand wie ein beschenktes Kind vor dem *Royal-Gazette*-Stapel. Wie sollte sie jetzt am besten vorgehen? Da sie keine Ahnung hatte, wonach sie eigentlich suchte, bot sich an, die Zeitungen von oben nach unten durchzublättern. Ihre größte Hoffnung war, auf einen Artikel zu stoßen, in dem etwas über den Florence-Bligh-Prozess berichtet wurde.

Eilig zog sie die Schnur vom Zeitungspaket und begann in der warmen Luft des leeren Gewächshauses zu lesen. Es roch noch immer nach Erde und Feuchtigkeit, als hätten längst vertrocknete Blätter und Blüten für immer ihre Seele in der warmen Luft hinterlassen.

Fasziniert tauchte Daphne ein in die eigenwillige Welt der Bermudas.

Wie in allen Zeitungen ging es viel um Wirtschaft und lokale Ereignisse. Während das oberste Blatt vor allem den Commonwealth-Gipfel und zwei Bankenfusionen thematisierte, wurden in den anderen Exemplaren Gombey-Tanzfeste, Atlantikstürme, Kreuzfahrtschiffe, Regatten oder der Hafen der Hauptstadt Hamilton behandelt.

Als Daphne sich bis zur Mitte des Stapels vorgewühlt hatte, fand sie zum ersten Mal eine Erwähnung des Hurrikans, von dem Olivia Keast gesprochen hatte. In der darauffolgenden Ausgabe der Zeitung war von großen Sturmschäden die Rede.

Sie blätterte weiter.

Was sie dann allerdings auf der nächsten Seite sah, war so schockierend, dass sie sekundenlang nicht mehr atmen konnte.

22

«Diese Welt ist nicht geschaffen, um uns zufriedenzustellen.
Das ist kein Grund, sie über uns zusammenbrechen zu lassen.»

P. D. James, *Vorsatz und Begierde*

Foweys Alltag war in vollem Gang. Im Hafen drehten die Ausflugsboote ihre Runden, dazu war ein französisches Kreuzfahrtschiff angekommen. Vor dem *harbour office* ließen sich lachend Touristinnen mit Francis fotografieren. Da er auch heute wieder das weiße Offiziershemd mit den Schulterstücken trug, glaubten sie, einen gutaussehenden, leibhaftigen Kapitän vor sich zu haben. Als er ihnen erklärte, was ein Flussmeister tat, staunten sie nicht schlecht.

Auch nebenan in der Fore Street, Foweys Einkaufsgasse, drängten sich die Franzosen. Besonders viel Zulauf hatten der altmodische Fudge-Laden und die neue Töpferei.

Während Francis den Touristinnen noch ein paar Tipps für Bootsausflüge gab, sah er, wie Detective Sergeant Burns auf dem Parkplatz eilig sein Auto verließ und nach einem Blick auf die Uhr ins Hafenamt hetzte. Er war spät dran heute.

Francis folgte ihm ins Gebäude, gab noch ein paar Unterlagen beim Hafenmeister ab und stieg auf der knarrenden Holztreppe nach oben zum Polizeibüro. Er wusste, dass Burns heute allein war. Chief Inspector Vincent befand sich auf der jährlichen Pressekonferenz zur Kriminalstatistik in St. Austell.

Aus Burns' Zimmer kam nach dem Anklopfen keine Antwort. Als Francis die Tür öffnete, dröhnten ihm die fröhlichen Stimmen der BBC Cornwall entgegen, während der Sergeant unter dem Schreibtisch lag. Ungeduldig hantierte er dort mit einem Schraubenzieher herum.

Francis bückte sich. «Brauchen Sie Hilfe, Sergeant?»

Burns ließ den Schraubenzieher fallen, krabbelte hervor und stellte das Radio aus. «Sorry, aber unser Fax geht nicht mehr. Und DCI Vincent ist der Meinung, es lohnt es sich nicht, ein neues Gerät zu bestellen.»

«Er fährt ja auch in Urlaub», sagte Francis in ironischem Ton. Burns tat ihm leid. Einen so engagierten Mann ließ man nicht im Stich. «Ich organisiere Ihnen ein Gerät von uns.»

«Danke, Sir», sagte Burns erleichtert. «Nehmen Sie doch Platz.»

Francis setzte sich vor das Fenster, durch das Daphne neulich das Gespräch des Chief Inspector mit seinem Commissioner beobachtet hatte. Sergeant Burns bereitete für jeden einen Cappuccino zu, stellte Francis seinen hin und sagte: «Darf ich Sie ganz offen etwas fragen, Mr. Penrose?»

Er nahm einen großen braunen Umschlag vom Schreibtisch seines Chefs und setzte sich. Es war der Umschlag von Bord der *Lady Aubyn*, in dem Florence Bligh die Fotos aus Bermuda und den USB-Stick mit ihrer Gratulation zu Dr. Finchs Geburtstag aufgehoben hatte.

«Ich versuche seit vorgestern, Olivia Keast zu erreichen. Ehrlich gesagt, ist mir egal, ob Sie und Ihre Frau auf dem Schiff in Charlestown gewesen sind oder nicht ... Ich weiß, dass Sie nichts tun würden, das ...» Burns schaute Francis hilfesuchend an. «Wie und wo kann ich mit Mrs. Keast sprechen? Ihre Hilfsorganisation war bisher wenig hilfreich.»

Francis spürte, dass ihn mit dem Sergeant etwas Entscheidendes verband: Er war bereit, Hilfe bei den Ermittlungen anzunehmen. Zudem besaß er ein sensibles, feines Gespür für Menschen und wusste, dass Daphne mit ihrem Netzwerk der Polizei schon einmal geholfen hatte. Auch Daphne war davon überzeugt, dass der sympathische Burns eine erfolgreiche Karriere vor sich hatte.

«Olivia Keast hat sich am Wochenende aus Myanmar bei uns gemeldet», gab Francis offen zu. «Es gibt nur ein Problem, seit heute ist sie für längere Zeit im Busch. Es wird dauern, bis man sie wieder erreichen kann.»

«Wie dumm ...» Burns sah unglücklich aus. «Ich hatte das sichere Gefühl, dass sie ein wichtiger Schlüssel für uns sein könnte ...»

«Ihr Gefühl trügt Sie nicht.»

Wie mit Daphne abgesprochen, schilderte er Burns die wichtigsten Zusammenhänge aus dem Gespräch mit der Krankenschwester. Dabei stellte er vor allem die Rolle von Dr. Adam Collins in den Mittelpunkt. Mit überraschtem Gesichtsausdruck hörte Burns zu, schüttelte immer wieder den Kopf und machte sich eifrig Notizen. Auch ihm schien schnell klarzuwerden, welche kriminelle Dimension dieser tragische Hintergrund haben konnte. Francis dankte dem Himmel, dass er dies alles dem Sergeant schildern durfte statt James Vincent, der ihn ständig unterbrochen hätte.

«Unglaublich», murmelte Burns.

Francis zog einen zusammengefalteten Computerausdruck aus der Hemdtasche und reichte ihn Burns. «Auch diesen Namen hat Olivia Keast uns genannt – Gwendolyn

Collins, die Zwillingsschwester von Dr. Collins. Sie hatte damals seine Todesanzeige unterzeichnet.»

Es war ein *screenshot* der Homepage, die Francis gestern Nachmittag im Internet gefunden hatte. Der Sergeant nahm ihn in die Hand und studierte ihn aufmerksam.

Behutsam setzte Francis zu seiner nächsten Information an. Er hoffte inständig, dass Burns ihm auch jetzt vertrauen würde.

«Es könnte sein, dass sich kürzlich eine Frau mit diesem Namen am Helford River aufgehalten hat», sagte er und zeigte auf seinen Computerausdruck. «Bitte fragen Sie nicht, woher ich das weiß. Ich werde es Ihnen später erklären ...»

Burns blickte von dem Papier auf und schaute Francis nachdenklich an. Das tat er souverän und ohne Voreingenommenheit. Dann lächelte er zustimmend. «Okay. Sehen wir uns die Dame mal an.» Mit dem Computerausdruck in der Hand setzte er sich vor den Laptop auf dem imposanten Schreibtisch. Solange der DCI nicht selbst im Büro war, durfte Burns diesen Platz einnehmen.

Während der Sergeant begann voller Elan auf der Tastatur herumzutippen, blickte Francis sich im Zimmer um. Im Gegensatz zu seinem letzten Besuch hing jetzt eine große Karte von Glendurgan Garden an der Wand. Nach alter Polizeitradition war der Fundort des Toten – der Teich mit den farblich angedeuteten Gunnera-Büschen – durch eine rote Stecknadel markiert. Konnte es sein, dass Chief Inspector Vincent nicht ganz auf der Höhe moderner Computersimulation war?

Nachdem Burns mit jemandem telefoniert und einen Zugangscode abgefragt hatte, tippte er erneut. Sekunden spä-

243

ter schien er gefunden zu haben, wonach er suchte. Er las das Ergebnis laut vor.

«‹Gwendolyn Anna Collins, sechzig Jahre alt, ledig.› Sie hatten recht, den Blumenladen hat sie zum Jahresende aufgegeben. Aber das scheint einen traurigen Grund zu haben …» Er blickte von seinem Bildschirm auf und sah Francis bedauernd an. «Gwendolyn Collins lebt seit Februar in einem Pflegeheim. Im *St. Nazareth Nursing Home.*»

«Tatsächlich?» Francis war enttäuscht. Damit hatte sich diese Spur wohl erledigt.

Burns tippte weiter. Mit gerunzelter Stirn rief er plötzlich: «Mr. Penrose, Sie könnten dennoch recht haben! Offenbar hat bis Dezember eine weitere G. Collins in diesem Blumenladen gearbeitet. Eine Gwyneth Margaret Collins.»

«Lebt sie auch in Greenwich?»

«Davon steht hier nichts. Aber ich sehe etwas anderes. Sie wurde vor einundzwanzig Jahren in Boston geboren. Ein Jahr nach ihrer Geburt bekam ihr britischer Vater in London das alleinige Sorgerecht. Damit wurde auch sie britische Staatsbürgerin.» Francis hielt die Spannung kaum noch aus.

«Wer war dieser Mann?»

Mit ungläubigem Erstaunen antwortete Burns: «Dr. Adam Collins.»

Francis brauchte einen Moment, um sich der Tragweite dieser Information bewusst zu werden. Nicht einmal Olivia Keast hatte gewusst, dass Dr. Collins Vater einer Tochter gewesen war. Dabei machte der Zusammenhang mit Boston durchaus Sinn, Olivia selbst hatte davon gesprochen, dass Dr. Collins in diese Stadt gegangen war, um eine Entziehungskur zu beginnen. In dieser Zeit musste er dort seine Tochter gezeugt haben.

Burns versuchte gerade, über das Internet an weitere Informationen zu gelangen, als plötzlich und ohne Anklopfen die Bürotür aufgerissen wurde und Callum Stockwood seinen Kopf ins Zimmer steckte.

«Sorry, ist Mr. Penrose hier?» Dann entdeckte er Francis und verkündete: «Nur, dass du's weißt, der Außenborder ist hin! Phil nimmt ihn gerade auseinander, aber es sieht nicht gut aus.» Jetzt erst blickte er zu Burns hinüber. «Oh, hallo, Sergeant! Bei uns ist mal wieder die Hölle los.»

Burns tippte unbeirrt weiter. «Schon okay.»

«Ich komme gleich, Callum», sagte Francis. «Warte einen Moment, wir müssen hier noch was klären.»

«Alles klar.»

Francis hatte gemeint, dass Callum draußen warten sollte. Stattdessen nahm er einfach in der Sitzecke Platz, verschränkte die Arme und schaute mit gelangweilt aufgeblasenen Backen aus dem Fenster. Noch bevor Francis reagieren konnte, blickte Sergeant Burns endlich von seinem Bildschirm auf.

«Wenn Sie mal sehen wollen, Mr. Penrose? Wir haben Glück, die junge Lady scheint gerne für ihre Freunde zu posten ...»

Er vergrößerte ein paar Fotos, die unter dem Namen *Greenwich-Gwyneth Collins* auf einer populären Foto-Plattform zu betrachten waren. Überall gab es *hashtags*, die man anklicken konnte. Es ging um Fotos, wie sie viele junge Leute posteten – fröhliche Bestätigungen, dass man eine Menge Spaß im Leben hatte. Zu sehen war eine mädchenhafte junge Frau, die Francis nicht kannte. Sie wirkte so verwandlungsfähig wie die meisten mit Anfang zwanzig – mal Sportlerin, mal *couch potato*, mal waren die Haare länger, mal kürzer.

245

Man sah sie in den unterschiedlichsten Posen, doch die meisten Fotos hatten mit Sport zu tun und waren Selfies: vom Surfen, vom Stand-up-Paddeln, vor der Kulisse wild rauschender Wasserfälle ...

Francis stutzte. Er brauchte nur Sekunden, um zu wissen, wo dieses eine Foto aufgenommen worden war. Die bemoosten Felsen von *Golitha Falls* kannte er besser als jeder andere. Sie lagen an der Quelle des River Fowey im Bodmin Moor. Das einzigartige Naturschauspiel der schäumenden Kaskaden und der knorrigen Eichen am Ufer war eine besondere Attraktion. Der Wasserfall gehörte zu seinen Lieblingsplätzen. Manchmal durchstreifte er das Gebiet stundenlang.

Irritiert erzählte er Sergeant Burns, was er entdeckt hatte. An einem der Felsen im Fluss konnte er sogar die gelbe Markierung sehen, die er selbst dort angebracht hatte.

«Interessant», sagte Burns. «Aber das Mädchen kennen Sie definitiv nicht?»

«Ganz bestimmt nicht», antwortete Francis und klang enttäuscht.

Plötzlich stand Callum Stockwood hinter ihnen. Er war berühmt für seine plumpe Distanzlosigkeit. «Mädchen?», fragte er grinsend. «Ich hör immer nur Mädchen. Zeigt mal.»

Während er sich nach vorne beugte und seine neugierigen Augen über die Fotos auf dem Bildschirm huschten, schauten Francis und Burns sich vielsagend an. Der Sergeant zuckte mit den Schultern, nun war's passiert. Francis versuchte zu retten, was noch an Diskretion zu retten war.

«Hör zu, Callum», begann er. «Sergeant Burns und ich sind gerade dabei ...»

Doch Callum hörte ganz und gar nicht zu. Er trat einen Schritt zurück, zeigte auf den Bildschirm und starrte dabei

Sergeant Burns an. «Hat das mit euren Ermittlungen zu tun?»

«Wir wissen es noch nicht», antwortete Burns. «Kennen Sie die Frau?»

«Oh shit!», fluchte Callum leise und blickte an die Decke. Man musste kein Psychologe sein, um zu sehen, wie er sich innerlich wand. «Wär ich bloß nicht hergekommen ...»

«Na los», ermunterte ihn Francis. «Wer ist das?»

Callum verzog die Mundwinkel. «Ich hab sie neulich am Quay kennengelernt. Wir waren einmal zusammen Stand-up-Paddeln. Danach sollte ich sie nie mehr anrufen.»

So war es offenbar immer, wenn er jemanden datete. Francis ahnte plötzlich, warum er am Freitag im Pub so lange telefoniert hatte. Er zeigte auf den Bildschirm. «Und hatte sie diesen Namen? Gwyneth Margaret?»

Callum schüttelte den Kopf. «Nein», sagte er. «Sie heißt Meg und arbeitet bei Mrs. Ferguson.»

23

«Die Schatten umgaben einen immer,
lauerten im Verborgenen.»

Judith Lennox, *Das Haus in den Wolken*

Daphne saß minutenlang auf dem rostigen Stuhl im Gewächshaus und hoffte, dass sie nicht kollabieren würde.

Immer wieder schaute sie sich mit zitternden Händen das Foto in der *Royal Gazette* an. Hatte sie vielleicht doch etwas Falsches gesehen? Aber es war kein Irrtum.

Auf den Treppenstufen vor dem Eingang des Warwick Hospital hatten sich nebeneinander drei Ärzte in weißen Kitteln aufgebaut. Unter dem Zeitungsfoto stand ein kleiner Text: *Drei Lebensretter aus dem Warwick Hospital – Dr. Beverman, Dr. Finch und Dr. Collins (von links nach rechts).*

Dr. Finch wirkte schon damals freundlich, auch sein Kollege Dr. Beverman versuchte zu lächeln. Nur der Dritte, Dr. Collins, hatte etwas Unglückliches in seinem Blick. Selbst der lässige Dreitagebart und die lockigen schwarzen Haare konnten davon nicht ablenken.

Sie starrte zum hundertsten Mal auf den Mund, die Stirn und die Augen dieses Mannes.

Seine Augen.

Wie auch immer er wirklich hieß: Es war Lewis Russell.

Ohne jeden Zweifel!

Plötzlich hielt sie es nicht mehr aus in der Wärme des Gewächshauses. Sie griff nach der *Royal Gazette* und rannte nach draußen auf die Wiese. Sie hatte ja unbedingt die Wahrheit wissen wollen. Jetzt erschien sie ihr wie eine Zeitbombe, deren Explosion kurz bevorstand.

Wie in Trance stolperte sie über den Farmhof. Das Tor der Remise war wieder fest verschlossen und mit einem Vorhängeschloss versehen. Wie Mrs. Boscawen angekündigt hatte, war sie weggefahren. Über den Zedern segelte ein Bussard. Seine Rufe ließen das Gelände noch verlassener und einsamer erscheinen, als es ohnehin schon war. Von der Landstraße zwischen Farm und Dünen drangen nur gelegentlich Autogeräusche zum Hof, obwohl Mrs. Boscawen das hohe Einfahrtstor für Daphne offen gelassen hatte.

Daphne lief nach vorne zu ihrem Mountainbike, das neben der Haustür des Wohngebäudes an der Wand lehnte. Als Erstes musste sie Sergeant Burns anrufen, ihm vertraute sie am meisten. Sie steckte die Zeitung in die Strandtasche, holte ihr Handy aus dem Seitenfach und wählte Burns' Nummer. Doch sie hatte Pech, im Büro war nur ein junger Polizeianwärter, dem sie auf die Schnelle nicht alles erklären konnte. Er versprach, dass Burns so rasch wie möglich zurückrufen würde. Anschließend versuchte sie es bei Francis. Wie immer, wenn sie es eilig hatte, war seine Nummer besetzt.

Dann sah sie, dass in der Zwischenzeit drei Anrufe angekommen waren. Sie stammten alle von Lewis Russell.

Sie ermahnte sich, zuerst einen Augenblick über alles nachzudenken, bevor sie Francis und die Polizei in Aufregung versetzte. Was wusste sie denn, und was wusste sie nicht?

Sie hatte nicht den geringsten Zweifel, dass es sich bei Lewis Russell tatsächlich um Dr. Collins handelte. Aber wie konnte das sein? Er lebte sein neues Leben ja nicht versteckt, sondern auf offener Bühne, als hätte er nichts zu befürchten.

Noch viel schwerer wog ihr Verdacht, dass Russell die beiden Morde begangen hatte, wie auch immer er es in Glendurgan Garden angestellt hatte. War er der vermummte Mountainbikefahrer gewesen? Die Körpergröße, der kraftvolle Fußtritt – es war durchaus möglich. Andererseits konnte sie sich nicht vorstellen, dass ein so kluger, humorvoller und empathischer Mensch ein solches Doppelleben führte. Vielleicht hatte Dr. Collins nicht nur eine Schwester, sondern auch einen Bruder mit anderem Namen ...

Sie wusste selbst, wie wenig glaubhaft das war.

Plötzlich fiel ihr ein, dass Jenna neulich Freunde erwähnt hatte, die sich nach ihrer Hochzeit einen komplett neuen Namen verpassen wollten. Angeblich gab es ein Gesetz, dass so etwas ermöglichte.

Entschlossen wählte sie die Nummer ihrer Tochter und hatte Glück. Jenna musste sich gerade im Krankenhaus auf ihrer Station befinden, in ihrer Nähe piepte ein Kontrollgerät. Hastig schilderte Daphne ihr die Situation, die Ereignisse auf den Bermudas deutete sie nur an.

Jenna zeigte sich zwar genauso schockiert, im Gegensatz zu Daphne behielt sie aber den kühlen Kopf einer jungen Ärztin. «Ganz ruhig, Ma», sagte sie. «Du fährst jetzt mit dem Rad nach Hause, und ich mache Dad ausfindig. Es ist ja nichts Schlimmes passiert.»

«Nichts Schlimmes? Dieser Mann hatte Grund genug, Florence und Dr. Finch umzubringen!»

«Das kann ich nicht beurteilen», meinte Jenna. «Ich will nur, dass du dich nicht gleich verrückt machst, sondern alles gut durchdenkst.»

«Das will ich ja auch. Aber vorher muss ich wissen, was das für ein Namensgesetz ist, von dem du gesprochen hast. Gilt das nur im Fall von Hochzeiten?»

«Nein, für jeden.» Jenna schien sich auszukennen. «Es ist ein *deed poll*, eine Privaturkunde, mit der man auf den Ämtern erklärt, dass man seinen Namen ändern will. Du kannst alles ändern – deine Vornamen, deinen Nachnamen. Manche geben sich sogar Phantasienamen, die akzeptiert werden. Man braucht nicht mal einen Anwalt dafür.»

«Aber dann ist das doch nichts Offizielles!» Daphne konnte sich nicht vorstellen, wie das funktionieren sollte. «Der alte Name steht doch sicher noch im Pass ...»

«Steht er nicht. Auf deinen Wunsch werden alle Dokumente – vom Führerschein bis zum Reisepass – geändert. Den *deed of change of name* gibt es schon seit über hundert Jahren. Dein Dr. Collins hätte also nichts Illegales getan, wenn er sich in Lewis Russell umbenannt hätte.»

«Ich verstehe ...», sagte Daphne irritiert. «Aber seine Schwester hat damals eine Todesanzeige aufgegeben ...»

«Na und? Auch das ist nicht verboten!» Jenna besaß die Unkompliziertheit einer Sechsundzwanzigjährigen. «Fahr jetzt bitte endlich zurück! Und ich gebe Dad Bescheid. Okay?»

«Danke, Jenna. Du hast mir sehr geholfen.»

Daphne ließ das Handy wieder in der Tasche am Lenkrad verschwinden. Ihr Kopf dröhnte. Auch wenn Jenna recht hatte und es vernünftiger wäre, sofort nach Hause zu fahren, hatte sie das starke Bedürfnis, vorher kurz durch die Dünen zu laufen. Sie begannen auf der anderen Straßenseite und zogen sich bis zum Par Sands Beach hinunter. Zwischen den sanften, grasbewachsenen Hügeln verlief ein Sandpfad, der als Wanderweg markiert war.

Mit dem Gefühl, endlich wieder sie selbst zu sein, ließ sie ihr Rad an der Hauswand stehen, ging durch die offene Einfahrt nach draußen und überquerte die Landstraße.

Neben einem alten Gemarkungsstein begann der Dünenpfad. Schon nach wenigen Metern gab es einen Abzweig zur hölzernen Plattform auf der ersten Düne. Während sie die Stufen hochstieg, genoss sie den Wind vom Meer und den salzigen Duft des Strandhafers und der Disteln im Sand. Als sie endlich oben auf der Plattform stand und brütende Möwen in den Dünentälern beobachtete, beruhigten sich ihre Nerven wieder.

Aber nicht lange.

Als sie sich umdrehte und zur Farm blickte, entdeckte sie, wie ein großer grauer Wagen auf den Hof fuhr und unter den Bäumen parkte. Jemand stieg aus. Weil er durch Äste verdeckt war, konnte Daphne ihn zuerst nicht sehen, aber dann erkannte sie seine Art zu gehen.

Lewis Russell!

Erschrocken blieb sie auf dem Hügel stehen. Warum tauchte er ausgerechnet jetzt hier auf? Wer hatte ihm gesagt, dass sie hier war?

Dann fiel es ihr ein. Sie hatte Meg erzählt, dass sie hierherfahren wollte. Meg musste es an Russell weitergegeben haben. Falls er wirklich etwas mit den Morden zu tun hatte, musste die Erwähnung von Dr. Finchs Anwesen sofort Alarm in ihm ausgelöst haben.

Daphne sah, wie er telefonierend unter den Bäumen her-

vorkam. Er trug ein sandfarbenes Sakko und ein schwarzes
Hemd darunter. Fast schlendernd ging er über den Vorplatz
des Farmhauses und schien dabei eine Menge zu reden. Leider war er zu weit entfernt, sodass sie seine Lippen nicht erkennen konnte. Plötzlich schoss ihr der Gedanke durch den
Kopf, dass sie ihn vielleicht völlig zu Unrecht verdächtigte,
dass er seine damaligen Fehler bitter bereute und sie gerade
dabei war, ihm sein neues Leben zu zerstören.

Durfte sie das?

Russell war an ihrem Mountainbike angekommen. Während er immer noch telefonierte, spähte er neugierig in die
gelbe Strandtasche, zog die alte Zeitung heraus – und schien
für einen Moment zu erstarren.

Plötzlich kam Leben in ihn. Er beendete abrupt das Telefonat, steckte sein Handy ein und blätterte mit schnellen
Bewegungen die *Royal Gazette* durch. Daphne sah, wie er
stutzte. Hatte er die Seite mit seinem Foto entdeckt? Sie
beobachtete, wie er hastig die Zeitung in die Strandtasche
zurückstopfte und sich suchend umblickte. Er rannte zur
Hausecke.

Russell suchte sie!

Als er zu den Dünen blickte, entdeckte er sie. Mit beiden
Armen heftig winkend, gab er ihr Zeichen, auf ihn zu warten. Daphne war irritiert. Es sah so aus, als wollte er mit ihr
reden und ihr alles erklären ... Als sie nicht sofort reagierte,
rannte er mit fliegendem Sakko los.

Sie stolperte die Plattformtreppe herab und schwenkte
wieder auf den Sandpfad ein. Ihr Herz schlug so schnell, dass
sie befürchtete, ohnmächtig zu werden. Jetzt musste sie sich
entscheiden. Sollte sie tiefer in die Dünen hineinlaufen, um
sich dort zu verstecken, oder wirklich mit ihm reden?

Sie hörte ihn rufen: «Bitte warten Sie! Es gibt eine einfache Erklärung! Geben Sie mir die Chance!»

Daphne war ganz durcheinander. Dass ausgerechnet er, mit seiner Vergangenheit, sich in der Nähe von Florence und Dr. Finch aufgehalten hatte, machte ihn zweifellos verdächtig. Andererseits musste sie immer wieder an Jennas Worte denken, dass Russell mit seiner Namensänderung nichts Illegales getan hatte. Er war ein angesehener Mann, wie kam sie dazu, über ihn zu urteilen, bevor sie nicht die Hintergründe kannte?

Sie ging das kurze Stück Sandweg bis zur Landstraße zurück. Damit blieb sie wenigstens in der Nähe der Straße. Auf der anderen Seite des Asphalts sah sie Russell kommen. Sein bärtiges Gesicht war blass, aber er sah erleichtert aus.

«Danke!», rief er ihr entgegen. «Es tut mir leid, dass Sie es so erfahren mussten.»

Laut knatternd näherte sich ein Traktor mit vergittertem Anhänger, auf dem eine Kuh stand. Genau wie Daphne musste auch Russell am Straßenrand warten. Das Tier auf der Ladefläche glotzte Daphne an, als würde es sich wundern, dass es Menschen in freier Wildbahn gab.

Unsicher überlegte sie, welche Fragen sie jetzt stellen wollte. Am besten sollte er ihr zuerst erklären, wie sein Verhältnis zu Florence und zu Dr. Finch gewesen war.

Als der Traktor vorbeifuhr, schlingerte sein Anhänger leicht. Daphne blieb nichts anderes übrig, als stehen zu bleiben, bis das Gespann mit der Kuh ganz an ihr vorbeigezogen war und ihr nicht mehr die Sicht nahm.

Als sie nur noch die Schlusslichter des Anhängers sah und wieder zur anderen Straßenseite blickte, war Lewis Russell verschwunden.

War er etwa auf den Wagen gesprungen und geflohen? Aber er wollte doch reden!

Dann entdeckte sie zehn Meter weiter etwas Helles im struppigen Gras. Sie rannte über die Straße. Russell lag neben einem Leitpfosten, mit dem Gesicht zum Boden. Sein rechter Ärmel war aufgerissen und blutig. Es sah ganz so aus, als wenn er damit am Traktor hängengeblieben und ein Stück mitgerissen worden war. Sein Kopf schien nicht verletzt zu sein, nur eine Wunde am Arm blutete. Vorsichtig drehte sie ihn auf den Rücken. Langsam öffnete Russell die Augen und blickte Daphne irritiert an. Plötzlich hatte sie keine Angst mehr vor ihm.

Wie sich die Bilder gleichen, dachte sie bitter, genau so habe ich neulich im Gras gelegen und nicht mehr gewusst, wo ich bin.

«Geben Sie mir Ihre Hand», sagte sie. «Tut Ihnen irgendwas weh?»

Russell schüttelte den Kopf. Er wirkte wie jemand, der einen nicht erkannte. An seinen Fingern klebten Erde und Gras, auch in seinem Bart hing Gras. Jetzt erst bemerkte sie, dass er auch auf der Stirn unter den lockigen graumelierten Haaren eine tropfende Wunde hatte. Sie half ihm auf die Beine und führte ihn ein Stück von der Straße weg. Mit angeekeltem Blick betrachtete er seinen zerrissenen Ärmel und das Blut daran, sagte aber nichts. Hinter ihnen fuhr eine Radfahrerin vorbei.

Daphne beschloss, Russell auf das Gelände der Farm zu bringen, wo er sich einen Moment ausruhen konnte. Danach wollte sie so schnell wie möglich nach Fowey zurückfahren und Francis sehen, um mit ihm zu besprechen, was jetzt zu tun war.

Plötzlich spürte sie einen Windhauch hinter sich, instinktiv blickte sie sich um. Dicht hinter ihr stand die Radfahrerin und hielt ihr Mountainbike fest. Sie trug Jeans und eine dunkle Windjacke. Der Fahrradhelm auf dem Kopf reichte ihr bis tief über die Stirn. Mit einem Ruck riss sie sich den Helm vom Kopf.

Es war Meg.

Sie schaute an Daphne vorbei zu Lewis Russell. «Alles okay, Dad?»

«Nichts passiert», antwortete er, während er ein Taschentuch auf die blutende Armwunde drückte. «Ich hatte erst Sorge, dass sie wegläuft, aber ...» Er brach ab. «Gepackt habe ich schon. Ich hole nur noch was in St. Austell ab und fahre dann los.»

Daphne hatte das Gefühl, den Verstand zu verlieren. Was machte Meg hier, und warum hatte sie Russell Dad genannt?

«Was ... was soll das alles?», stotterte sie. Verwirrt wendete sie sich Lewis Russell zu. Er hielt sich an Megs Fahrrad fest, schien sonst aber wieder gerade auf seinen Beinen zu stehen. «Bitte erklären Sie es mir ...»

Russell blickte sie aus Augen an, die anders waren als vorher, trauriger, kälter. Die Schürfwunde auf der Stirn blutete immer noch, er schien es gar nicht zu merken. Mit erschöpfter Stimme sagte er: «Sie wollten die Klopfzeichen doch hören. Es ist wie im schottischen Stück.» Er zeigte ihr seine Hände und zitierte Shakespeares Macbeth. *«Ich bin entsetzt, denk ich, was ich getan. Es wieder schauen – ich wag es nicht!»*

Es war aus der Szene nach Macbeths blutigem Mord an König Duncan. Voller Panik erkannte Daphne, dass er sie vorhin nur hingehalten hatte, bis Meg da war. Einmal mehr hatte er sich mit Worten getarnt.

«Du solltest jetzt fahren, Dad», sagte Meg liebevoll. «Ich möchte, dass du endlich von hier wegkommst.»

Entsetzt sah Daphne, wie sie ein dunkles Smartphone aus ihrer Windjacke zog, es aufklappte und eine Pistole daraus machte. Dann hielt sie Daphne die Waffe vor die Brust.

«Holen Sie Ihr Mountainbike, Mrs. Penrose. Wir machen einen kurzen Ausflug.»

Als wollte er das alles nicht sehen, drehte Russell sich um und verschwand mit schweren Schritten Richtung Auto.

24

«Ich hatte gerade etwas Demütigendes, Schreckliches,
Unwirkliches erlebt, etwas, das ich auch jetzt noch nicht
verstand, an das ich mich auch nicht mehr erinnern wollte.»

Daphne du Maurier, *Rebecca*

D er Anruf seiner Tochter versetzte Francis in größte
Sorge.

Laut Jenna hatte Daphne am Telefon sehr aufgeregt und
irritiert geklungen. Sicher stimmte, was Jenna ihr erklärt
hatte, doch zusammen mit der Tatsache, dass Dr. Collins
alias Lewis Russell eine Tochter hatte, die ganz zufällig in
Fowey lebte, war Daphnes Entdeckung reines Dynamit.
Francis versuchte mehrmals, Daphne anzurufen, aber jedes
Mal hieß es, sie sei derzeit nicht erreichbar.

Er ging nach oben zum Polizeibüro, um Sergeant Burns zu
informieren. Statt Burns hielt jedoch nur ein junger, picke-
liger Polizeianwärter die Stellung. Erst vor fünf Minuten hatte sich der Sergeant von einem Streifenwagen zu Linda Fergusons Pension bringen lassen, um dort Gwyneth Margaret
Collins zu vernehmen, die wie so viele englische Margarets
nur Meg genannt wurde.

Francis beschrieb dem jungen Polizisten, warum es ging.
Er sollte Burns so schnell wie möglich kontaktieren und ihm
die Situation erklären.

Mit roten Ohren griff der Polizeianwärter zum Telefon.

Nach kurzem Überlegen beschloss Francis, selbst nach Par zu fahren. Es passierte selten, dass Daphne nicht weiterwusste. Wenn sie ihre Hilflosigkeit allerdings so offen wie vorhin bei Jenna zeigte, läuteten in der Familie sämtliche Alarmglocken.

Nachdem er mit dem Pick-up vom Parkplatz gefahren war, nahm er hinter der Kirche die steile Straße nach Embly Hall, um von dort auf die Dünenstraße einzubiegen. Es war die Strecke, die Daphne wählen würde, wenn sie mit dem Rad aus Par zurückkäme.

Aber sie kam nicht. Das einzige Fahrzeug, das ihm kurz hinter Fowey begegnete, war ein Traktor mit einer Kuh auf dem Anhänger.

Er war erst zweimal auf der Finch-Farm gewesen, einmal als Gast auf Dr. Finchs Sommerfest, ein weiteres Mal, weil er dort mit Dr. Finch das medizinische Gutachten über einen ertrunkenen Segler besprechen musste. Francis erinnerte sich daran, dass die Farm sehr weitläufig gewesen war. Da das Gelände jetzt Mrs. Boscawen gehörte und Daphne sich mit ihr treffen wollte, konnte es gut sein, dass die beiden Frauen noch immer irgendwo unter einer Zeder standen und beim Gespräch die Zeit vergessen hatten. Er wusste selbst, wie schwer es sein konnte, Heather Boscawen wieder loszuwerden, wenn sie einmal in Fahrt war.

Was ihn irritierte, war die Sache mit ihrem Handy. Das Netz in Par war besonders gut, weil sich hinter dem Strand eine wichtige Station der Telefongesellschaft befand. Noch vor zwanzig Minuten hatte Daphne versucht, ihn zu erreichen. Warum klappte es jetzt nicht mehr?

Er war auf der Farm angekommen.

Während er über den Kies der Einfahrt auf den Vorplatz

rollte, hielt er nach Daphne und dem Mountainbike Ausschau. Von beiden war nichts zu sehen. Er stieg aus und blickte auf den Hof hinter dem Farmhaus. Ganz früher hatte es hier Pferdetränken gegeben, jetzt wirkte das Gelände mit der verschlossenen Remise wie tot. Nur die Zedern standen so prachtvoll da wie immer. Es tat weh zu sehen, wie schnell ein so schönes Anwesen in tiefen Schlaf verfallen konnte.

Nachdenklich kehrte er zur Einfahrt zurück. Vermutlich hatte Daphne die Farm längst wieder verlassen. Vielleicht war sie in den Dünen, manchmal wanderten sie beide dort. Auch unten am Par Sands Beach gab es eine geschützte Stelle, an der sie gerne saß und aufs Meer schaute.

Als er durch die weit geöffnete Einfahrt auf die Dünen zuging, entdeckte er eine dunkle, getropfte Spur auf den Kieselsteinen. Sie kam von der Landstraße und führte zu den Bäumen am Haus. Mit dunkler Vorahnung ging er in die Hocke und befühlte einen der Tropfen. Das Blut war noch feucht.

Entsetzt richtete er sich auf. War Daphne etwas Schlimmes zugestoßen? War sie mit dem Mountainbike gestürzt und lag jetzt verletzt auf einer der Wiesen? Hinter den Bäumen an der Parkbucht gab es ein Gebüsch, direkt dort begann eine Brachwiese.

Er ging um seinen Pick-up herum und schob die Zweige auseinander.

Im Schutz der Büsche lehnte ein schwarzes Mountainbike an einem Holzpfahl. Da sein eigenes Rad silberglänzend war, musste es jemand anderem gehören. Erst als er davorstand, merkte er, dass es sich um ein Klapprad der Marke XByrd handelte. An den sauberen Rädern und dem unbefleckten Gestell konnte er erkennen, dass es nagelneu sein musste.

Am Lenker baumelte ein Helm. Warum war das Rad hier versteckt?

Schlagartig fiel ihm ein, was William Stockwood über seinen letzten Verkauf nach Fowey erzählt hatte.

Der Gedanke, dass Daphne in Gefahr sein könnte, machte Francis verrückt. Er verfluchte den Tag, an dem er darauf verzichtet hatte, sie von ihren eigenwilligen Mordermittlungen abzubringen. Fieberhaft überlegte er, was jetzt zu tun war. In seiner Angst um sie durfte er keine falsche Entscheidung treffen. Sein erster Impuls war, sofort bei der Polizei anzurufen und um Hilfe zu bitten. Doch dann fiel ihm ein, dass es etwas gab, das er vorher selbst unternehmen konnte, um Daphne zu finden.

Wozu hatte er einen GPS-Tracker?

In Gedanken fiel er vor dem geschäftstüchtigen William Stockwood auf die Knie. Aufgeregt zog er sein Smartphone aus der Tasche und rief die App von XByrd auf. Jetzt bewährte sich, dass er kein allzu billiges Rad gekauft hatte.

Erleichtert stellte er fest, dass die GPS-Funktion überraschend schnell einzustellen war. Es klickte zweimal, dann erschien auf dem Display die detaillierte Landkarte von Cornwall. Sekunden später verengte sich die Karte auf Cornwalls Südküste und hatte schließlich das Dorf Par im Fokus. In der Luftaufnahme der Dünenlandschaft erschien ein roter, heftig blinkender Kreis.

Sein Mountainbike.

Wenn das Rad nicht gestohlen worden war, hatte er Daphne gefunden.

Laut GPS hielt sie sich auf dem Gelände der Dünenkapelle St. Perran auf, nur fünfhundert Meter von ihm entfernt. Es war kaum anzunehmen, dass sie freiwillig zu diesem versunkenen Ort gefahren war. Seit ihrer Kindheit fürchtete sie sich vor Treibsand und Wanderdünen. Warum hätte sie ausgerechnet dorthin fahren sollen?

St. Perran stand neben den Dünen auf frühchristlichen Grundmauern, eine kleine graue Kapelle mit spitzem Turm. Früher hatte man dort die Kinder der Fischer getauft und auf dem Friedhof daneben die Seeleute begraben. Heute war St. Perran nur noch ein Relikt, das von der Kirchengemeinde als historisches Denkmal erhalten wurde. Vor siebzig Jahren hatte man das Kirchengebäude und den Friedhof aufgeben müssen. Wie eine Krake war die Düne damals über die Anlage hinweggewandert und hatte sich bis zur Landstraße ausgedehnt. Noch immer breitete sich die graue, mit Gras bewachsene Sandschicht wie eine feste Decke über die Steine des Friedhofs. Selbst die quadratische kleine Kapelle schaute nur noch zu zwei Dritteln aus dem Sand. Ihre dicken Türen waren fest verschlossen und wurden nur freigeschaufelt, wenn der Kurator vom Denkmalsamt neue Erhaltungsmaßnahmen angeordnet hatte.

Auch wenn die Düne längst weitergezogen war, hatte man den Friedhof zur Erinnerung an die damalige Katastrophe so gelassen, wie er war. Heute war er ringförmig von einem Kiefernwald umgeben. Obwohl inzwischen viele Jahrzehnte vergangen waren, mieden die Leute aus Par diesen Ort noch immer.

Francis rannte los. Der Friedhof lag auf der anderen Seite der Landstraße, ein Stück entfernt von den heutigen Dünen. Nachdem er die Straße überquert hatte, entdeckte er einen Trampelpfad, der durch die Dünentäler zum Friedhof führte.

Während des Laufens rief er bei Sergeant Burns an. Ent-

262

setzt hörte Burns ihm zu. Was Francis ihm in hastigen Worten schilderte, passte wie ein Schlüssel ins Schloss zu dem, was er selbst gerade erlebt hatte. Lewis Russell war aus Lindas Pension verschwunden – und Meg hatte sich bei Linda abgemeldet, um eine Tour mit ihrem Fahrrad zu unternehmen. Gerade war die Fahndung nach den beiden rausgegangen.

Als Francis sagte, wo er war und dass er möglicherweise Megs Mountainbike gefunden hatte, hörte er, wie Burns von seinem rollenden Schreibtischstuhl aufsprang.

«Wir sind gleich da! Ich fordere noch einen Wagen aus St. Austell an. Gehen Sie nicht allein auf den Friedhof!»

Francis wusste, dass er sich nicht daran halten würde, falls Daphne wirklich in Gefahr war …

In diesem Moment erreichte er das Gelände von St. Perran. Der Gürtel des lichten Kiefernwaldes mit seinem weichen Boden erstreckte sich etwa fünfzig Meter weit bis zur Friedhofsmauer. Vereinzelt wuchsen hohe Büsche neben den Bäumen, die es Francis erleichterten, sich unentdeckt dem Friedhof zu nähern.

Unruhig blickte er auf sein stummgeschaltetes Smartphone. Das Mountainbike konnte nur noch wenige Meter von ihm entfernt sein.

Während er zum nächsten schützenden Busch schlich, entdeckte er etwas Silbernes auf dem Waldboden. Daphnes Handy! Er hob es auf und untersuchte es. Das kleine Schubfach für den Chip war geöffnet und leer. Kein Wunder, dass er sie nicht erreichen konnte.

Plötzlich hörte er Stimmen. Geduckt wagte er sich vor bis an die zerbröckelnde Mauer. Sie reichte ihm bis zur Schulter und umrahmte den alten Friedhof rechteckig. Das Gelände war klein, nicht größer als ein Schulhof. An der gegen-

263

überliegenden Kopfseite stand die versunkene Kapelle, dort endete auch die Zufahrt von der Landstraße. Über den grauen Steinquadern der Kirche erhob sich ein Schieferdach, wie es in der Gegend üblich war. Nur wenige Meter von Francis entfernt stand ein gemauerter Brunnen. Der Rest des Geländes war nichts als verwehter Sand und Gras, unter denen die verwitterten Kanten uralter Grabsteine hervorschauten.

Vorsichtig hob er den Kopf. Da er zwischen den Ästen einer Kiefer stand, blieb er verdeckt. Zu sehen war niemand, aber die Stimmen kamen näher.

Dann endlich sah er Daphne. Sie kam vor der Kapelle zum Vorschein. Francis war, als würde ihm das Herz stehen bleiben.

Ihr blasses Gesicht und ihr zögernder Gang verrieten, wie viel Angst sie hatte. Während sie das schwere Mountainbike mit der gelben Tasche am Lenker durch den Sand schob, folgte ihr in einigem Abstand eine junge Frau. Meg Collins! Er erkannte sie von den Internetfotos wieder. Sie hielt eine Pistole in der ausgestreckten Hand und richtete sie auf Daphnes Rücken.

In seiner ersten Wut war Francis fest entschlossen, sich mit einem Stock zu bewaffnen und bis zu Meg vorzudringen, aber er wusste selbst, wie unsinnig das war. Er durfte Daphne unter keinen Umständen in Gefahr bringen.

Lautlos schlich er in den hinteren Teil des Wäldchens zurück, um von dort noch einmal flüsternd den Sergeant anzurufen. Es kam auf jede Sekunde an.

Er spürte, wie vor Aufregung seine Stimme zu versagen drohte. Dennoch schaffte er es, Burns eine genaue Beschreibung des Friedhofs und der Situation zu geben. Der Sergeant sagte ihm, dass auch Chief Inspector Vincent von St. Austell aus auf dem Weg war.

«Versprechen Sie mir, dass Sie lautlos sein werden», flehte Francis. «Ich weiß nicht, was Meg Collins vorhat, aber es muss einen Grund geben, warum sie mit Daphne auf den Friedhof gekommen ist.»

«Ich verspreche es, aber bitte: Lassen Sie sich zu nichts hinreißen!»

Francis stellte sein Handy aus. Während er zur Mauer zurückschlich, bekam er plötzlich Angst, dass unter seinen Füßen ein Ast knacken könnte, doch zu seiner Erleichterung schaffte er es geräuschlos.

Wieder hob er im Schutz der Kiefer seinen Kopf über den Mauerrand. Er musste aufpassen, dass er dabei nicht an die kleine Pyramide aus runden Steinen stieß, die vor der Mauer lag. Vielleicht hatten Kinder sie aufgeschichtet.

Daphne und Meg standen inzwischen vor dem großen Friedhofsbrunnen, nicht mehr als zehn Meter von Francis entfernt. Während Meg mit der Pistole herumwedelte, lehnte Daphne das Mountainbike an die Brunnenmauer. Francis konnte jedes Wort hören, das sie sprachen.

«Warum ausgerechnet hier?», fragte Daphne leise.

Meg deutete auf den Brunnen. Obwohl ihr Haar kurz geschnitten war, schob sie die hellen Fransen nervös aus der Stirn. «Ich will nicht, dass man Sie irgendwo findet. Wissen Sie, wie tief der Brunnen ist? Zwölf Meter. Ich hab ihn selbst erst neulich entdeckt.»

Instinktiv wich Daphne einen Schritt zurück.

«Bleiben Sie stehen!»

Meg trat an den Rand des Brunnens, schaute hinein und rüttelte mit ihrer freien Hand an dem Eisengitter, das auf der

265

Öffnung lag. Für Sekunden wandte sie Francis den Rücken zu. Er nutzte die Gelegenheit, erhob blitzschnell seinen ganzen Kopf über die Mauer und gab Daphne ein Zeichen, dass er da war.

Sie sah ihn nicht.

Stattdessen beobachtete sie jede Bewegung von Meg. Francis spürte, wie die nackte Angst Daphne erfasste. Verzweifelt steckte er seine Hand durch die Äste und winkte. Es war riskant, aber er musste es wagen.

Endlich nahm sie ihn wahr!

Er konnte die Erleichterung in ihren Augen sehen.

Im selben Moment trat Meg wieder vom Brunnen zurück und befahl: «Nehmen Sie das Gitter vom Brunnen. Es ist locker.»

Daphne gehorchte. Francis war entsetzt, wie eiskalt die junge Frau wirkte. Ungerührt sah sie zu, wie Daphne das schwere Gitter löste und aus der Halterung hob.

Meg trat zurück. «Werfen Sie es hinter sich.»

Erst dachte Francis, das Gitter hätte ein so großes Gewicht, dass Daphne ihren Halt verlieren würde, dann begriff er, was sie vorhatte. Sie schleuderte das Eisengitter hinter sich ins Gras. Dabei schwankte sie so heftig, dass sie erst nach drei Seitwärtsschritten wieder zum Stehen kam.

Ein genialer Einfall, denn jetzt stand sie Francis genau gegenüber. Automatisch veränderte auch Meg Collins ihre Position und wandte ihm dauerhaft den Rücken zu.

Er wusste, was er nun zu tun hatte.

Stumm bewegte er seine Lippen, damit Daphne ablesen konnte, was er ihr sagen wollte. Er war sicher, dass sie ihn verstand. *«Die Polizei wird gleich hier sein. Rede mit ihr. Halte sie auf.»*

Daphne war klug genug, keine Reaktion zu zeigen. Ihr unbeweglicher Blick galt scheinbar nur Meg. Dennoch sah Francis ihr an, wie ihr Gehirn arbeitete, während sie versuchte, ein Gespräch in Gang zu bringen.

«Sie wollen mich dafür bestrafen, dass ich weiß, wer Ihr Vater in Wirklichkeit ist», sagte Daphne. «Aber es ist doch völlig legal, seinen Namen zu ändern.»

Meg lachte. «Tun Sie nicht so naiv. Dad hat die ganze Zeit geahnt, dass Sie es herausfinden werden. Es war ein Wunder, dass Sie ihn nicht schon erkannten, als er auf dem Mountainbike saß.»

Daphne schwieg betroffen. Damit hatte Meg zugegeben, dass es Lewis Russell gewesen war, der Florence Bligh erschossen hatte.

Plötzlich begriff Francis, was Daphne so schockierte. Wenn Russell Megs Vater war, hatten sie die Morde zusammen begangen. Tatsächlich gab es nur eine Tatwaffe, aber zwei Mörder. Während Russell nachmittags auf Sir Trevors Sommerempfang gegangen war, hatte Meg sich das Kajak geliehen und Dr. Finch erschossen. Vielleicht war sie es auch gewesen, die später das Treibnetz an die Badestelle gehängt hatte, nachdem sie erkannt hatte, dass Daphne ihrem Vater auf der Spur war.

«*Frag sie, warum Russell Florence getötet hat*», formte er mit den Lippen. «*Vielleicht sagt sie es dir ...*»

Daphne stellte die Frage, tastend, vorsichtig.

Meg blickte einen Moment in den Himmel, schaute dann wieder Daphne an und antwortete mit veränderter Stimme: «Dad ist vor seiner Lesung noch spazieren gegangen, das macht er immer. Plötzlich kam ihm Florence Bligh entgegen, mitten im Wald. Er hatte ja keine Ahnung, dass sie und Dr. Finch in Fowey lebten. Nach einer Sekunde hatte sie ihn erkannt. Dad wollte sie beruhigen und erklärte ihr alles, auch dass er jetzt nicht mehr als Arzt arbeitete, sondern an der Uni. Aber sie hat ihm nicht mal richtig zugehört, sondern wurde gleich hysterisch.»

«Es muss ein furchtbarer Schock für sie gewesen sein ...»

Megs Stimme wurde bitter. «Sie drohte, Dad an der Uni und bei Dr. Finch auffliegen zu lassen. Dabei sollte er im nächsten Jahr endlich Professor werden. Da ist Dad durchgedreht. Er rannte zum Auto, zog sich um und holte das Mountainbike raus. Es war mein Rad, er hatte es mir extra aus London mitgebracht. Auch die Pistole hatte er im Auto. Seit er mal in Leeds ausgeraubt wurde, fährt er nie mehr ohne ...» Sie brach ab. «Er hat geweint, als er in Mrs. Fergusons Pension kam. Es war das erste Mal, dass ich ihn weinen gesehen habe ...» Als sie weitersprach, klang sie so hart wie vorher. «Hätte er zusehen sollen, wie diese blöde Kuh ihm zum zweiten Mal sein Leben kaputt macht?»

«Also war auch Dr. Finch eine Gefahr», sagte Daphne leise.

«Natürlich!» Meg trat mit ihren Sneakers nach einem grauen Stein, der neben ihr im Sand lag. «Was hätten wir denn sonst machen sollen? Florence Bligh hat verraten, dass Dr. Finch auf der Lesung sein würde. Dad brauchte ein Alibi, und von mir wusste ja niemand. Als Finch ihn oben bei den Zelten wiedererkannte, bat Dad ihn, in einer halben Stunde allein an den Teich zu kommen.»

«Ihr gelbes Kajak ...»

Im selben Augenblick wie Daphne begriff auch Francis den Zusammenhang. Meg reagierte hörbar überrascht. «Das wissen Sie auch?» Plötzlich schien ihr klarzuwerden, wie viel Zeit sie hier verschwendete. Sie deutete auf das Mountainbike. «Los, nehmen Sie das Rad, und werfen Sie es in den Brunnen! Ich will, dass es verschwindet.»

Francis erkannte pures Entsetzen in Daphnes Blick.

«*Tu es*», flüsterte er in ihre Richtung. «*Danach stell dich wieder so hin wie jetzt.*»

Meg wirkt nicht wie eine professionelle Killerin, dachte er. Wahrscheinlich hatte sie den Mord an Dr. Finch nur begangen, weil sie ihren Vater nicht verlieren wollte. Inständig hoffte er, dass es ihr schwerfallen würde, eine Unbeteiligte wie Daphne zu töten ... Er wusste, dass er sich gleichzeitig selbst Mut machte. Wo blieben bloß Burns und der DCI?

Scheinbar widerspruchslos ging Daphne zum Rad, stellte die gelbe Tasche auf den Boden, ergriff das Mountainbike an Rahmen und Vorderrad und hievte es auf den Brunnenrand. Sie musste zweimal ansetzen, bis es klappte.

Meg reagierte ungeduldig. «Gehen Sie zurück. Ich mach das!»

Mit drohend angehobener Pistole trat sie an den Brunnenrand, warf erst die Tasche hinein und gab danach dem Mountainbike einen wütenden Tritt. Mit metallischem Klappern verschwand es in die Tiefe. Francis konnte sehen, wie Daphne entsetzt die endlos vielen Sekunden zählte, die es dauerte, bis das Rad platschend unten ankam.

Er hätte weinen können, als er sie so verloren im Sand stehen sah. Auch wenn sie tapfer erscheinen wollte, konnte sie ihre Todesangst nicht verbergen.

Plötzlich raschelte es leise neben ihm. Als er zur Seite blickte, entdeckte er Detective Inspector Vincent, der in einiger Entfernung geduckt an der Mauer stand und ihm ein Zeichen gab. Er musste direkt von seiner Pressekonferenz gekommen sein, denn er trug noch einen hellblauen Blazer und Krawatte. Mit kreisender Handbewegung deutete er an, dass seine Polizisten das Gelände umstellt hatten.

Francis signalisierte ihm, dass er mit Daphne in Blickkontakt stand, aber James Vincent schien ihn nicht zu verstehen. Stattdessen zog er seine Pistole und schlich an der Mauer entlang.

Erneut hörte Francis Megs scharfe Stimme. «Gehen Sie wieder zum Brunnen. Na los!»

Daphne tat es nicht, stattdessen stellte sie eine weitere Frage. «Sie sind noch jung, Meg. Und Sie sind nicht so kaltblütig, wie Sie jetzt tun. Es ist schlimm genug, dass Ihr Vater sein Leben zum zweiten Mal zerstört. Aber Sie – warum tun Sie das?»

Meg schien innezuhalten, Francis konnte es an ihrem bewegungslosen Rücken sehen. Drangen Daphnes Worte zu ihr durch? Doch dann schien ein Ruck durch ihren Körper zu gehen – und Francis erschrak angesichts des schrillen Klangs ihrer Stimme. Sie hörte sich auf einmal an wie ein enttäuschtes pubertäres Mädchen. Unter den kurzen Haaren am Hinterkopf kam ein schmales Hälschen zum Vorschein.

«Weil ich nur ihn habe», stieß Meg hervor. «Was wissen Sie davon, wie es ist, wenn man ohne Mutter bei einer verrückten, egoistischen Tante aufwachsen muss? Und wenn der Vater nicht zu sagen wagt, dass man seine Tochter ist? Wir haben immer alle glauben lassen, dass Tante Gwen meine Mutter ist, weil Dad Angst hatte, dass der Name Collins jemanden auf die Spur zu seinen Jahren auf Bermuda führt. Er war ja die meiste Zeit an der Uni. Erst hat er sein zweites Studium durchgezogen und dann wie ein Besessener seine Bücher geschrieben ... Er war so fleißig ...»

270

«Lebt Ihre Mutter noch?» Daphnes Stimme klang leise und voller Mitleid.

«Nein, sie hat sich totgetrunken. In Boston, nach meiner Geburt ...» – Meg zielte mit der Pistole auf Daphnes Kopf – «... unsere Unterhaltung ist hiermit beendet. An den Brunnenrand, Mrs. Penrose!»

Francis wusste, es war keine Zeit mehr zu verlieren. Was immer auch der DCI plante, er selbst musste jetzt handeln. Wie unter Hypnose richtete Daphne ihren Blick in seine Richtung. *«Die Polizei ist da»*, formte er mit den Lippen. *«Der Friedhof ist umstellt. Ich sorge dafür, dass Meg sich gleich zu mir umdreht. Etwa drei Meter rechts hinter dir ist ein großer Grabstein, daneben noch einer. Renn dahin, sobald ich sie abgelenkt habe. Wenn du mich verstanden hast, beweg den rechten Fuß!»*

Erleichtert sah er, wie Daphne die Spitze ihres rechten Schuhs anhob. Gleichzeitig flehte sie Meg an: «Machen Sie jetzt keinen Fehler! Nur weil Ihr Vater so viel falsch gemacht hat, müssen Sie nicht auch Ihr Leben vergeuden ...»

«Hören Sie auf mit den verdammten Sprüchen!», schrie Meg.

In diesem Moment warf Francis einen der runden Pyramidensteine. Er hatte gebetet, dass ihm die Wurftechnik aus seiner Krickezeit erhalten geblieben war. Um auszuschließen, dass der Stein versehentlich Daphne traf, zielte er auf Megs Rücken.

Der Stein landete zwischen Megs Schulterblättern. Obwohl der Aufprall durch ihre Jacke abgeschwächt sein musste, erwischte sie der Schmerz wie ein fester Schlag. Francis beobachtete durch einen Mauerspalt, wie sie kurz vor Überraschung einknickte, dann aber mit der Pistole in der Hand herumfuhr und mit erschrockenen Augen die Mauer absuchte. Irritiert musste sie feststellen, dass dort niemand zu sehen war.

Als sie wieder zum Brunnen blickte, war Daphne verschwunden.

Stattdessen stürzten DCI Vincent und Sergeant Burns mit gezogenen Pistolen hinter der Mauer hervor. Mit lauter Stimme forderte James Vincent sie auf, die Waffe fallen zu lassen. Als sie sah, dass sich vier weitere Polizisten näherten, gab sie auf. Sie warf die Pistole weg und hob die Hände.

Francis nutzte den Moment der bleiernen Stille und rannte auf den Friedhof. Er überhörte Vincents Zurechtweisung – «Das war so nicht abgemacht, Mr. Penrose! Es gibt Regeln für solche Einsätze!» – und zog eine bleiche Daphne hinter dem Grabstein hervor. Er half ihr auf, nahm sie in die Arme und redete sanft auf sie ein. Weinend lehnte sie sich an ihn und stammelte: «Sie hätte mich reingestoßen ... sie hätte es getan ...»

Sie zitterte am ganzen Körper, behutsam führte Francis sie zu einer Steinbank neben den Gräbern. Sie setzten sich, er wischte ihre Tränen ab, streichelte ihr die Wange.

Eine Weile sahen sie noch zu, wie Sergeant Burns mit zwei jungen Constables den Tatort absperrte und Fotos vom Brunnen machte. Auch alle anderen waren beschäftigt, Meg wurde abgeführt. Chief Inspector Vincent stand telefonierend vor der Kapelle, zwei ältere Polizisten durchkämmten das Gelände hinter der Mauer nach Spuren. Daphne seufzte tief, und Francis kam es vor, als wären sie und er gerade von einer schrecklichen Reise zurückgekehrt und müssten sich jetzt nicht mehr sorgen.

Plötzlich hielt Daphne es auf dem Friedhof nicht mehr

aus. Sie wollte nur noch weg. Als sie durch den Sand auf die versunkene Kapelle zugingen, wo auch die Polizeifahrzeuge parkten, stapfte ihnen James Vincent entgegen. Für seine Verhältnisse hatte er sie lange ungestört gelassen.

«Geht es wieder?», fragte er Daphne.

«Ja, danke», sagte sie. «Ihr wart im richtigen Moment da.»

«Dafür sind wir ausgebildet», sagte der Chief Inspector. «Ich hatte gerade schon den Commissioner am Telefon ...»

Daphne blickte ihn aus müden Augen an. «Er ist sicher stolz auf dich.»

Es sollte ein klein wenig ironisch klingen. Sie wusste so gut wie Francis, dass James lange Zeit nicht da war, als sie ihn gebraucht hätten, und dass der Fall ohne den jungen Burns kein so schnelles Ende gefunden hätte.

Doch der DCI schien keinen Hauch von Ironie darin zu spüren. «Tatsächlich ist der Commissioner sehr erleichtert», sagte er und schaute dabei auf seine Armbanduhr. «Die Pressekonferenz läuft noch. So kann er den schönen Erfolg meiner Abteilung dort gleich verkünden.»

Francis wollte gerade zu einer passenden Antwort ausholen, als er spürte, wie Daphne sich an seinem Arm einhängte.

«Lass uns gehen, Schatz», sagte sie lächelnd. «Der arme James wird jetzt müde sein. Außerdem muss er noch für den Urlaub packen ...»

Ohne den Chief Inspector eines weiteren Blickes zu würdigen, drehte sie sich um und zog Francis mit sich Richtung Kapelle.

Mit offenem Mund blieb James Vincent auf dem staubigen Sandweg zurück.

25

«Für mich kann keine Tasse groß genug und
kein Buch dick genug sein, damit sie mir angenehm sind.»

C. S. Lewis

Sir Trevors Einladung zur *tea time* am zweiten August-sonntag hatten Daphne und Francis gerne angenommen. Trevor war wie zerschmettert über die Ereignisse gewesen und gab sich selbst die Schuld daran. Hätte er Lewis Russell nicht nach Cornwall geholt, könnten Florence und Dr. Finch jetzt noch leben. Er war erleichtert, dass Daphne ihm keine Vorwürfe machte, als sie telefonierten.

Sie war froh, wieder in den Alltag Foweys eintauchen zu können. Liebevoll hatte Francis alles getan, um sie abzulenken und sie so fröhlich wie früher zu sehen. Als sie durch das mauerhohe Eisentor von *Point Tyndale* traten, kam ihnen im Laufschritt Mrs. Whistle entgegen, Trevors Haushälterin. Sie war eine grauhaarige Frau Ende fünfzig, die Daphne mit ihrer Brille und der weißen Schürze an das resolute Kindermädchen aus dem Film *Mrs. Doubtfire* erinnerte. Wer Trevor kannte, wusste, dass er jemanden wie sie dringend brauchte.

Ihre Stimme war energisch. «Willkommen in Point Tyndale», sagte sie. «Lassen Sie uns sehen, wo Sir Trevor steckt. Ich habe im Garten für Sie gedeckt.»

Sie ging vor und führte Daphne und Francis in die Eingangshalle. In Trevors Kindheit hatten hier alte Ritterrüstungen geklappert, jetzt waren die Wände mit Porträts berühmter Schriftsteller vollgehängt. Trevor hatte sie bei Künstlern wie Andy Warhol, David Hockney und zahlreichen anderen in Auftrag gegeben. Hinter der Halle begannen die eigentlichen Zimmerfluchten von Point Tyndale.

Das Herrenhaus mit den verschachtelten Anbauten aus bleigrauem Granit und unter versetzten Schieferdächern thronte direkt auf den Klippen. Es war das schönste und herrschaftlichste Haus in Fowey, selbst Embly Hall wirkte dagegen bescheiden.

Während Mrs. Whistle einen chinesischen Gong schlug («Sie kennen ihn, Mrs. Penrose, sonst würden wir ihn nie zu sehen bekommen!»), schlenderten Daphne und Francis durch die einzelnen Räume. In einigen hatte Trevor seine berühmten Sammlungen seltsamer Objekte wie asiatische Käfer, Artefakte aus der Steinzeit und alte japanische Holzschnitte untergebracht, in anderen türmten sich Bücherberge. Daphne gönnte ihm seinen Sammelspleen von Herzen. Sie wusste, dass er sein Vermögen auch dafür nutzte, wohltätige Projekte und begabte junge Menschen zu fördern.

Trevor kam ihnen entgegen, als sie gerade neugierig in den nächsten Raum geblickt hatten, ein modern eingerichtetes Wohnzimmer mit eigenwillig-schrägen Kunstobjekten, darunter eine skurrile Hundefigur von Jeff Koons. Von dort aus ging es durch einen verglasten Säulengang in den Garten.

Er trug ein helles Leinensakko, Jeans und Sandalen. So lässig hatte Daphne ihn noch nie gesehen, wahrscheinlich gönnte er sich diesen Look nur am Wochenende. Als er seine Gäste kommen sah, breitete er die Arme aus und setzte sein natürliches Strahlen auf. Die Bäckchen seines Bubengesich-

tes mit der randlosen Brille waren durch die Wochenend-
sonne gerötet.

Als Erstes umarmte er Daphne. Er hielt sie lange fest
und murmelte: «Armes Mädchen! Was hab ich dir nur ein-
gebrockt?»

«Du musst dir nichts vorwerfen», sagte Daphne, nachdem
sie sich wieder freigemacht hatte. «Auch andere sind auf
Russell reingefallen.»

Nachdem Trevor auch Francis herzlich begrüßt hatte,
führte er seine Gäste nach draußen. Hinter dem Haus erstreckte sich eine weite Rasenfläche, an deren Ende die Klippen begannen. Es war die Einfahrt vom Meer, wer mit dem
Schiff in Foweys Bucht fuhr, kam hier vorbei. Als Daphne
und Francis den Rasen betraten, rauschte gerade ein Zwei-
master mit vollen Segeln vorbei. Klatschend schlugen die
Wellen an die Klippen.

Mrs. Whistle hatte den Gartentisch in der Mitte des Rasens gedeckt, mit blauem Leinen und weißem Teegeschirr.
Auf den vier Teakstühlen lagen altmodische Kissen, die bestimmt nicht Trevor ausgesucht hatte. Rechts und links des
Rasens erstreckten sich vor der Hecke breite Blumenbeete
mit Rhododendren, Palmen und alten englischen Rosensor-
ten – sie trugen schon eher Trevors Handschrift.

«Nehmt Platz», sagte er. «Es gibt noch einen Überra-
schungsgast, er wird etwas später kommen.»

«Wer ist es denn?», drängte ihn Daphne. «Nun sag schon!»

«Jemand, den du magst», antwortete Trevor. Er wurde
ernst. «Wie geht es dir?»

«Besser.» Daphne blickte lächelnd zu ihrem Mann. «Mit
Francis' Hilfe bin ich wieder im Gleichgewicht. Nur die ersten Tage waren schlimm.»

«Das kann ich mir denken.»

Während Mrs. Whistle ein Tablett mit Teekanne, *scones* und Zitronenkuchen heranbalancierte und jedem reichlich auf die Teller legte, erzählte Trevor von Fachgesprächen mit den Psychologen, die ihn bei seinen Strafprozessen berieten. Sie waren sich alle einig, dass es bei der Psyche von Opfern vor allem auf eines ankam – auf ihre Resilienz. Wer widerstandsfähig war, hatte die besten Prognosen.

Daphne stimmte ihm selbstironisch zu. «Ich scheine zum Glück die Gene meiner Großmutter zu besitzen. Vier Tage mit ihrem Mann vermisst auf dem Meer, ein abgebranntes Haus und ein Jahr ohne jeden Sardinenfang – all das haben die Warings ausgehalten.»

«Oh ja», unterstrich Francis lächelnd. «Und sie sind unbelehrbar.»

Er erinnerte daran, was Olivia Keast ihnen über Florence Bligh erzählt hatte. Auch sie hatte eine starke Resilienz besessen. Nur so war sie in der Lage gewesen, nach den traumatischen Erlebnissen auf Bermuda ein neues Leben zu beginnen.

Während Daphne sich von Mrs. Whistle den Tee einschenken ließ und einfach nur die Atmosphäre auf Point Tyndale genoss, berichtete Francis vom letzten Stand der polizeilichen Ermittlungen. Daphne merkte, dass es ihr nichts mehr ausmachte, davon zu hören.

Sir Trevor lauschte den Schilderungen zurückgelehnt und kopfschüttelnd. Hin und wieder stellte er Fragen zu den Abläufen, so wie er es als Kronanwalt gewöhnt war. Als Francis ihm erzählte, dass die Universität Birmingham sich vor zwei Tagen öffentlich von Lewis Russell distanziert hatte, seufzte er traurig.

«Ein so begabter Mann! Hätte er von Anfang an zu seiner Vergangenheit gestanden, wäre das alles nicht passiert ...» Er blickte Francis fragend an. «Woher kannte Meg Collins eigentlich den Friedhof St. Perran?»

Es war Daphne, die ihm antwortete. «Linda war mal mit ihr da gewesen. Ihre Großmutter ist in St. Perran begraben.»

In Daphnes Erinnerung flackerte für einen kurzen Moment das Bild der dunklen Brunnenöffnung auf, aber es gelang ihr, es sofort wieder aus ihrem Kopf zu verbannen. Sie wusste ja, dass nicht der alte Brunnen schuld war, sondern zwei Menschen, die jetzt im Gefängnis saßen. Bezeichnenderweise fiel ihr auch der völlig verrückte Moment ein, als die gelbe Strandtasche im Brunnen versank und sie sich dabei ernsthaft gefragt hatte, wie sie der armen Mrs. Boscaven den Verlust ihrer Schafsbücher erklären sollte ... An das teure Fahrrad ihres Mannes hatte sie keinen Moment gedacht.

«So», sagte Trevor fröhlich, «nun wird nur noch Kuchen gegessen. Tempi passati.»

Der Zitronenkuchen von Mrs. Whistle war ein Traum. Trevor verriet, dass seine Haushälterin damit bereits zweimal den Dessert-Preis der Jury *Kornisches Kochen* in Truro gewonnen hatte.

«Warte nur, bis Francis mit seinen Muscheln in Truro antritt», drohte Daphne ihm lächelnd. «Er ist ein Meister am Herd.»

«Ich liebe Muscheln», sagte Trevor. «Ihr dürft mich gerne mal einladen.» Wie so oft, wenn man ihm ein Stichwort gab, sprang er sofort auf ein interessantes Thema an. «Wisst ihr eigentlich, dass ich seit einem Jahr Elefantenmuscheln sammle?»

«Nein», sagte Daphne amüsiert. «Aber du wirst es uns gleich erzählen.»

Trevor hatte wieder etwas Neues entdeckt, für das er brennen konnte. Seit er zum ersten Mal von der größten Muschelart der Welt erfahren hatte, die es auf einen Meter Länge bringen konnte, hundertsechzig Jahre alt wurde und im Pazifik vorkam, hatte er damit begonnen, die ältesten historischen Exemplare zu sammeln.

«Eines hat Charles Darwin besessen», erzählte er begeistert. «Er hat es in seinem Tagebuch beschrieben!»

Trevor faszinierte besonders, dass diese Meerestiere so lange im Verborgenen geblieben waren, während sich über den Ozeanen die Welt dramatisch verändert hatte. Daphne und Francis hätten seiner enthusiastischen Schilderung noch lange lauschen können.

Plötzlich hörten sie Stimmen am Haus. Als Daphne zur Terrasse blickte, sah sie, wie Mrs. Whistle einen jungen sportlichen Mann im hellblauen Sakko über den Rasen zu ihnen führte. Es war Detective Sergeant Burns, diesmal so schick, als würde er jedes Wochenende zu Sommereinladungen unterwegs sein.

Sir Trevor ging ihm entgegen. «Hallo, Sergeant!», rief er. «Haben Sie es doch noch geschafft!»

«Ein schwieriger Nachmittag», sagte Burns abwinkend. «Aber jetzt bin ich ja hier.»

«Stärken Sie sich. Und danach wollen wir hören, welchen neuen Fall Sie haben.»

Burns begrüßte Daphne und Francis und ließ sich wie erschöpft auf seinen Stuhl fallen. Dankbar fiel er über den Kuchen her, den Mrs. Whistle ihm servierte. Daphne hatte ihn zuletzt am Mittwoch gesehen, als sie ihre abschließende

Aussage unterschreiben musste. Chief Inspector Vincent befand sich seit zehn Tagen in Kanada, sodass die Verantwortung in Bodmin jetzt komplett bei ihm lag.

«Ich hoffe, Sie haben nicht zu viel zu tun», sagte Daphne freundlich. «Der Sommer ist kurz.»

Burns hatte ihr erzählt, wie gerne er surfte. Für Ende August hatten er und Francis sich dazu am Strand von St. Ives verabredet.

«Die nächsten Tage werden eher anstrengend», antwortete der Sergeant kauend. «Ziemlich komplizierte Sache, sogar das Konsulat ist involviert.»

«Welches Konsulat?», fragte Sir Trevor neugierig. «Na kommen Sie, Sergeant. Machen Sie es nicht so spannend.»

«Das Konsulat in Calgary», antwortete Burns. «Es geht um Chief Inspector Vincent.»

«Ist ihm was passiert?», fragte Francis.

«Das nicht, Sir. Aber vor seinem Rückflug nach London gab es ein Problem. Nach britischer Zeit wurde er gestern Nacht am Flughafen von Calgary festgenommen.»

«Der Chief Inspector?», riefen alle gleichzeitig.

«Er hatte …» Burns räusperte sich. «… er hatte historische Lockenten im Gepäck, die er bei einem Händler erworben hatte.»

«Und was ist daran strafbar?», fragte Daphne.

Die Mundwinkel von Sergeant Burns begannen zu zucken, erst ein wenig, dann immer heftiger. «Es war Hehlerware», erklärte er breit grinsend. «Zwei Männer hatten die Enten aus einem Museum gestohlen.»

Die Erste, die laut losprustete und sich dabei das fassungslose Gesicht von James Vincent vorstellte, war Daphne. Sie musste ihre Teetasse sogar wegstellen, um sie nicht vor Lachen fallen zu lassen. Brüllend fielen auch Francis und Trevor mit ein, wobei der adlige Gastgeber triumphierend johlte wie ein Schuljunge, der einen Gleichaltrigen beim größten Unfug aller Zeiten erwischt hatte. Selbst Burns, der wegen seines Chefs ein bisschen zwischen den Stühlen saß, stimmte mit ein.

Während alle noch wild durcheinanderriefen, gönnte Daphne sich ein weiteres Stück Zitronenkuchen und blickte amüsiert zu Francis rüber, den sie schon lange nicht mehr so fröhlich gesehen hatte. Und ganz plötzlich hatte sie das beruhigende Gefühl, wieder in ihrem Leben angekommen zu sein.

Epilog

Staunend stelle ich immer wieder fest, wie viele Plätze es in Cornwall gibt, die so überraschend schön, wild, pittoresk oder einsam sind, dass man sie auch nach Jahren nicht vergisst. Es sind Eindrücke, die zum geographischen Fingerprint des abgelegenen Landes gehören. Seit ich als Student das erste Mal mit einem kleinen Boot den Helford River südlich von Falmouth erkundet hatte, wusste ich, wie geheimnisvoll die kleinen Buchten sein konnten. In meiner Tasche steckte Daphne du Mauriers *Frenchman's Creek*, eine treffende, phantasieanregende literarische Beschreibung dessen, was man bei der Einfahrt in diese Bucht empfindet.

Mein zweiter Besuch am Ufer des Helford River fand auf einer Reise mit Rosamunde Pilcher statt, während derer ich lernte, welch dramatische Bedeutung diesem abgelegenen Strand für die Vorbereitung des alliierten D-Day im Zweiten Weltkrieg zukam.

Als Kontrast zu diesen finsteren Stunden Cornwalls befand sich kaum mehr als hundert Meter hinter uns ein wahres Paradies. Es waren die benachbarten subtropischen Gärten Trebah Garden und Glendurgan Garden, die seit Ende des 19. Jahrhunderts zu den schönsten Parks in Cornwall gehören.

Ein weiterer Grund, warum ich die Gärten Cornwalls liebe und sie zu einem Thema dieses Buches gemacht habe, ist ihre Symbolkraft. Als Frucht des nahen Golfstroms, der selbst im Winter noch feuchte, warme Luft an die Küste schickt, ist die üppige, geradezu explodierende Vegetation das schönste Geschenk, das die Natur dem Land gemacht hat. Bis heute sind die Cottage-Gärten der Stolz vieler Familien, die Zahl der *flower shows* im Land ist ungebrochen groß. In meinem Anhang habe ich deshalb versucht, die wichtigsten Gärten Cornwalls für interessierte Leser zusammenzustellen.

Auch der kleine Küstenort Fowey an der Südküste gehört für mich zu den ganz besonderen Plätzen. Mit dem River Fowey, dem Hafen und dem Charme seiner Gassen zeigt er ein wichtiges Stück Alltag in Cornwall – das moderne Leben zwischen Tradition und Naturgewalten.

Das mutige Schwimmen der Kinder von Polruan gibt es bis heute, auch wenn ich einige Zusammenhänge für meine Fiktion verändert habe. Natürlich sind auch alle Figuren, denen Daphne und Francis Penrose in diesem Buch begegnen, wie sie selbst, eine Fiktion.

Vieles über Fowey und den Helford River hätte ich ohne fachkundigen Rat vor Ort nicht erfahren. So geht mein herzlicher Dank an Ros Eaton und Peter Robinson, die mich in Fowey heimisch gemacht haben, an Claire Hoddinott, der ich viel Wissen über den River Fowey verdanke, und an Hetty Wildblood, mit der ich die Geheimnisse des Helford River erkunden durfte. Großen Dank auch an meine medizinischen Berater Dr. Sophia Huesman und Dr. Dennis Inglis.

In ihrem autobiographischen Buch *Mein Cornwall* schrieb

Daphne du Maurier über ihre erste Begegnung mit dem River Fowey: *Unten, vor dem Hafen, um die Spitze, war das offene Meer. Hier war die Freiheit, die ich lang ersehnt, lang gesucht und noch nicht gekannt hatte.*

Schöner kann man Fowey nicht beschreiben.

Thomas Chatwin, Mai 2019

Persönliche Reisetipps des Autors

Mit den folgenden Empfehlungen möchte ich allen Interessierten einige meiner authentischen Handlungsorte näherbringen und zum Nachreisen anregen. Ausführliche Reise- und Übernachtungstipps für den malerischen Hafenort Fowey, dem Hauptschauplatz meiner Daphne-Penrose-Romane, sind im Anhang des ersten Romans dieser Serie zu finden: Thomas Chatwin, *Post für den Mörder. Ein Cornwall-Krimi*.

Cornwalls schönste Parks und Gärten

Glendurgan Garden

Mawnan Smith, Cornwall, TR11 5JZ

glendurgan@nationaltrust.org.uk

Tel. ++44 1326 2520 20

www.nationaltrust.org.uk/glendurgan-garden

Dieser in einem Tal gelegene Park gehört zu den eindrucksvollsten Gartenanlagen Cornwalls. Etwa sechs Kilometer südwestlich von Falmouth gelegen, erstreckt er sich von einem Hügel bis hinunter an das Ufer des Helford River. Die subtropischen Pflanzungen der Gartenanlage sind auf geschickte Weise mit Bereichen einheimischer Gewächse verknüpft, sodass die Besucher auf allen Spaziergängen durch den Park die klimatische Kraft Cornwalls spüren. Viele dieser Pflanzen lassen sich in zahlreichen Privatgärten des Südwestens wiederfinden. Auch an die faszinierende Geschichte der kornischen Parks und die gärtnerischen Exkursionen in ferne Länder wie Neuseeland oder Bhutan wird hier erinnert.

Wie im 19. Jahrhundert zur Zeit Charles Darwins üblich, importierten reiche Geschäftsleute wie Alfred und Charles Fox mit jedem ihrer Schiffe auch exotische Pflanzen nach England.

Die meisten Gartenteile sind thematisch untergliedert, sodass man sie in einem gemütlichen Rundgang vom oberen Bereich ins Tal und auf einem anderen Weg wieder zurück erkunden kann. Durch den Dschungelbereich, das berühmte Labyrinth und eine angeschlossene Gastronomie ist der Park, der zum National Trust gehört, auch familiengeeignet. Er sollte möglichst zusammen mit dem nur fünfhundert Meter entfernten Trebah Garden besichtigt werden.

Trebah Garden

Mawnan Smith, Cornwall, TR11 5JZ

mail@trebah-garden.co.uk

Tel. ++44 1326 2522 00

www.trebah-garden.co.uk

Schon beim Betreten dieses Parks steht man unter Palmen, ein Eindruck, der sich durch die gesamte Anlage fortsetzt. Wie in Glendurgan wird auch hier eine faszinierende Bandbreite subtropischer Pflanzen präsentiert. Durch die klimatisch begünstigte Lage am Helford River gedeihen auch einheimische Pflanzen wie die Hortensien auf dem *Hydrangea Walk* oder die Sumpfpflanzen im Wassergarten erheblich üppiger als sonst üblich. Die Blütenpracht ist in allen Bereichen des Parks geradezu atemberaubend. Staunend wandert man von einem Pflanzenwunder zum nächsten. Sehr empfehlenswert ist ein Spaziergang über den *Petry's Path* mit großartigem Blick über das gesamte Tal und auf ein altes Herrenhaus im Kolonialstil bis zu einem kleinen Wasserfall. Wie in Glendurgan gibt es auch hier einen Zugang zum Strand am Helford River.

Trebah informiert und unterhält seine Gäste durch unterschiedliche Veranstaltungen und mit einem kleinen Amphitheater; auch spezielle Programme für Kinder werden angeboten. Der Park ist in Privatbesitz.

Trelissick Garden

Feock, Cornwall, TR3 6QL

trelissick@nationaltrust.org.uk

Tel. ++44 1872 8620 90

www.nationaltrust.org.uk/trelissick

Dieser traumhafte Park liegt etwa vier Meilen nördlich der Stadt Falmouth am Ufer des *River Fal*. Im Gegensatz zu Trebah und Glendurgan ist er nicht durch Schluchten geprägt, sondern durch das eindrucksvolle Bild einer flächigen Anlage, die den Fluss integriert. Der Besucher wird am Eingang von einer Gruppe herrschaftlicher Häuser, einem alten Wasserturm und ehemaligen Stallungen begrüßt. Auch die besondere Mischung aus blühenden Gärten und großzügiger Parkfläche ist hier besonders gelungen. Umgeben von Gräsern und Farnen steht ein reetgedecktes Gartenhaus, vor dem Hauptgebäude am Fluss liegt eine der romantischsten Wiesen in der Umgebung von Falmouth.

Der Park wird durch eine kleine Straße durchschnitten, die zur Autofähre über den Fal führt, doch durch eine Holzbrücke sind beide Teile miteinander verbunden. Wegen seiner interessanten Mischung aus subtropischer und fernöstlicher Pflanzenfülle, uraltem Baumbestand – auch einheimischer Bäume – und großer Wiesenflächen dürfte Trelissick der vielseitigste Park Cornwalls sein. Daneben gibt es den *Parsley Garden,* der als Kräutergarten genutzt wird, ein Café, große Räumlichkeiten im Haupthaus und lehrreiche Wege für Kinder. Der Park gehört zum National Trust.

The Lost Gardens of Heligan

Pentewan, St. Austell, PL26 6EN

info@heligan.com

Tel. ++44 1726 8451 00

www.heligan.com

Die Geschichte dieses Parks ist ein wahres Abenteuer. Nachdem ihn die kornische Familie Tremayne mehrere Generationen lang bewirtschaftet hatte, verfiel die Anlage vor über neunzig Jahren in einen Dornröschenschlaf. Erst der Holländer Tim Smit, ein Freund der Familie Tremayne, entdeckte 1990 den verborgenen Schatz wieder und half, die überwucherte Anlage neu zu gestalten.

Heute erlebt der Besucher eine gärtnerische Wunderwelt besonderer Vielfalt. So wie Trelissick *der* besondere Park unter den Parks ist, lässt sich Lost Gardens of Heligan als *der* außergewöhnlichste Garten unter den Gärten bezeichnen. Hier stehen weniger die großen Gruppen subtropischer Pflanzen im Mittelpunkt, sondern eher Vielfalt und ökologische Verantwortung. Es gibt den italienischen Garten, Obstgärten mit besonderen Sorten und in reicher Fülle, den Anbau von Ananas und Kiwi-Pflanzungen sowie mehrere kleine Wälder mit seltenem Baumbestand. Auch der Dschungel fehlt nicht. Das riesige Dschungelgelände kann auf einer alten birmesischen Seilbrücke überquert werden und stellt besonders für Kinder eine Attraktion dar.

Alles in allem ist Heligan einen Familienausflug wert, auch weil man den Park auf kleinen Wanderungen durchstreifen kann. Selbstverständlich gibt es auch hier eine Gastronomie und Kinderprogramme. Der Park befindet sich in Privatbesitz. Durch seine Lage in der Nachbarschaft von

Mevagissey ist er besonders von Fowey oder St. Austell aus schnell zu erreichen.

Mount Edgcumbe House & Country Park

Cremyll, Torpoint, PL10 1HZ

mt.edgcumbe@plymouth.gov.uk

Tel. ++44 1752 8222 36

www.mountedgcumbe.gov.uk

Gegenüber der Hafenstadt Plymouth, wo nach dem Überqueren des Flusses Tamar die Grafschaft Devon beginnt, erstreckt sich noch auf kornischer Seite der herrschaftliche Landsitz Mount Edgcumbe. Bis 1970 war er im Besitz des 7. Earl of Mount Edgcumbe, heute ist das Anwesen mit seinen beiden trotzigen Türmen eine Touristenattraktion.

Die Parkanlagen, die das Gebäude umgeben, sind weitläufig und nach der klassischen Art großer englischer Parks angelegt. Alle Gartenteile sind Ländern zugeordnet. Es gibt den italienischen, französischen, amerikanischen und neuseeländischen Garten, von denen jeder mit Pflanzen aus dem jeweiligen Teil der Welt aufwartet. Der Gesamteindruck wird jedoch nicht nur von der Vielfalt, sondern vor allem durch die bis heute spürbare Eleganz des Parks und des Herrenhauses bestimmt. In vielen internationalen Filmen war Mount Edgcumbe eine Art Botschafter für das herrschaftliche Wohnen in Cornwall. Neben der Besichtigung seiner Räumlichkeiten bietet das Anwesen seit einiger Zeit auch die Möglichkeit an, hier zu heiraten.

Wer Edgcumbe besuchen will, sollte sich vorher danach erkundigen, ob der Park nicht durch aktuelle Events nur eingeschränkt besichtigt werden kann.

Sehenswürdigkeiten am Helford River

Der Helford River gehört auch heute noch zu den eher leisen Gebieten Cornwalls. Obwohl der Fluss nur sechs Meilen südlich vom städtischen Falmouth entfernt liegt, findet man hier jede Menge stiller Buchten. Die romantischste Art, das Gewässer mit seinen sieben Seitenarmen zu erkunden, ist tatsächlich das Kajak – man muss ja damit nicht gleich zum Mörder werden ...

Da hier starke Gezeiten herrschen, sollte jeder Bootsausflug vorher mit der Gezeitentabelle berechnet werden, damit man nicht für Stunden auf dem Trockenen sitzt.

Auch wer nicht mit dem Boot anreist, findet hier einige interessante Plätze, die für das Leben am Fluss typisch sind.

The Cornish Seal Sanctuary

Gweek, bei Helston, Cornwall, TR12 6

seals@sealsanctuary.co.uk

Tel. ++44 1326 2213 61

www.sealsanctuary.co.uk

Diese Auffangstation für Seehunde befindet sich im Dorf Gweek, gelegen am äußersten Ende des Helford River und mit dem Auto über Helston erreichbar. Hier werden seit vielen Jahren verletzte und schwache Seehunde aufgepäppelt, über sechzig pro Jahr. Daneben bietet das *Sanctuary* interessante Erklärungen zum Leben der Meerestiere und zum Fluss. Auch Seelöwen und Otter sind hier zu finden. Anschließend lässt sich im Pub *Black Swan* einkehren.

Koru Kayaking

Koru HQ, Quay Rd., Saint Agnes, TR5 0RU

enquiries@korukayaking.co.uk

Tel. ++44 7 7954 3218 27

www.korukayaking.co.uk

Wer den Helford River mit dem Kajak erleben oder Frenchman's Creek auf einer geführten Motorboot-Tour kennenlernen möchte, findet bei Hetty und Tom Wildblood alle Möglichkeiten. Wer es abenteuerlicher liebt, findet auch an der Nordküste Cornwalls in St. Agnes, südlich von Newquay, einen Koru-Stützpunkt und kann mit dem Kajak die Atlantikseite des Landes erkunden, wo die Klippen geheimnisvolle Höhlen verbergen und Delfine auf die Jagd gehen.

Flambards Experience

Clodgey Lane, Helston, Cornwall, TR13 0QA

info@flambards.co.uk

Tel. ++44 1326 5734 04

www.flambards.co.uk

Für Familien mit Kindern bietet sich bei schlechtem Wetter ein Ausflug an, der selbst die ungeduldigsten Kleinen wieder aufheitern wird – ein paar Stunden im Themenpark Flambards. Von der Achterbahn über Karussells bis zum Riesenrad ist dort alles zu finden, was Abwechslung bietet. Daneben gibt es eine viktorianische Kleinstadt, etliche andere historische Nachbauten und jede Menge mit britischem Humor inszenierte Sondershows, unter anderem über Flugzeuge, Hochzeitskleider oder Motorräder.

Wanderung von Helford zu Frenchman's Creek

Entfernung: 3,5 Meilen. Karte unbedingt erforderlich.

(nach Sue Kittow: *Walks in the Footsteps of Daphne du Maurier*)

Der von Sue Kittow beschriebene Weg beginnt am Parkplatz des Pubs *Shipwrights Arms* in Helford. Von dort geht es durch den Ort zum Pfad mit dem Hinweisschild *Manaccan ¾ mile*. Das erste Ziel auf der Strecke ist Kestle Barton, gefolgt von Kestle und Frenchman's Pill, wo man das Ende von Frenchman's Creek erreicht hat und nun nordwärts an seinem interessanten Ufer entlangwandert. Erst bei Quay, kurz vor dem Hauptarm des Helford River, wendet man sich wieder nach Osten und kehrt nach Helford zurück.

Die Beschreibung von Sue Kittow ist detaillierter, als sie hier dargestellt werden kann, und so ortskundig, dass man auf ihr Buch nicht verzichten sollte, zumal sie auch mit vielen anderen Wandertipps rund um die Werke von Daphne du Maurier aufwartet.

Wohnen und Essen am Helford River

Budock Vean Hotel

Mawnan Smith, Falmouth, TR11 5LG

relax@budockvean.co.uk

Tel. ++44 1326 2521 00

www.budockvean.co.uk

Die Vorzüge dieses Traditionshotels sind schnell zu erkennen. Neben seiner Lage am Ufer des Helford River, umgeben von einem kleinen Park, sind es vor allem die hübschen Zimmer und der angebotene Komfort, der für britische Verhältnisse außerordentlich ist. Neben charmanten Aufenthalts- und Restauranträumen gibt es einen Spa, ein gutes Restaurant und einen Golfplatz. Besonders interessant ist das Hotel, wenn man von dort aus die vor der Haustür liegenden Parks Glendurgan und Trebah besuchen möchte, auch Trelissick ist über Falmouth schnell erreicht.

Shipwrights Arms

Helston, Cornwall, TR12 6JX

info@shipwrightshelford.co.uk

Tel. ++44 0 1326 2312 35

www.shipwrightsarms.co.uk

Ein uriger Pub, der zu Helford gehört wie der kleine Hafen und die Fähre hinüber nach Helford Passage. Die Speisen sind klassisch: Steaks, Muscheln, Hummergerichte und jede Menge Fisch.

Helford River Cottages

Fore Street, Porthleven, Helston, TR13 9HLE

info@helfordcottages.co.uk

Tel. ++44 1326 2316 66

www.helfordcottages.co.uk

Das Gebiet um den Helford River und um die Stadt Falmouth bietet reichlich Gelegenheit, das kornische Leben in einem gemieteten Cottage kennenzulernen. Viele dieser Ferienhäuser sind hübsch eingerichtet und charmant gelegen. Es lohnt sich, die Preise der verschiedenen Anbieter zu vergleichen, am Ende ist für jeden das Passende dabei. Da Cornwall ein beliebter Urlaubsplatz für Familien ist, sind Kinder meist sehr willkommen.

Alle Angaben ohne Gewähr für Vollständigkeit, aktuelle Veränderungen sind jederzeit möglich.

Meine Lieblingsrezepte aus Cornwall

Gedämpfte Muscheln in Clouded Yellow Ale

Zutaten (für zwei Personen):

1 kg frische Miesmuscheln

50 g Fenchel

50 g Schalotten

50 g Karotten

50 g Sellerie

1 Nelke

1 Vanilleschote

1 Handvoll Koriander

1 Knoblauchzehe

300 ml Clouded Yellow Ale der St. Austell Brewery
(wahlweise: Hefeweizenbier, was dem Clouded Yellow Ale
entspricht)

100 ml Clotted Cream (wahlweise Schmand)

Schwarzer Pfeffer

Zubereitung:

Das Wichtigste ist ein ausreichend großer Topf, der zugedeckt werden kann. Bei Verdoppelung der Portionen unbedingt beachten, dass man wegen der Muschelmengen zwei große Töpfe benötigt.

- Fenchel, Karotten, Sellerie und Schalotten in kleine Stücke schneiden,
- etwas Pflanzenöl im Topf oder in einer extragroßen Pfanne erhitzen, das Gemüse samt Nelke und Vanille darin für **drei Minuten** bei niedriger Temperatur leicht anbraten,
- den Knoblauch und ein klein wenig Pfeffer hinzufügen und für **weitere drei Minuten** garen,

- die Muscheln dazugeben und mit dem Gemüse bedecken,
- dann das Bier dazugeben, den Topf bedecken und das Ganze **weitere drei bis vier Minuten** bei großer Hitze kochen.
- Nachdem die Muscheln sich geöffnet haben, werden sie (möglichst ohne das Gemüse!) auf die Servierschalen gelöffelt und mit Folie abgedeckt. Achtung: Muscheln, die sich nicht geöffnet haben, müssen entfernt werden!
- Den Topf mit der Flüssigkeit wieder auf den Herd stellen, die Clotted Cream oder den Schmand dazugeben und die Soße bei großer Hitze etwas reduzieren.
- Danach die Soße über die Muscheln auf den Servierschalen geben und mit gehacktem Koriander garnieren.
- Dazu lässt sich am besten frisches Brot mit Butter servieren.

Mein Tipp: Die Muscheln unbedingt in einem guten Fischgeschäft vorbestellen, bis zum Kochen verschweißt im Kühlschrank aufbewahren und unmittelbar vor dem Kochen mit kaltem Wasser abspülen.

© St. Austell Brewery, www.staustellbrewery.co.uk

Mrs. Whistles Lemon Drizzle Cake (Saftiger Zitronenkuchen)

Zutaten:

200 g Mehl

175 g Zucker

175 g ungesalzene Butter

½ EL Backpulver

3 Eier

2 ganze Zitronen (unbehandelt)

1 kleiner Spritzer Mineralwasser

100 g Puderzucker

Zubereitung:

- Herd mit 180 °C vorheizen,
- Backform einfetten,
- die Schalen beider Zitronen behutsam abreiben und sammeln, danach die Zitronen auspressen und den Saft separat aufheben,
- Mehl, Butter, Zucker, Backpulver, Eier, einen winzigen Spritzer Mineralwasser und die abgeriebenen Zitronenschalen zum Teig verrühren und in die Backform füllen,
- Kuchen im Herd bei 180 °C für 35–40 Minuten backen,
- danach den fertigen Kuchen 10 Minuten erkalten lassen,
- den Puderzucker mit 4 EL Zitronensaft vermischen und mit einem Pinsel auf den Kuchen auftragen.

Bibliographie

CHRISTIE, AGATHA: *Rächende Geister*, Scherz Verlag 2014, a.d. Engl. v. Ursula von Wiese

LE CARRÉ, JOHN: *Eine Art Held*, Hoffmann und Campe Verlag 1977, a.d. Engl. v. Rolf u. Hedda Soellner

CHURCHILL, WINSTON: *Bonmot des britischen Staatsmannes*, a.d. Engl. v. Thomas Chatwin

DICKENS, CHARLES: *Zur Strecke gebracht und andere Erzählungen*, dtv 1979, a.d. Engl. v. Harald Raykowski

DU MAURIER, DAPHNE: *Die Bucht des Franzosen*, Wilhelm Heyne Verlag 1994, a.d. Engl. v. Siegfried Lang

DU MAURIER, DAPHNE: *Rebecca*, Insel Verlag 2017, a.d. Engl. v. Brigitte Heinrich u. Christel Dormagen

DU MAURIER, DAPHNE: *Mein Cornwall*, Insel TB 3182, Insel Verlag 2006, a.d. Engl. v. N.O. Scarpi

ELIOT, GEORGE: *Adam Bede*, Delphi Classics 2012, in: Delphi Classics Complete Works of George Eliot, a.d. Engl. v. Thomas Chatwin

ESQUIROS, ALPHONSE: *Cornwall and Its Coast* (1865), Kessinger Publ. 2010., a.d. Engl. v. Thomas Chatwin

EMERSON, RALPH WALDO: *Montaigne oder der Skeptiker*, Essays, elv 2014, a.d. Engl. v. Karl Federn

FORSTER, MARGARET: *Daphne du Maurier. Ein Leben*, S. Fischer Verlag 1997, a.d. Engl. v. Einar Schlereth u. Brigitte Beier

KITTOW, SUE: *Walks in the Footsteps of Daphne du Maurier*, Sigmar Leisure Publ. 2018

LAWRENCE, D. H.: *Lady Chatterley*, Rowohlt Verlag 1976, a.d. Engl. (ohne Übersetzernamen)

LENNOX, JUDITH: *Das Haus in den Wolken*, Piper Verlag 2008, a.d. Engl. v. Mechthild Sandberg

LEWIS, C. S.: Bonmot-Zitat, in: Sach, Jaky, *Little Giant Encyclopedia: Tea Leaf Reading*, Sterling Publ. 2008, a.d. Engl. v. Thomas Chatwin

NEALE, JOHN: *Exploring the River Fowey*, Amberly Publ. 2013, a.d. Engl. v. Thomas Chatwin

GREENE, GRAHAM: *Vom Paradox des Christentums*, Herder Verlag 1958, a.d. Engl. v. Elisabeth Schnack

GREENE, GRAHAM: *Der stille Amerikaner*, dtv 2003, a.d. Engl. v. Walther Puweim u. Käthe Springer

JAMES, P.D.: *Vorsatz und Begierde*, Droemer Knaur 1990, a.d. Engl. v. Georg Auerbach u. Gisela Stege

PILCHER, ROSAMUNDE: *Heimkehr*, Wunderlich Verlag 1995, a.d. Engl. v. Ingrid Altrichter, Helmut Mennicken u. Maria Mill

PILCHER, ROSAMUNDE: *September*, Rowohlt Verlag 1991, a.d. Engl. v. Alfred Hans

PINTER, HAROLD: *Tiefparterre*, Drama, Rowohlt Verlag 1967, a.d. Engl. v. Willy H. Thiem

SHAKESPEARE, WILLIAM: *Das Wintermärchen*, R. Löwit Verlag o.J., a.d. Engl. v. A.W. Schlegel u.a.

TOLKIEN, J.R.R.: *Der Herr der Ringe*, Band 1, Klett-Cotta 2004, a.d. Engl. v. Margaret Carroux

WILDE, OSCAR: *Ein idealer Gatte*, Reclams Universal-Bibliothek 1986, a.d. Engl. v. Rainer Kohlmayer

WOOLF, VIRGINIA: *Zwischen den Akten*, S.Fischer Verlag 1963, a.d. Engl. v. H. u. M.Herlitschka

YEATS, WILLIAM BUTLER: *The Death of Synge*, Irish University Press 1970, a.d. Engl. v. Thomas Chatwin

Thomas Chatwin
Post für den Mörder
Ein Cornwall-Krimi

Ein prächtiger Tag im Spätsommer. In dem kleinen Städtchen an der Mündung des Fowey River herrscht tiefe Ruhe. Daphne Penrose, Postbotin der Royal Mail, bemerkt auf ihrer täglichen Runde, dass die Fenster des alten Fischerhauses bereits den zweiten Tag offen stehen. Das Haus ist verwüstet, von Mrs. McKallan, der schottischen Malerin, fehlt jede Spur. Zur selben Zeit fischt Daphnes Mann Francis vor dem Anleger der Fähre nach Polruan eine männliche Leiche aus dem Wasser: den Reeder Edward Hammett.

Dann tauchen zwei weitere Leichen auf. Und Daphne und Francis wird klar: Der zuständige Chief Inspector wird diesen Fall niemals lösen! Die beiden beginnen, heimlich zu ermitteln. Und zwar mit höchst eigenwilligen Methoden …

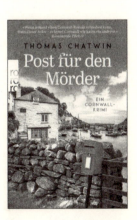

Weitere Informationen finden Sie unter **rowohlt.de**

320 Seiten

Das für dieses Buch verwendete Papier ist FSC®-zertifiziert.